笔花砚草集

Bi Hua

Yan Cao Ji

沈胜衣 ——著

许宏泉 ——绘

中华书局

图书在版编目(CIP)数据

笔花砚草集/沈胜衣著,许宏泉绘. —北京:中华书局,2017.9
ISBN 978-7-101-12614-3

Ⅰ.笔… Ⅱ.①沈…②许… Ⅲ.杂文集-中国-当代
Ⅳ.I267.1

中国版本图书馆 CIP 数据核字(2017)第 131682 号

书　　名	笔花砚草集	
著　　者	沈胜衣	
绘　　者	许宏泉	
责任编辑	胡正娟　于　欣	
出版发行	中华书局	
	(北京市丰台区太平桥西里 38 号　100073)	
	http://www.zhbc.com.cn	
	E-mail:zhbc@ zhbc.com.cn	
印　　刷	北京瑞古冠中印刷厂	
版　　次	2017 年 9 月北京第 1 版	
	2017 年 9 月北京第 1 次印刷	
规　　格	开本/787×1092 毫米　1/32	
	印张 10⅛　插页 10　字数 170 千字	
印　　数	1-5000 册	
国际书号	ISBN 978-7-101-12614-3	
定　　价	48.00 元	

南国之春：与沈胜衣合作

　　无论是文字还是笔墨，我对花草都有着不同寻常的情愫，都是一些平常的山花野卉，在山间、沟壑、河滩、田畈、土冈或沙地里寂寞地生长，花开花落，一年又一年。

　　如果你问我，你最喜欢什么花？我马上会想到鸭跖草、蒲公英、野蔷薇和龙瓜花，就像小时候吃过的青菜、野菱，永远是"乡味最美"。小时候，在墙壁上涂鸦，或在新砌的土灶上画画。伯父说你应该画枝牡丹、梅花，牡丹富贵，喜鹊看梅。我问伯父梅花、牡丹长的什么样子，伯父比划半天，说也没见过，说是皇宫里或大户人家里有，旧社会街上的"八大家"，比方说王家大院里就有株老梅花树，过去上街从院墙底下走过闻到一股香气。后来，大院子变成公社，伯父说他倒是进去过，可老梅花树已被砍了，所以梅花开的什么样子还是没见到。我只好在灶头上照旧画藕花、红蓼和野菊花。

　　记得有一年暑假，和几个小伙伴在村东头朱会计家躲猫猫捉迷藏，无意在一堆旧书里翻出一本旧笔记本，里面插了好多张彩色的画，画的都是野蔷薇、红蓼、蚂蜂窝和小鸡，看落款"绍兴李恩绩"觉得很亲切，因为和我一起躲猫猫的小龙的老爷（父亲）铁匠叫李恩德，我问铁匠伯伯知不知道这个画家，他笑着说：我兄弟要是画家，我还用得着吃苦打铁吗？本子里的画越看越喜欢，我苦苦和朱会计儿子索要，他却小气不给。后来，我还是把画偷偷地撕了下来。看那画面上都是村头田埂常见到的情景，心想，当画家不一定要画奇花异草牡丹红梅，照旧可以画这些寻常的闲花野草啊！

从那以后，无论春秋冬夏，刮风下雨，只要从河埠、田间走过，总会禁不住地看上几眼那些不显眼的丛花杂草，并不厌其烦地向大人们打听它们名字，记在心里，画在纸上。

后来，真的见到梅花和牡丹，也见到了历代画家画中名花奇卉。但让我感动的依然是他们笔下的闲花野草，沈石田的秋葵，恽南田的石竹，陈白阳的白荷，王忘庵的老少年，罗两峰的车前草，尤其是近代黄宾虹的黄山野花，虽多不知名，却总画得风韵嫖姚、鲜妍含情。再后来，是药窗老人吴藕汀的"蛇草"，品种繁多，生机勃勃。更是坚定我要画乡间野花的兴趣。

这本《笔花砚草集》中的"插画",是我头一回涉及南国花卉。若说缘由还得从沈胜衣的文字讲起。

最早知道岭南沈胜衣,是读他的书评,沈胜衣是真正的读书人,买书、藏书、写书,评札记,俨然旧时文人的雅怀。有幸的是我的一本小书《一棵树栽在溪水旁》"不小心"遇见了沈先生,他在"日志"里写了一段评语,我自是心生欢喜。后来,拙著《醉眼优孟》出版,我寄去一册乞教,便开始了我们的文字之交。沈胜衣的"书评"中,最让我感兴趣的是他越来越多关于植物书籍的美文,尤其是南方花木的描述,对我来说,这是一个陌生而充满好奇的新视野。

几年前,沈胜衣装修新居,希望我来画几幅小画,我很乐意自己的作品可以为之补壁,伴其书香。画是命题,其中之一是沈先生家乡东莞特产莞草,见其发来的图片,似曾相识,我们皖东乡下的水泽湿地偶尔也能见到,只是过去并未在意它。既不知其名,更未想到要入画。第一回画南国花草,确实有点挑战性,几易其稿,也未敢问他是否合意。

若论画热带植物,当数赖少其先生。虽然"岭南派"画家也常以木棉、棕榈、三角梅乃至椰子、木瓜为题材,但能将热带花卉画出风格并产生影响的似乎还是赖少其。《笔花砚草集》少不了木棉、紫荆等南国名花，但大多是我未曾关注过的。我倒是很喜欢尝试一下这样的有挑战性的新课题。起先因为读到沈先生的这些文字，我偶尔说出我的想法，他日可以画些南方植物，或许只是一时之兴，沈先生却也觉得有意思。从年初起我便开始将沈先生发来的文字一一读过，着手搜集相关材料，偶尔也会提及一些我喜爱或觉得可以入画的植物，比如百合花，是我一直喜欢画的。说起来还有一段往事。曩岁在黄山西海，有位同事小姑娘要请我画一幅百合花，搜肠刮肚，却想不起来百合花的具体模样。试画好了几幅，小姑娘很为难的样子，说"有点像的"。放下画笔，我说，实在画不出来了。真是巧的来，第二年，饭店门前土坡下的树丛里竟长出几株野百合，白色的花瓣，略施嫩绿，朱砂点蕊，真是奇葩啊！

因为喜爱画，自然也喜欢阅读一些相关的植物文字，从《植物名实图考》到《本草纲目》，从《诗经》《楚辞》及至今人的著作，津津乐道。沈胜衣的文章，视野开阔，古今中外，诗词杂文，神话传说，皆有采获，所谓引经据典，丰富而不冗杂，可以引人入胜，论其渊薮似得力于知堂老人。知堂先生的文字也是我极喜爱的。但我所写的多是阡陌土冈、田间水泽所生所长，亦总会着意于乡土情怀，这一点却是受了汪曾祺先生的影响。因画而文，或由文而画，虽写山花野草，却与生活、环境乃至生命息息相关。再说，沈胜衣的文字，对我来说不止新鲜好奇，更是一种感动，由花想到故人或往事，虽是写花，却是寄托某种情怀。如他写夹竹桃，"在顷颓寂寥中默默欣赏当下花色，生灭流转的瞬间已是恒常"。写曼陀罗花："这样魔幻迷乱的春药毒花，开在本应该清心寡欲的清静佛门……我也喜欢这种各个极端和谐交融在一起的格调。此亦一种适意。"他由凤凰花想到张爱玲和萧红，红色是鲜红，竟是一种伤感，一种说不出的苍凉。这二十来幅数十种花卉，历时大半年，其间亦会常与沈先生沟通。因我近年对古器物拓本的兴趣，自然也会有与古陶器物全形拓的结合，而这时也收到沈胜衣发来微信："我很喜欢你新近加上古器皿的花卉，以前见过郑乃珖也有这类主题风格，是不是给我们合作这书也画两幅。"于是，便有了"莞草清供"的样式。当然，既为"插画"，我也会想到现有的版本，古代的木刻版画，欧洲、日本的水彩线描，但我既不想照猫画虎，也担心若全以"传统"花鸟画手段是否也难为大众读者接受。沈先生似乎知道我的忧虑，又发来微信："这是我们合作之书（书名也反映了），你的大作可不仅是一般的'插图'，而是要'图文并茂'的。"有了沈先生这话，我便释然了。当然，我既不会画成"岭南派"色彩逼真的洋画兮兮，也不会太受赖少其浓墨重彩抽象夸张的洋派版画形式的影响，依然强调笔墨，设色丰润古艳而雅逸是我的追求，调子还是明人和黄（宾虹）吴（藕汀）派头。黄宾虹所谓"略有风情"、"绝无烟火"。哈哈，自信如此，也是醉了！

许宏泉

2016年12月15日留云草堂

代序　南国之春：与沈胜衣合作

目录

辑一

寻花访柳的旅程

生生不息夹竹桃

炎夏，在一间相伴十年而即将倒闭的旧书店，淘得一本《中国植物志》第六十三卷，该卷主要收载夹竹桃科，当中的夹竹桃、鸡蛋花、黄蝉、狗牙花等时下都在盛开，合时应景，正好作为在此最后一次淘书的留念之一。

由此想到不久前的欧洲游，也处处邂逅夹竹桃的艳丽倩影：

重访巴黎，再游枫丹白露，皇宫花园湖边一座古老雕像下，八年前曾遇到一对银发老夫妇在此迷醉拥吻，偷拍下这典型的法兰西情景，那是当初巴黎之行的第一天。如今即将第二次跟巴黎说再见之时，来到同一地方，想起那两个老人现在不知道怎样了，却见极清澈的蓝天下，数树夹竹桃开得甚妍，清新的红花吹弹得破，静谧相对数百年不变的宫殿塑像。那样一个吻，这样一些花，在穿越的时空中共同见证流逝岁月。

伟大属于罗马，一入这个光辉古国都，随处可见古建筑，随处可见夹竹桃——吴稼祥《三个人的罗马》写道："到罗马，有几样东西你是无法逃避的，雕塑和绘画，废墟和教堂，夹竹桃和蓝天。"让我特别留意的是罗马竞技场（圆形剧场），这座凝聚着辉煌与血腥、智慧与国力的著名建筑，虽然内里昔日帝国的喧嚣风流已被掏空，但仅是屹立近两千年的外壳，就足以撑起罗马曾经的荣光；在这壮观的竞技场遗址旁，有几树夹竹桃盛开着娇俏繁花，草坪上还有悠闲信步的鸽子，鲜活、自由、弱小的花鸟，与沉寂、顽强、庞大的废墟并立，时近黄昏，明净的夕阳斜晖下有种说不出的反差味道，仿佛历史，仿佛命运。

　　住在罗马这"七丘之城"郊外的其中一个山丘上，深夜，到酒店园林的夹竹桃树影下抽烟，仰看了好一会儿星空。那些星光，一直照耀着这座永恒之城，保存了古罗马的印记讯息。临别的夏至早晨，再到花园散步，看那一大丛清丽的夹竹桃攀生到门墙之上，门扉虚掩，花儿在静静俯瞰脚下的罗马城。然后就是道别了，六月醉人的蓝天阳光下，一路夹竹桃仿佛夹道相送去机场，在这花团锦簇的记忆中，带着未得畅游的遗憾和心愿，离开意大利……

　　夹竹桃是贯穿罗马古今的，近两千年前，博学多才的老普林尼在其自然百科全书《博物志》就记载，夹竹桃是"常绿植物，外观近似玫瑰树，茎干分叉为多数枝条；对驮兽、山羊和绵羊有毒,却是人类的蛇毒解毒剂"。以上内容转引自美国艾米·史都华《邪恶植物博览会》,但该书指出,最后一句有误,因为夹竹桃本身的毒性,被蛇咬后再用夹竹桃的话,"唯一帮助是迅速慈悲的死亡"。

写下《博物志》两年后,维苏威火山爆发,吞噬了庞贝城,老普林尼赶到现场指挥救援、疏散居民(这位学者、作家还是官员和军人,时任海军舰队司令),兼观察记录这场巨变,结果可能因吸进火山气体中毒而猝逝。过了一千多年,庞贝"出土",由于是被火山灰土将全城几乎瞬间整体掩埋,得以完好地定格保存了古罗马城市生活的种种状貌,其中包括发现,当时一户人家后花园种满了夹竹桃。

到当代,吴冠中在一则绘画手记中写道:"我曾经在罗马时代的庞贝遗址中见过盛开的夹竹桃,开得正欢,鲜花一味展现自身的青春之美,不关心周遭环境的衰颓。"——沧桑废墟中的夹竹桃,正与我在罗马竞技场所见所感相合。

吴冠中这段忆述,是在谈他画的国内题材《桃花季节》时的感触联想,而真正画过古罗马夹竹桃的名家也不少。如唯美主义大师克里姆特,青年时期创作的古希腊罗马主题作品就常出现此花。有一回夹竹桃盛开、带来初夏气息的时节,偶遇他的《两个女孩与夹竹桃》,不像后期名作那样诡丽惊艳,画面是一片宁静温柔气氛,艳红的夹竹桃树下,两个古典少女捧起面前的繁花凝神观赏。那么静美，仿佛手指拂过，眼前的画册真的会开花一样……

至于法国的夹竹桃，梵高旅居期间画过不止一幅，包括我曾在纽约大都会艺术博物馆有幸近赏真迹的《夹竹桃与书》，那份集怒放与颓败于一身、既挣扎又安然之美，与他的向日葵、丝柏树等一脉相承，展示了与上两位不一样的现代风骨。

说到法国，儿童文学作家保罗·贾克·邦逊写过一本《西米特拉的孤儿们》，里面一个细节是，有人为小女孩带来了夹竹桃树苗作为生日礼物。刚巧，今年我的公历农历生日都在法国度过，看枫丹白露夹竹桃那天，正是农历生日。

不过，送夹竹桃做礼物可要小心，它的花语固然可表示"深刻的友情"，但同时又代表"危险"。在夹竹桃的原产地之一印度，泰戈尔写过一个剧本《红夹竹桃》，里面的此花同样是"心的礼物"，但却寓示了送花男子和收花女子的悲剧命运，它带着凶恶的预兆，那如鲜血般的花色，"有一种迷人的忧虑"。——这种险恶，源于前面已提到的夹竹桃的毒性。

夹竹桃是举世闻名的剧毒植物，它的花、叶、皮、根、茎、种子、乳汁，全都含有极强毒素，可致人畜死亡，甚至焚烧时产生的烟雾、采自其花酿的蜜亦然。《邪恶植物博览会》介绍，夹竹桃因此卷入了不少谋杀和意外死亡事件，还常出现安养院的老人以之自杀的案例。刚好我有一回去参观本地老人院，看到遍栽的夹竹桃，就曾提醒主办方，小心勿让长者误采中毒。

但同时，夹竹桃又用作杀虫剂，还能入药，更能以毒攻毒地吸收有毒有害气体，抗烟雾粉尘等污染，可治理环境。矛盾统一的特性，使这种"邪恶植物"有着正面形象，原草《花言草语》就将夹竹桃称为植物界的"正人君子"，因为它的毒性能驱虫害，而且只要不去动它则不会伤害人。

当然，夹竹桃受人欢迎，更主要还是它花如桃、叶似竹的独特美态，加上繁殖适应能力极强，遂成为广布各地的绿化观赏植物。如桥东里《花花果果　枝枝蔓蔓》说的："人们之所以明明知道它有毒，却依然重用它，也许是无法抗拒它的美。"（另，关于夹竹桃究竟是叶还是茎似竹，古人有过不同意见，桥东里作了梳理介绍。总的来说，应该是指叶。）

对于夹竹桃的评价，郑逸梅《花果小品》有言："竹之萧疏，桃之冶妍，在卉木中各具其胜，惟夹竹桃得兼而有之。夏日园林，获此一丛，以为点缀……洵佳品已。"

黄岳渊父子所撰《花经》，对夹竹桃的赞语与郑逸梅相近（后世不少植物书就此的用词都可追溯到郑、黄），更进而云，此花乃"都市庭园之唯一佳品"。

其实夹竹桃在南方的花期不止于夏日，因此清人谢堃

《花木小志》的评价拔得更高，曰："枝干婆娑，高出檐际，一花数蕊，百枝齐放，周年不绝，一大观也。回视江南草木，真愧傀儡耳。"简直要将夹竹桃视为花中之王了。

《花经》说："夹竹桃在吾国首由域外移植于岭南，而后再传及各地。"此为确当之论。来源的域外，是中亚的伊朗等原产地，至于移植的具体时代、特别是进入我国典籍记载的时间，则有可细辨之处。

首先，夏纬瑛《植物名释札记》谓夹竹桃之名见于明人王象晋《群芳谱》，《中国树木志·第四卷》《广州植物志》的夹竹桃名称后也括注出处为《群芳谱》，是不够严谨的。

不过《群芳谱》对夹竹桃的描写确实好："花五瓣，长筒，瓣微尖……自春及秋逐旋继开，妩媚堪赏。……五、六月时配白茉莉，妇人簪髻，娇袅可挹。"后二语尤其风情摇曳，经清初陈淏子《花镜》不注来历就抄袭过去，流传更广，桥东里的《花花果果 枝枝蔓蔓》，就因欣赏陈淏子书中这个情景而将夹竹桃篇副题定为"明知花有毒，偏向髻边簪"。

其次，夹竹桃之名比《群芳谱》更早的出处，一般会引用元代李衎的《竹谱详录》，如那本《中国植物志》第六十三卷（不过它将《竹谱详录》简化作《竹谱》，更将作者名误作李卫）。

李衎是博学的高官兼画家，特别爱竹，写了《竹谱》《竹谱详录》两本书，收集数百个品种，征引大量文献后分类逐一记之，其中"有名而非竹品"中有夹竹桃："夹竹桃自南方来，名拘那夷，又名拘拿儿。花红类桃，其根叶似竹而不劲，足供盆槛之玩。"

这段话被很多人视为夹竹桃在我国最早的记载。"自南方来"，熊大桐主编《中国林业科学技术史》谓"实指从西域引入"，但正如上引的《花经》，反映的其实是当时夹竹桃已从西域引种到我国南方，很可能已经归化后才北上，那么夹竹桃进入我国，就是李衎所在的13世纪后期至14世纪前期之前的事了。这从他记录的夹竹桃原名可以佐证，12世纪南宋范成大《桂海虞衡志》有载："拘那花，叶瘦长，略似杨柳。夏开淡红花，一朵数十萼，至秋深犹有之。"贾祖璋《花与文学》的《叶疏疑竹花似桃》篇认为这就是夹竹桃。与范成大同时期、袭录范书的周去非《岭外代答》记拘那花，文字略有增补，杨武泉在该书校注中引《云南植物志·第三卷》，也认为是指夹竹桃。

第三，夹竹桃引种入我国，甚至有可能在宋代之前。吴其濬《植物名实图考》记夹竹桃，引李衎关于夹竹桃名拘那夷等语后，复引周亮工《闽小记》所转引的曾师建《闽中记》："南方花有北地所无者，阇提、茉莉、俱那异，皆出西域。盛传闽中俱那卫即俱那异，夹竹桃也。"曾师建是南宋人，他提供了夹竹桃的其他近音译名，而唐代段成式《酉阳杂俎》就载有："俱那卫，叶如竹，三茎一层，茎端分条如贞桐，花小……"这样说来，夹竹桃似乎于段成式所在的9世纪之前就传入了。当然，俱那卫是否即夹竹桃，"盛传"而已，段成式的描述与夹竹桃有相似也有未能对得上的地方；但所览植物书籍涉及夹竹桃的，都没有引用《酉阳杂俎》这一则，作为个人发现，特录于此姑备一说。

第四，不仅如此，不仅夹竹桃这种植物，就连夹竹桃这个名字是否如主流意见所指始于李衎记载，都很成疑问。

北宋11世纪前半期李觏写过一首《弋阳县学北堂见夹竹桃花有感而作》，贾祖璋《叶疏疑竹花似桃》认为，该诗题目其实不是指"夹竹桃的花"，而是"夹竹的桃花"，即写的是一片桃树把一丛竹子围住的情景，他认为不应该"错误地把它作为夹竹桃的文献"，"李觏时代，中国还没有'夹竹桃'这种植物，也没有'夹竹桃'这个植物名称"。

可是，那句治学名言真是值得时时记取啊："言有易，言无难。"李觏时代中国可能已有"夹竹桃"这种植物，见上引《酉阳杂俎》；而已经有"夹竹桃"这个植物名称，证据更充分，李觏的诗并非孤例。雷寅威等编《中国历代百花诗选》收集了不少咏夹竹桃的古诗，其中就有与李觏时代相去不远的三位宋人：邹浩《移夹竹桃》、沈与求《夹竹桃花》和曹组《夹竹桃花》——难道会有那么多人去写桃树把竹夹住的特殊情景？况且那些诗中，都比李觏更明确就是写"夹竹桃的花"，如邹浩："将谓轻红间老青，元来一本自然成。"其题目的"移"，是"更移此本家园去"，即成株迁栽。又如沈与求："摇摇儿女花，挺挺君子操。一见适相逢，绸缪结深好。"那些如轻红儿女的桃花、似老青君子的竹叶，是同出"一本"、结为"深好"的，是咏一种植物而非桃、竹两种。

诗可以证史，文学有助科学考据，从这些宋诗可见，夹竹桃之进入中国和得名，都要比几成定论的李衎说要往前推，最迟在宋代已经出现了。

转个话题吧。人们咏夹竹桃，常常会写它的桃、竹特征，然后再将桃、竹被传统赋予的人文意义转用于此（如沈与求诗），明人归有光看不过眼，在《房东夹竹桃花》中写道："芳姿受命独，奚假桃竹名。"说此花本有自己独特的气质，无需借用桃竹那样的主流花木名气。

归有光此诗更主要的内容是以下几句："昔来此花前，时闻步屧声。今日花自好，兹人已远行。无与共幽赏，长年锁空庭。昨来一启户，叹息泪纵横。"——对花忆人，里面有隐约的故事，但以归有光的风格，当然不会明说，只留下一份夹竹桃花下的幽隐怅怀。

郑逸梅的《花果小品》中也有一段回忆，记他初到上海时，居一小室，"窗前植夹竹桃数株，风来摇曳"，伴其凭案撰述，"着花繁茂，映书函稿笑以俱红"。他"盘桓其间，亦足排祛愁思不少。如是者凡半年，既而予移家别居，不再与花为伍矣"。——言下颇为依依，那段日子虽然困窘，却因夹竹桃而变得有情味、可回味了。

如此怀旧背景，让夹竹桃成为追思消逝之花。甚至，它是与死亡相连的。吴淑芬《花的奇妙世界——四季花语录160则》介绍，古代意大利等地人们常用夹竹桃来作葬礼的装饰花，印度教徒也用它编成花圈，放在死者脸部作装饰。

这份伤逝气息，让我想起罗马竞技场和庞贝遗址上的夹竹桃，旧日繁华散尽，相依废墟如悼。

可是，这个象征还有另一面意味，正如那两处夹竹桃，有着柔弱却坚韧的勃勃生机，无视衰亡，自顾自"开得正欢"——生灭循环中，自存天道。夹竹桃一头联系着死（包括其剧毒），另一头联系的是生（再恶劣的环境也可生长），展示着大自然生生死死间的端然气度。

这又像我开头说的那间到写此文时已正式消失的旧书店，当日还买了阿加莎·克里斯蒂的《死的怀念》，以书名作致意；但最终面对那本收载夹竹桃的《中国植物志》第六十三卷却有所感悟：花开有时，花谢有时，然而总体意义上的花，总还是生生不息的。以此送别一些流逝的东西，初心依旧。

2014年8月上旬，

七夕至中元。

【附记一】

夹竹桃并非名花，却颇受文人青睐，被一再用作诗文集名。

明代冯梦龙著有《夹竹桃顶针千家诗山歌》，简称《夹竹桃》，主要收录他自创的一种拟山歌，里面用不少花木作比兴来写男女艳情，但并无写到夹竹桃，之所以取这个名字，大概是指这些文人民歌的独创形式："三句山歌一句诗（这前后四句均为七言），中间四句是新词（四言）"，用夹竹桃来比喻几种体裁的夹杂。

当代苏晨有一本散文《夹竹桃集》，我以前在"花名册"系列介绍过。它不是植物专著，但好歹里面有文章写到夹竹桃，而近年有人为民国藏书家周越然出版了一部集外佚文集，书名也叫《夹竹桃集》，则既非书中文题，也非作者本人所取，而是编者金小明的代拟。他解释说是受周越然《〈六十回忆〉自序》的启发，周氏在文中自评其作品，"内容的混合，内容的夹凑"，或招"夹竹桃"之讥；而他自承"文既不文，白又不白——桃不成桃，竹不成竹"，自谦"恐怕还不能收受这个雅俗兼具的花名"，但也流露出欣然自许的意思了。金小明乃谓："夹竹桃的意象，正可以用来影射周氏文章——多元混搭的文化趣味，新旧夹杂的语言风格，及其可能给读者带来的利弊共生的阅读效果。"

周、金两位的妙解，比冯梦龙更佳，所挖掘的夹竹桃寓意，恰与我的写作有近似之处，也是这般混搭夹凑、利弊共生。自然，我的行文比周、冯要拉杂缠夹却又达不到他们的水平，只是用这种驳杂文字来记夹竹桃，倒也相称。进而言之，大自然草木原本亦是杂花生树的，则我总是以散漫杂笔去写，也不算太违逆吧，虽不敢说我的植物笔记因此就"婀娜自成阴"（明王世懋咏夹竹桃句），但因写本文而意外发现夹竹桃这个譬喻，可以用来为自己开解了。

【附记二】

恰在此文见报的今天，读即将被归并的《文汇读书周报》10月17日版裴诗语《林清玄的僧道不分》一文，转引了黄廷法《浮生拾慧》关于夹竹桃命名的另一种说法："夹竹桃，假竹桃也。"

裴文重点是转述钱穆《中国思想通俗讲话》中的一个故事，大意为：古代寺庙建好后会栽种松柏，这些树木要百年以上才长得雄伟，衬托巍峨大殿，反映创始者攝视未来、估量后世的气魄心胸；但有处残旧古寺，因殿前古柏枯死，当家和尚就在原处改种了夹竹桃，"今年种，明年可见花开，眼前得享受"。钱穆感叹这俗和尚不作长远打算，以此劝诫世人应秉持放眼将来的雄心毅力。

然而我想，既然古柏已死，用鲜活的夹竹桃代替又何尝不可，正见出天道不拘一格的接续，换一种面貌的新生，也是自然。再坚牢的相伴都会消逝，就像那二十多年来熟悉的《文汇读书周报》，且坦然相送，感念其过往，祝福其新姿。

让弘毅之士心怀久远吧，生在这破败的世间，我唯愿做那俗僧，不去强补旧梦再种松柏，只栽一棵纤弱但却开花的夹竹桃。世间的永恒，不在于维持原来不变，只在于本质初衷，残寺总有草木接上，已是善缘。且在倾颓寥落中默默欣赏当下花色，生灭流转的瞬间已是恒常。

2014 年 11 月 4 日。

【参考书目】

《中国植物志》第六十三卷，中国科学院《中国植物志》编辑委员会编，蒋英等编著。科学出版社，1977 年 2 月一版。

《花言草语》，原草编著。中国农业大学出版社，2010 年 9 月一版。

《花花果果　枝枝蔓蔓：南方草木志》，桥东里著，周小兜绘。新星出版社，2014 年 7 月一版。

初夏台湾花心思

　　"五月已经来临/花木一片繁荣。""在极美的五月里/所有花蕾都绽开。"——这是五月初夏第三度赴台、在敦南诚品买的海涅诗集《在极美的五月里》两首五月之诗的句子，正印证着立夏前后的台湾美景。缤纷诸色花木中，且选记几种印象深刻的黄红蓝紫。

　　"五月槐花香"，本是北方景况，可喜的是这回在台南的炎方热土竟遇上了：郑成功打败荷兰人收复台湾的标志赤崁楼，古旧红墙边，一树黄花开得极盛，浓艳夺目，更浓香扑面，令人一见沉醉。它极似黄槐，那也是我十分喜爱的花树，但黄槐没有这般香气，据说是一种美国槐，是这趟欢然新识的植物之一。那高出墙头俯瞰院落的繁花，把沧桑遗址浸润在甜蜜芬芳中，往事苍凉，现世温煦。

　　花香味之外是"古早"味，台南作为台湾开发的起源地、早期地方政权所在地，是座充满历史感的"府城"。这里有全台第一座孔庙，乃台湾教化之始，深夜兜风重访，灯影明灭中，"全台首学"的门楼，伴着一树黄蕊鸡蛋花，安静地述说着前世烟云——孔庙由郑氏兴建并在此举办儒家学堂，而鸡蛋花是荷兰殖民者引进到我国台湾的。

临上出租车离开前，瞥见马路对面、南方特色的骑楼下，有一大丛软枝黄蝉，亮丽的大朵黄花照亮了夜色。这种花，则在日据时期由日本人传入，于是孔庙前这片小区域，仿佛交集见证了几段大历史。同时，又有个人的时光之感，因为想起前年也是夜访此地，看过这一丛鲜丽黄花，重逢欣悦。

另一种瞩目的黄，是行道树阿勃勒，满树明艳花朵，串串簇簇垂挂，中间悬吊着一根根腊肠状的荚果（故内地称为腊肠树），别有奇趣。最新一期《台南观光》，就以"黄金雨落"为主题之一，称阿勃勒的绽放是台南夏天的开始，金雨般的落花是夏季之神最动人的讯号。

"台南是一座适合花间散步的城市"，这生活味道浓郁的"慢城"，就连处处商铺人家门前都摆满盆栽植物，家常悠闲的气息。在神农老街闲逛，药王庙前一盆沙漠玫瑰，绯红的小花，衬托着庙宇精美雄伟的青石龙狮雕刻，鲜活与古旧、宗教与生活，悠然融汇，犹如此城的写照。

更红更惊喜的，乃是凤凰花。自从萧丽红《千江有水千江月》中"虽说凤凰是心爱的花，台南是热爱的地……"

在大学毕业时留下击心印象,二十多年来念念不忘;上次来台南到得早了一点,这回,终可在一个特别日子,见到有私己纪念意义的凤凰花开:街边的骤见耀眼,古迹旁的翠绿火红,与旧明信片中凤凰木大道对应的今貌,台湾文学馆前的"文学思奔"(夹门两棵凤凰木大树下,一个讲座的宣传牌)……那本《台南观光》介绍这个"凤凰城",市树凤凰木的大规模栽种至少已有近百年,成为台南的象征标志和人们的集体记忆,影响了大量文艺创作,举例就有萧丽红书中的一句:"凤凰花在台南府,才是凤凰花。"

是的,凤凰花总与记忆相关连。旅途上因应时令买了台湾乐队五月天的专辑,有一首写成长历程的《三个傻瓜》,其中唱道:"他终于哭了,就在那天,回忆缺席了最后一次凤凰花。"经历过同样青春的我,终于能为自己的心花拼图补缺,仿佛那些火花一直在这亲切的异乡等候我前来,欣惘交集……

姜育恒唱过,马家辉写过,凤凰花是"情花"。而真有一种百子莲,别名就叫爱情花,因其属名Agapanthus由希腊语"爱"与"花"组成。在雨天清幽的台北植物园,新认识了此花,亭亭玉立的蓝紫花球,缀满水珠,清丽可人。园中有座做过台湾总督府的钦差行台,院里一丛丛百子莲,风雨飘摇兀自盛开,映衬着寂寂的古建筑,别有韵味。

在台中山间，则遇到另几种蓝：大花茄、蓝雪花、蓝花楹，都令我欢喜。尤其后者，不像又名红花楹的凤凰木那样树冠开阔，是相对纤瘦轻盈的，却也同样满枝盛花，在湛蓝天空下开得如烟如雾，是足与碧空相守的一份清傲；花色带着淡紫，又是一份淡然自在。

那种蓝，如此清爽、清新、清澈，却带点忧郁的浪漫。忽然想到林夕写的梁汉文唱的一句歌："那种蓝，有生之年属于我。"

自然，横亘此生的，还有那些少年心事的火红、中年闲情的明黄。花间心思，低回如夏。

2015年5月中旬，

台湾归来草就。

香港文学散步

——张爱玲·萧红·凤凰花

　　小思(卢玮銮)编著的《香港文学散步》,1991年出版后带动了对香港"南来文人"的关注,是我很感兴趣的题目。此书2004年、2007年先后出过增订版,最近(2015年6月)上海译文出版社出了第四个简体中文版,书装比港版更雅致、更有品味,是近年内地书籍在装帧设计方面追赶提升的成果。

　　全书"忆故人"、"临旧地",集中介绍20世纪上半叶从中国内地旅港的著名作家、学者,收录文章主要由三部分组成:那些文化名人在香港留下的相关篇章;当时或后来不久有关人士的记述文字;小思本人的评介。另附地图、照片等,展示南下文人居停香港期间的踪迹。——很用心的编法,是地缘文学的上佳范本,给文学爱好者的阅读、旅行爱好者的行程,都提供了新的路径。我十月假期赴港,便是以所购读的新版为指引,作一点香港文学散步。

去了慕名已久、偏远宁静的薄扶林道，清幽山林间、雨后苔路上、潺潺溪涧旁，探访了戴望舒的林泉居旧址；附近海边一个住宅区，是叶灵凤、施蛰存、徐迟、丁聪等名士曾经聚居、出没的学士台；香港大学里，看了许地山任中文学院主任时办公所在的邓志昂楼等。最有意思的是对张爱玲、萧红的寻访，两位才女在这异乡海岛上的无意交集、特别是与同一种南国花树的奇妙巧缘，甚可回味。

坐巴士沿着薄扶林道，盘旋于山与海之间，来到浅水湾。走到沙滩前，意外看到新设了一条"南区文学径"，乃是受《香港文学散步》启发而做的纪念张爱玲地标，三张长椅，旁边分别是张爱玲在香港拍摄的一帧照片以及象征战乱背景的子弹壳，几垒书籍雕塑，外套与行李箱雕塑，代表张爱玲在香港的三段历程（1939—1942, 1952—1955, 1961—1962）。

这些作品的背后是一栋大厦，原为浅水湾酒店，张爱玲在香港读书时来探望过入住于此的母亲，后来，她把《倾城之恋》的男女主角邂逅之地设在了这家酒店。——空寂的黝黑长铁椅，别有意味的雕塑作品（连日雨水沾湿了照片上张爱玲的年轻面容），加上这栋新大厦的旧联想，很能给人时光沧桑之感。前面的沙滩，因逢台风雨，游客稀少，阴黯雨云下潮浪兀自涨落，在沙上留下转瞬的印迹；两个小女孩在滩上戏水，对着卷来的波涛或静立或呼笑，海天漠漠中，更添苍茫寂寥。

来浅水湾的本意是看凤凰木。《倾城之恋》里，范柳原在此指给白流苏看凤凰花（小说中称为"影树"、"野火花"），这种"红得不能再红了"的燃烧火花，是两人情感、心态的意象。而近读《香港文学散步》才知道，浅水湾曾经的萧红墓，也是由一棵凤凰木荫蔽的：就在张爱玲（以及范柳原、白流苏）的香港岁月，1942年初，萧红病逝，端木蕻良等人把她的骨灰埋在浅水湾海滨一棵大树下，以满足她"与蓝天碧海永处"的愿望；到1957年因当地改建，要把骨灰迁往广州，主持迁墓的叶灵凤等就是在那棵凤凰木"高疏的绿荫覆盖"下，挖掘出萧红骨殖的。——此墓曾牵动过很多人，十多年间不少名家都去拜祭过留下诗文，但大多像夏衍的《访萧红墓》，只写那里有"一棵我叫不出名字的大树"；是对香港风物有研究认识的叶灵凤，才在《萧红墓发掘始末记》中明确指出那是"一棵大影树"。

但其实，我二十多年前第一次第二次去香港，都为了张爱玲和萧红而专门到过浅水湾，也看过凤凰木。翻出旧相册，1993年9月那张滩头独自徘徊的照片旁有记："来香港当然要来浅水湾。但萧红的坟，我早知道，是迁走了。太平盛世，这不再是属于张爱玲和萧红的浅水湾了……"1994年9月再来，则留下一张铺满镜头的凤凰木枝叶的照片，旁边写道："火红、单纯、热闹、盛大的凤凰花季已过了，这个季节，只剩下平淡的绿叶的生机。"那是个人心情的写照，但当时不知道凤凰木除了关乎张爱玲的作品，还关乎萧红的切身。

关乎张爱玲的凤凰花，廖伟棠长诗《海滨墓园——为萧红、戴望舒、张爱玲的浅水湾而作》写道："辗转洛杉矶汽车旅馆间的老妇/空幻中捉虱的孤独/其实等同于野火花下互相驱蚊一梦/又是多少都市倾覆换得。"前两句是张爱玲的晚景，后两句则源自她年轻时的《倾城之恋》。

廖诗接着写："如今这树重又唤成影树/继续为无情的过客而扶疏/只有她（张爱玲）的鬼魂不再回来这里。"这句子似乎移给萧红更合适。此诗题目出现了戴望舒，是因戴留下过一首有名的《萧红墓畔口占》："走六小时寂寞的长途/到你头边放一束红山茶……"然而比起红山茶，更值得遥思的是那真切护卫过萧红灵魂的火红凤凰花。这棵花树是很多去看过萧红墓的人都注意到的，虽然像夏衍一样叫不出名字。如柳亚子曾经"觅萧红女弟埋骨处不获，怅然有作"，但后来写《重游浅水湾寻萧红墓》，题记云经萧红生前好友告知，萧红骨灰埋在一棵大树下，诗遂如此开篇："真向萧红墓上来，参天大树异松槐。"又如聂绀弩的《浣溪沙》，也是一开头就写:"浅水湾头浪未平,秃柯树上鸟嘤鸣。"

　　这里牵连出一点要辨正的。罗孚《萧红的骨灰》,说柳亚子"前后两次寻访萧红墓,似乎都没有找到。"这似乎不确,如上引,人家重游时是终于"真向萧红墓上来"了。他更说,柳诗写到"参天大木",而聂绀弩写的是"秃柯","柳是听别人说的,不符事实;聂是亲眼看到,那是一株处于旧叶尽脱、新叶未生时期的红影树(又叫凤凰木)"。这话也不对,将题记和诗句联系起来看(罗孚此文略去了柳诗的题记),柳也是亲见的,他和聂只是在不同季节看到该树的不同样子而已;凤凰木树冠广阔,高大昂扬,是完全当得起"参天大木"的。罗孚自己另写过《盛夏的红影》,记他居处一棵巨大的凤凰木:"不开花时是绿色的凤凰,张开了若垂天之云的翅膀。"一到花开,则就算用"一片翡翠之上缀上一大片红玉"也不足以形容那份气势。"开时烧空尽赤,落时铺地成彩。红影树真是动人的。"——这也是参天大树的盛况了。

　　如今我又是在秋风秋雨中来到,依然不是烧空尽赤的花期,但仍在沙滩附近走走,寻觅一些凤凰木,仰看那些密匝而细碎的枝叶,阴沉的天空仿佛有前尘随雨滴下。特别是估摸着与当年萧红墓地差不多的方向,在雨中踱到一条清静小路上,遇见一棵老得根茎耸然、枝条遒劲的大树,估计总有好几十年了,它有没有见过张爱玲和她的笔下男女?（《倾城之恋》中，范、白就是在这样"汽车道旁郁郁的丛林"指看凤凰花的。）当年端木蕻良携着萧红的骨灰去海滩上埋葬，又有没有在它旁边走过？……报载，"南区文学径"除了"张爱玲香港之旅"的三张长椅及雕塑，还将在浅水湾沙滩设立纪念萧红的地标，以鲜红的鸟羽模型寓意萧红追求自由的精神；我倒愿意那只尚未落成的红色飞鸟，今后可供人想象她墓地上的凤凰红花。

然而，这个曾备受瞩目的浅水湾墓地，并不是完整的萧红；埋在这里、后来迁到广州银河公墓的，只是她一半的骨灰。另一半的下落，是一个更凄美的故事……

次日，还是先从张爱玲开始，前往香港大学。

港大位于香港岛西北部，向海依山而建，楼宇高低错落，其中历史最悠久的是"本部大楼"。这栋宏伟而古雅的逾百年建筑，当年曾是文学院，张爱玲年轻时在港大读书，就是在这栋主楼及其陆佑堂。一直使用至今的主体建筑，是一座红墙钟楼和四座角塔，回廊连接着骑楼，混合了文艺复兴与南洋的风格。地砖典雅漂亮（以红色调为主的彩花图案），木门厚实精美（那些旧式门后面现在仍是课室），一切都透着古老的风情。中间有个天井，绿荫笼罩着圆形金鱼池，衬托出古旧闲适的气氛。——根据张爱玲小说改编的电影《色|戒》，曾在此取景，汤唯坐过的那水池边，我如

今靠着的二楼连廊栏畔，当初张爱玲也坐过靠过吧。风雨稍歇间微薄阳光照来，像历史的穿越，往昔的故事在静谧中如光影拂过。

张爱玲与香港大学，本来都属于香港文学史上重要的故人旧地，但很奇怪，小思的《香港文学散步》都没有给予独立的专章；她给出的理由很牵强，我斗胆猜测会不会与个人好恶有关，但从学术的公正性而言就有点遗憾了。（说到该书的不足，还有收录的文章是否允当问题，本文多处引用的资料并不出自书中。）

其实比起大部分南来文人，张爱玲对香港的感情要更深。她第三次旅港后写下《重访边城》（兼写台湾），里面有对香港的评价："太喜欢这城市，兼有西湖山水的紧凑与青岛的整洁，而又是离本土最近的唐人街。有些古中国的一鳞半爪给保存了下来，唯其近，没有失真。"几十个字，浓缩了她三度居港的观察体会，写出此城的精髓，是那些浮光掠影者所感受不到的香港本质上的好处。

该文又写她重返香港大学，回忆当年掩映在满山杜鹃花丛中的老洋房，嫣红的花海、姜黄的屋子，"配着碧海蓝天的背景，也另有一种凄梗的韵味"。而现在校园山上的小杉树都长高了，仿佛把自己抛下很远——"时间的重量压得我抬不起头来"。

本部大楼旁边有两棵凤凰木，树形很优美，引人注目，不知道这树是否够老，当年张爱玲有没有看过它的红热火花。今我来思，花期过后的树上已结出荚果了，浮华洒落，物是人非，时间不是没有重量的。

有朋友说的不错，"比起浅水湾，港大那一带是萧红与张爱玲更大的交集"。出了香港大学校园转到附近，要看与萧红有着深厚关系的另一个校园另一处凤凰木。但首先看看巴丙顿道，《倾城之恋》的范柳原，就是在这里租了房子与白流苏栖居的。这条半山小街，坡道很陡峭，仿佛旧时人事随时可从街的那一头倾泻下来。近期《三联生活周刊》有一篇张月寒的《张爱玲的藕色香港》，对此街有详细描写，此不赘。

紧挨着张爱玲作品故事场景的这巴丙顿道旁边街口，是圣士提反女子中学，通透的铁门后面的花园树荫，则是属于萧红的真实故事，且不限于萧红本人的凄美故事。

萧红是在这里去世的，当时日本侵华，香港战乱，病中的萧红辗转多处，最后在玛丽医院设于此校园的临时医疗点病逝。端木蕻良料理萧红身后事，把她一半骨灰埋到浅水湾，那里成为广为公众所知的萧红墓；但同时，端木偷偷藏起另一半骨灰，回到她离世的这圣士提反女校，也埋在一棵树下，作为私人的纪念。也就是说，在浅水湾的萧红遗骨迁到广州后，她仍有一半骨灰永远留在她写出后期重要作品的香港。

　　这还不止。数十年后，端木也去世了，他的遗孀钟耀群女士根据端木遗嘱，将他的一部分骨灰带来香港，要与他私下留在此的萧红那一半骨灰合葬。但是，当时端木究竟把萧红骨灰葬在哪棵树下，已无法考究；圣士提反一位老师说，校园有棵年年都满缀红花的凤凰木老树最近倒塌了，会不会就是那里？这本属臆测，但钟女士当即认定，那就是了，"每年开出红艳艳的花朵，不就是因为埋葬了萧红的骨灰吗？几年前的倒塌，很可能就是当年挖坑埋骨灰时，碰动了这棵小树的根所致"。于是把端木那部分骨灰撒在倒塌的老树根部，让丈夫与前妻的灵魂得以共处，从此这对饱受物议的爱侣，在这个恬静幽美、不怎么为人知也就不受世人打扰的校园，可以长相守。

　　这份超越生死人伦的深情厚谊，见于《香港文学散步》收录的几篇文章。张爱玲写过"香港传奇"，萧红骨灰的故事，是真正的香港传奇啊。

　　圣士提反校园是不对外开放的，但可巧，花园门边就有一棵挺拔的凤凰木，像一种标识般安慰着来凭吊的人。高大的树干枝叶扶疏，绿叶青翠，在树下望向铁栏里郁郁葱葱的校园，一条梯级小径蜿蜒进去，进到那绿意幽深的所在，确是才子佳人埋骨的隐蔽好地方。曾敏之《端木蕻良魂游故地》文末赋诗有云："凤凰老树花飞处,应似霓裳舞玉清。"廖伟棠《圣士提反女校花园:萧红埋骨灰地》写到:"凤凰木、棕榈木,群树在晌午/骤然静了。你却纷至沓来……""夜复一夜,死神成为大师/花园叶腐叶生。"

从浅水湾那棵曾经墓上的凤凰木,到这圣士提反的凤凰木,巧合地,让分成两半的萧红骨灰,以同一种南方花树的名义得到圆满。这两处的凤凰木,附近又都有涉及张爱玲的同一树种:浅水湾的凤凰木入过张爱玲笔下,离这里不远港大的凤凰木也可能入过张爱玲的眼中。1939年8月至1942年5月,张爱玲在香港大学读书;1940年1月到1942年1月,萧红流落香港至去世。她们曾在同一个时空里,但目前没有看到两人具体交集的史料,倒是香港的凤凰木,可以联系起这两位同样惊世绝俗、不为世容的女作家,仿佛冥冥缘牵,让喜欢这种花树的我,更添了一份亲切。

这份虚拟的奇妙交集,还在于凤凰花与两人的隐隐对应。池上贞子《张爱玲文学技巧小考——"香港传奇"中的花草树木象征》指出,张爱玲以香港为背景的作品中出现大量当地花木,而且这些植物是参与故事情节展开的"动态的使用",这种现象是其他时期所没有的。更且,"香港传奇"中都是红色系花卉,包括野火花凤凰木等,"香港对张爱玲来说,意味着人生的转变,颇为重要,这些散落在香港故事中的红色花朵、树木，或许也是张爱玲本人的象征。……花草树木是'香港'不可或缺的构成要素，也是她本人青春的象征"。

一边是青春火红，另一边则是萧萧落红。写凤凰木的作品都瞩目于花开之灿烂红艳，很少提到落花，罗孚的《盛夏的红影》是我首次读到这方面的篇章，全文主要写凤凰木落花满阶的景况；因为他的《萧红的骨灰》一文牵连所及读此篇，那连日雨天中"铺满一坡落红"的情景遂使我想到萧红了。

写过"张爱玲在香港"也分析过萧红小说中女性的也斯（梁秉钧），有一首《凤凰木》，里面写道："在某些安好的时刻宁静的角落/朝向高高的天空有拔起的意志/但也常常依傍房子和车站/也与路人呼吸同样的尘埃。"此亦可以比喻张爱玲和萧红的共同特点：都是高迈脱俗向往天空，却又都不得不低落于现世尘埃（不仅是在爱情上，整个生命都如此）。

也斯还说，这些"不避市廛四处散落"的"红烟花"，"与眼前景色有新的连系"。这也是我此行对香港凤凰木的新感受了。一轮轮时光苍茫，一轮轮花红叶绿，这荫蔽过张爱玲（以及范柳原、白流苏），也荫蔽过萧红（以及端木蕻良）的花树，何尝不是香港文学散步中最美的树荫。

2015年10月13日，

农历菊月朔撰毕。

涉溪谁为浣芙蓉

秋光明丽的十月,阳台上芙蓉花渐次盛开,早上是清艳的浅红,午后是沉醉的嫣红,娇媚而又大方,每开一朵都是碧空的一枚镇纸。遂想起八月在蓉城成都,浣花溪畔寻古迹、百花潭边看芙蓉,真可回味。

成都的传统标志性景点之一,是杜甫草堂。以前已来过了,对杜甫也谈不上特别喜欢,但仍愿重游,主要是想好好看看草堂旁那条名字极美的浣花溪。只是所谓草堂几经重建,大大扩建,早非原貌;其所在的公园虽名浣花溪公园,园前园中有几条河溪,也搞不清哪条是浣花之溪了。唯在细雨幽林间,在那些青绿流水边流连一阵,拍几张照片发到微信朋友圈,感言谓:但又有什么要紧呢,岁月变迁山川变易,哪里去寻找历史的真实,何必执着,只感受一下"浣花"之名就是。

浣花溪因杜甫而闻名,后世往往用此溪来指代其遗迹。他中年入蜀,先寓居浣花溪之寺,后在溪侧营建草堂,在此写下众多诗篇。近日从旧书网补购了一本李景焰选注的《历代浣花诗选》，里面收入了杜诗数十首，但仍颇有遗漏。应该说，虽然其时杜甫流寓西南、家事国事事事伤心，这草堂也有《茅屋为秋风所破歌》的困顿，然而浣花溪的幽居，还是带给他很大的慰藉欢愉，所写诗歌多为风景明悦、心情舒畅之作：《卜居》的用心（"浣花溪水水西头，主人为卜林塘幽"），《堂成》的欣悦（"频来语燕定新巢"），《客至》的欢快（"舍南舍北皆春水，但见群鸥日日来。花径不曾缘客扫，蓬门今始为君开"），还有"清江一曲抱村流，长夏江村事事幽"（《江村》）的写意，"洗药浣花溪"（《绝句》）的悠然，总之，一派怡然自足。

　　成都西郊这条浣花溪，属于锦江支流，古时又名百花潭。但后来至少从明代起，水道转变流向，百花潭这名称独立出去，成了浣花溪下游的另一段了。不仅如此，清代王时翔写过一首《怀工部草堂》："五载成都尹，心期怅久虚。空吟杜陵句，未识浣花溪。"这位知府不至于公务繁忙到五年间连去草堂游玩一下的机会都没有，他的意思应该是，因其时草堂本身和环境的变化，已分辨不出古代真正的浣花溪了。现在草堂前的溪流，当为人工整治后新引的。但即使是新添的摆设吧，起码在第三度来成都之时，能循着水流稍稍怀古一番，虚应故事，也算"色香且领闲中味，泡影重开镜里缘"（张问陶《咏薛涛酒》，此诗写来访旧迹、"浣溪何处薛涛笺"的惘然）。

那天离开草堂，还有点时间要打发，就是选了到百花潭公园喝茶，感受成都的慢生活，在那里便读到了浣花溪的另一位名人薛涛。

来到百花潭公园前，先已见到散花楼下一丛芙蓉，高高的枝头开了红白二色的花朵。入园后，在江边林荫处找了个茶座，又恰好身后有几枝芙蓉临水盛开，微雨中清丽粉艳，真是"映水益妍"（王象晋《群芳谱》。芙蓉历来都有文震亨《长物志》所指"临水为佳"之谓）。颇喜在蓉城成都有此巧遇，遂对着一盏清茶，读读带在旅途上的四川作家阿来《草木的理想国》。这本"成都物候记"，多处谈到杜甫草堂和浣花溪的旧事，也写他曾在这百花潭公园散花楼下河堤上赏花，颇感恰好亲切；全书压轴篇是芙蓉，就在芙蓉花畔读之，对此花此城多了点贴近的认识。

他写到五代十国时后蜀国主孟昶因妃子花蕊夫人喜欢芙蓉，为讨佳人欢心也为保护城墙，在成都城上城中遍植芙蓉，从此成都得名蓉城。

这是通行的说法。赵抃《成都古今记》："孟后主于成都城上遍种芙蓉，每至秋，四十里如锦绣，高下相照，因名锦城。"张唐英《蜀梼杌》："城上植芙蓉，尽以幄幕遮护……九

———— 33 ————

月间盛开，望之皆如锦绣。昶谓左右曰：'自古以蜀为锦城，今日观之，真锦城也。'"不过，新近从旧书网补购的成都市花市树小册子《芙蓉和银杏》，另还引了《锦里新闻》："锦城……人又谓蜀王衍命蜀城遍栽芙蓉花得名。"也就是说，成都的大规模种植芙蓉，可能在孟氏后蜀之前的王氏前蜀王朝就开始了。

但有人据这几则资料说成都别称锦城乃得自芙蓉花，是不确切的。上引《锦里新闻》那里的省略号原文，据《广群芳谱》转引，是"锦城，因锦江之水濯锦而名，人又谓……"另，《华阳国志·蜀志》载："锦江，织锦濯其中则鲜明，濯他江则不好，故命曰'锦里'。"这才是锦城，以及锦江、锦里的来历，反映四川历史上纺织之盛。

浣花溪这一段江流因水质特别好而又名濯锦江，但其实，它还催生出成都的另一个产业。阿来书中说，唐朝浣花溪旁有很多造纸作坊，最出名的是才女薛涛亲自设计制作的笺纸，用浣花溪的水、木芙蓉的皮、芙蓉花的汁制成，即著名的薛涛笺。

这里要插说一下浣花溪及百花潭得名的由来。汪廷讷《卧游杂记》载，唐代有位节度使的妻子任氏（她也曾住过杜甫旧宅之寺），曾"见僧坠污渠，为濯其衲，百花满潭，因名浣花"。但这个美丽传说已被认定为附会。准确的来历，见仇兆鳌注解杜甫诗中的浣花溪时引《梁益记》："溪水出湔江，居人多造彩笺，故号浣花溪。"原来这个佳名就得于制笺的传统。郑谷《蜀中》所谓："浣花笺纸一溪春。"

颜希渊咏《薛涛》："小花笺纸浣花居。"这位才女脱离乐伎生涯后，迁居到浣花溪下游的百花潭，开始独立营生的新生活，就是制笺。费著《笺纸谱》："以浣花潭水造纸，故佳，其亦水之宜矣。""涛侨止百花潭，躬撰深红小彩笺，裁书供吟，献酬贤杰，时谓之薛涛笺。"

深红（以及尺幅的小），是薛涛打破笺纸传统的创举（以往一般为黄色）。这缘于她本人喜欢深红色，曾以"朱衣"（《寄张元夫》）自况，也得于浣花溪畔芙蓉花之助。这是入了古代科技史专著记载的，宋应星《天工开物·杀青第十三·造皮纸》："芙蓉等皮造者，统曰小皮纸……四川薛涛笺，亦芙蓉皮为料煮糜，入芙蓉花末汁……遂留名至今。其美在色，不在质料也。"染出的正是芙蓉花开到浓时之美色，以此广受欢迎。

阿来说，他有一次特意到浣花溪公园看芙蓉花，明知已非薛涛当年的花了，但想到曾是她行经之处，"心情毕竟与在别处看见，还是有些微的不同"。我在百花潭畔、芙蓉花下读之亦如是，这份与古人今花的呼应之感，乃这第三度蓉城之行的恰当留痕。

随后却还再有恰好的留念。当晚因入住的酒店临近天府广场，旁边就是天府书城，遂去逛逛，在这以前也到过的书店，购得寇研的历史小说《大唐孔雀——薛涛和文青的中唐》。记得第一次入川，买过薛涛的诗集（陈文华校注《唐女诗人集三种》）；第二次到蓉，去望江楼公园，那是薛涛晚年离开百花潭后移居到碧鸡坊的所在，专程去看薛涛纪念馆、薛涛井、浣笺亭，还买了一本"薛涛笺"（自然是今人挂名仿制的）；今天百花潭之遇之读后，碰上此书，真是非常合适的旅行纪念。

这本《大唐孔雀》，写薛涛的生平和交游，其中说她在百花潭的居所紧邻杜甫草堂（其时杜甫早已离川且去世了）；也写到她对改良笺纸的贡献。又谈到薛涛"生性爱花"，多介绍其花事花诗。这当中，菖蒲、枇杷是其生活中的重要意象，但我更关注的是芙蓉，感到最能成为其象征。

薛涛诗中出现过两次芙蓉花。阿来很赞赏一句"芙蓉新落蜀山秋"，那出自写给情人元稹的《赠远二首》。我则欣赏她晚岁答谢杜牧寄诗的《酬杜舍人》中那句："芙蓉空老蜀江花。"《大唐孔雀》说这诗中有略带自嘲的泰然从容，我倒读出一份知音远隔的隐隐寂寥，进而是身世的写照。无论从哪一方面理解，这七字都是薛涛最好的自况。此外，《唐女诗人集三种》附录了刘禹锡一首悼诗《和西川李尚书伤孔雀及薛涛之什》,写佳人亡、孔雀萎,也用芙蓉作寄怀:"唯见芙蓉含晓露,数行红泪滴清池。"

回头看杜甫,他居于成都草堂期间的作品经常出现花草树木。浣花溪一带草木繁茂(盛产造纸植物也是制笺作坊聚集于此的一个原因),杜甫建造草堂时还多次向人讨各种树苗来亲自栽种,也喜欢在周遭游逛看花,写过《江畔独步寻花七绝句》等。如此,"江花江草诗千首,老尽平生用世心"(赵孟頫《题杜陵浣花图》)。正因下笔常涉花草,以致还留下一段公案,《韵语阳秋》云:"杜子美居蜀,吟咏殆遍,海棠奇艳而诗草独不及,何耶?"引来"子美无情"、"惆怅风流负海棠"之叹。海棠确是蜀中名花,跟薛涛也有很大关联,有一回友人游成都,带回来的礼物就是一枚张大千画的秋海棠书签,我这次在郊外的青城山也看过此花。但我遗憾的则是,杜甫似乎也没有正式写过同样"奇艳"的成都芙蓉花。

不过,"芙蓉"这个字眼在杜诗中是有的。居蓉时期的《进艇》谓:"并蒂芙蓉本自双。"但萧涤非《杜甫诗选注》和潘富俊《中国文学植物学》都认为指的是荷花(屈大均《广东新语》则认为是木芙蓉)。另外,这趟行程前读成都女作家洁尘的《一朵深渊色——四季植物情书》作为热身,里面一篇《暧昧的芙蓉》说,杜甫《春夜喜雨》中的"晓看红湿处,花重锦官城",写的是成都雨后芙蓉沉甸甸的景象。但这只是想象而已。(又:洁尘这本"四季植物情书",该芙蓉篇放在夏季辑,这是因为新品种的改良培育,现在的芙蓉已从夏天开起,而非古代以"拒霜"闻名的秋花了。)

这里还有个话题,是芙蓉与荷花的关系。古代最早"芙蓉"之称是指荷花,后来芙蓉的得名,李时珍《本草纲目》说得明白:"此花艳如荷花,故有芙蓉、木莲之名。"为示区别,有时又称为木芙蓉,但也仍有以芙蓉之名出现的,在古诗文中会造成混淆。《中国文学植物学》介绍古典文学中一名多种的植物,首先就是芙蓉,说凡是诗词所写为夏季景观或水生植物的芙蓉,即为荷花;写的是秋季景观、木本植物、生长岸上的,则为木芙蓉。但像薛涛那句"芙蓉空老蜀江花",虽然以江水为背景,考虑她与锦江支流浣花溪木芙蓉的缘分,以及芙蓉向来"绰约偏多临水态"(申时行《小园看芙蓉》),我认为写的应是木芙蓉。至于本文题目所用的苏曼殊诗"涉江谁为采芙蓉"(《过若松町有感示仲兄》),苏又化自《古诗十九首》的"涉江采芙蓉",那就都是荷花了。苏曼殊在《燕子龛随笔》中明确指出:"涉江采芙蓉,芙蓉当译Lotus(莲花)",批评"英人每译作Hibiscus(木芙蓉)"之误。他是对的,《古诗十九首》来自汉代,那时可能还没有木芙蓉;《广群芳谱》的木芙蓉部分,收入最早的资料只有梁代江淹《木莲颂》。

这套汪灏等编《广群芳谱》，我近日想读读其中的芙蓉资料来配合此文，没想到那天一揭开，竟然恰好就是木芙蓉部分，自己都不敢相信会在厚厚一卷里能一翻即中，这真是天意注定要写此花了。至于潘富俊那本《中国文学植物学》，是有一年十月在香港买的，那天先游南丫岛，乡村路边遇上一大丛过人高的芙蓉，在清新的阳光下开得颇壮观，一派烂漫野逸，也是至今难忘的闲情秋色。

潘富俊另在《唐诗植物图鉴》里对芙蓉只释为荷花，但其实，白居易、柳宗元、韩愈等唐人都写过木芙蓉诗。杜甫没有写，就当是把此花留给与之关系更深的薛涛吧。对于浣花溪，他们各有侧重，一位留下了写此地风光景致的大量诗篇，一位则为溪畔芙蓉留下佳句。

之后到晚唐五代，浣花溪迎来了第三位著名居客，韦庄，他则直接将"浣花"之名留在文学史中。

在成都读完《大唐孔雀》，接着读的是带来的《韦庄集》（向迪琮校订本，近日还补购了聂安福的《韦庄集笺注》作参考）。韦庄生当末世、乱世，前半生颠沛流离，晚年入川，为前蜀立国发挥了很大作用，是开国功臣。他到成都不久，就在杜甫草堂原址上建屋栖居，以表追慕，其弟的《浣花集序》记述："浣花溪寻得杜工部旧址，虽芜没已久，而柱砥犹存。

因命芟夷，结茅为一室，盖欲思其人而成其处。……目之曰《浣花集》，亦杜陵所居之义也。"

此集在韦庄生前编成，集名应来自其本人意思，至少是认可，后人据此称其为"韦浣花"、"浣花相公"。——这条溪流，聚集过三位入蓉名家，不知有没有人会写一部合传"大唐浣花三杰"。

《浣花集》编于韦庄入蜀初期，因此所收的诗歌基本没有蜀地之作，给人印象最深的是此前避乱江南十年的愁怀佳篇。古人向来诗是正经面目、词为暗地幽心，在韦庄身上就很明显，他的《浣花词集》写于仕蜀十年，里面尽多怅怀绮思，情语名篇不少，也有了"锦里蚕市"（《怨王孙》），"锦城花满"、"锦浦春女"（《河传》）等地方风情记录。不过，更值得重视的是一首被编入《浣花集补遗》的《乞彩笺歌》，是其唯一正面提到浣花溪及此地典故的。诗以"浣花溪上如花客"开头，盛赞薛涛笺之美，"留得溪头瑟瑟波，泼成纸上猩猩色"。（李商隐曾有诗云"浣花笺纸桃花色"，桃花色，就不如韦庄这猩猩色能表达出薛涛笺的深红。）最后是怀念已经下世的制笺者："薛涛昨夜梦中来，殷勤劝向君边觅"，表达了对前贤的思致。——浣花溪的一段文人史，在韦庄的居所和这首诗中，前后串连起来了，仿佛流水相贯，绵绵不绝，无负彼此。

一并带到成都读的旅行背景书，还有后蜀赵崇祚编的《花间集》（李一氓校本，近日还补购了杨景龙的《花间集校注》作参考）。这本我国第一部词集，收入包括韦庄在内的五代十国时期众多蜀中词人词作，充满绮声艳调，是士大夫冶游风尚和妇女心态文学的代表，是中原纷乱、川中承平富足温柔乡中优游逸乐生活的反映，自然不乏对当地风物的描写。如牛峤《女冠子》，写"锦江烟水……绣带芙蓉帐"。这是孟昶带出的宫廷风，"以（芙蓉）花染缯为帐，名芙蓉帐"（《成都古今记》）。

所收李珣的《临江仙》，形容照镜的佳人为"小池一朵芙蓉"，参照前引的潘富俊区别方法，这写的肯定是荷花而不是木芙蓉了。但阎选的《虞美人》，写"一枝娇卧醉芙蓉"，杨景龙先注为比喻女子娇媚如荷花，随之却又加了一条木芙蓉的资料："最妙者名醉芙蓉，晨起白色，午后淡红，晚则变为深红。"（劳大舆《瓯江逸志》）也就是说他都认为两可的，阎选写的，可能即蜀中木芙蓉。

这醉芙蓉就是我家阳台上的品种，《群芳谱》也有载："醉芙蓉，朝白午桃红晚大红者，佳甚。"如此一日三变，一反普通花越开色越淡之态，是其风致嫣然的妙处。"晓妆如玉暮如霞"（刘圻父《木芙蓉》），甚至让人联想到从粉嫩少女到酡颜妇人的转变，怪不得芙蓉的拉丁文种名mutabilis意思就是"易变的"。

《花间集》还收有张泌一首《江城子》："浣花溪上见卿卿。"此亦艳词，但这条溪水，确是能使人在历史中溯流而上、与前人相见，供后来者临水追怀，感念浣花往事。

在唐代，成都当地人雍陶《经杜甫旧宅》："浣花溪里花多处，为忆先生在蜀时。"在宋朝，曾客居蜀地的陆游离开后时常想念追记，如《老学庵笔记》，回忆成都四月十九日浣花夫人节，"倾城皆出，锦绣夹道"的盛况，在杜甫草堂游宴玩乐的情景；又如《梅花绝句》："当年走马锦城西，曾为梅花醉似泥。二十里中香不断，青羊宫到浣花溪。"

到了清代，连从未去过四川的纳兰性德，在《山查子》中写晨间初醒的凄清、惺忪朦胧中的惆怅，也如此收结："欲渡浣花溪，远梦轻无力。"最后一语，手头多种纳兰词只有李勖的《饮水词笺》注了出处，是韦庄居蜀期间《谒金门》的"新睡觉来无力"。容若公子的学养于此可见一斑，化用浣花溪畔人的句子，与上一句暗中呼应，用了典却不着痕迹，以致后人多未识别其意；又不会被典故掩过自己的情怀，意境更远胜韦庄原句，真是才华超绝。

我也是在写此文中一个半睡半醒的冥蒙清晨，忽然想起这两句"欲渡浣花溪，远梦轻无力"。查了好几个纳兰词笺注本，多释为以杜甫草堂指代作者自己的家，是思乡之作。这未免太着实了,可惜了那么美的句子;这份无可着落的怅惘,视为广义的念远怀思就好。就像《古诗十九首》的"涉江采芙蓉",虽然诸家都认同是用《楚辞》典故,以采花赠人寄托情意,但具体的对象则诸说纷杂,我还是赞同郑文的《汉诗笺注》,那就是一首怀人之诗,不必实指。

"涉江采芙蓉",以及"涉江谁为采芙蓉",我借来用作本文题目时都只记得句子而忘了全诗,后来翻了一下书,才发现"涉江采芙蓉"开头的那一首,结尾是我锥心的"同心而离居,忧伤以终老"。而苏曼殊那句诗连上前面是:"我再来时人已去,涉江谁为采芙蓉。"(马以君《燕子龛诗笺注》注为路经共同生活过的故人旧居时的惆怅。)——补回这些上下句,让人怆然低回。

那些遗忘了的前文后句,一如隔着江水烟波的前尘,欲渡梦无力,欲采人已杳。但偶尔遥遥回望一下,鲜丽的花色被岁月浣洗得依然栩栩如生——而且就像醉芙蓉,时光越晚,竟愈发浓烈。

2015年10月底至11月初。

【参考书目】

《长物志图说》,(明)文震亨著,海军等注释。山东画报出版社,2004年5月一版;《长物志　考槃余事》,陈剑点校。浙江人民美术出版社,2011年12月一版。

《草木的理想国——成都物候记》,阿来著。江苏人民出版社,2012年4月一版。

《芙蓉和银杏》,成都市园林局编印,1983年内部出版。

《天工开物》,(明)宋应星著,管巧灵等点校注释。岳麓书社,2002年4月一版。

《中国文学植物学》,潘富俊著。(台)猫头鹰出版社,2011年6月一版、2012年4月二版;《草木缘情——中国古典文学中的植物世界》,潘富俊著。商务印书馆,2015年3月一版。

《一朵深渊色——四季植物情书》,洁尘著。中信出版社,2014年11月一版。

《本草纲目》,(明)李时珍著,柳长华等校注。中国医药科技出版社,2011年8月一版。

散 花 记

第三次入川，所赏所读的花事书事，除了芙蓉等另写专文外，还有几种，结合其他旅途所见所记一并整理于此。在成都，宽窄巷子有一间散花书屋，百花潭公园有一座散花楼，名字很好，虽然没买书没登楼，但借用其名，来写写这些散碎的花片与游踪吧。

莲 花

出发那天是八月八日好日子：恰逢立秋，又恰逢农历六月二十四荷花生日。

一大早赴深圳机场，高速路上看日出，有一段可欣赏旭日从莲花山顶喷薄而生，至此才清晰感受到山名之由来：山顶确如莲花瓣的舒张。

抵成都后先逛宽窄巷子，老街巷旧民居包装成的旅游景点，太多店铺，太多游客，没什么意思。有间名为"莲花坊"的旧宅，可惜是餐饮，没有莲花，只在街边小摊上买了套"成都花语"明信片,彩绘风光名胜与十二个月花卉,其中六月是荷花配杜甫草堂。

在车上读带来的成都女子心岱《闲花帖》中《六月荷花二十四》篇应景。里面说,她是从记述吴中岁时民俗的清人顾禄《清嘉录》知道这个日子的:"是日,又为荷花生日,旧俗,画船箫鼓,竟于葑门外荷花荡,观荷纳凉。"又引明末张岱《陶庵梦忆》的《葑门荷宕》,记六月二十四日士女倾城而出赏荷的盛况。至于心岱自己,"今年夏天跟往年一样,照例去华西医大看过荷花"。——读的时候,旅游车正好经过华西医大。不过没有停留,而是去了太古里,逛方所书店。

久闻大名,果然够大,比广州的本店要壮观,很有设计风格,粗大的几何形石柱,两旁数层的书廊,头顶悬挂着诗句的饰牌("片刻宁静之需要"等等)。看得心喜,光是逛就花了不少时间,没怎么看书,直到临离开才发现一本合意的,拉尔夫·斯基的《凡·高的花园》。但里面没有荷花,想到要挑些与这日子相关的纪念品,于是再折回到文具架,却恰好遇上一款日本制"越前和纸",红荷图案的精美小笺纸,清丽可人,娇艳夺目,这是最好的留念了,为荷花庆生。

晚上在酒店房间写这天荷花生日的日记,旁边恰有荷花油画,横长恣纵。

第二天到武侯祠，以前来过而又没有特别兴趣的，不过意外收获是，在这里的荷塘看到些红荷白莲，碧叶丛中，略得遥望小趣。

随后又有恰好收获。逛旁边的锦里，本想寻觅些古迹，却原来是类似宽窄巷子更类似全国到处流行的人工包装旧街，满街杂锦小店，满巷涌涌人头，失了兴致。见路边有家"莲花府邸"，遂在其露天茶座歇歇脚，这里有缸植的荷花睡莲，得可近观些养眼的红莲与莲蓬。

在此荷花围绕中，一杯果汁，一盒香烟，一盘毛豆，一碟牛肉，不理会外面的熙熙人流，再读久居成都的作家阿来《草木的理想国——成都物候记》。其荷花篇，写了成都出身的明代文人杨慎，也写他去杨慎祠所在的桂湖公园看荷花，一见荷塘，"在这个日益被污染的世界，唤醒脑海中那些美丽的字眼。乐府诗中的，宋词中的那些句子在心中猛然苏醒，发出声来"。荷花虽然已经太常见了，但与之相对，仍真有阿来说的这种功效。他还引了《华严经》所记莲花，其中有云："自性开发，比真如自性开悟。"又引《本草纲目》，李时珍谈了荷花的种种好处后说："令人心欢，可谓灵根矣。"

这说法真好。就像这两天几处热闹场景中与荷花虚虚实实的零碎相遇，就像昔年偷闲到广州小洲村度荷花生日等虚实相间的赏莲旧事，都仿佛在浊世中得以且虚且实地秉持自性的灵根。

随后在旅途读另一本四川背景书、五代十国蜀中词人的《花间集》，也遇到些荷花句子，写得最好是李珣的《浣溪沙》："红藕花香到槛频，可堪闲忆似花人，旧欢如梦绝音尘。"

荷花也可以这般惆怅啊。不过其实这首在上一个月已读过：七月到湖南永州，曾往《爱莲说》作者周敦颐的故里道县，有心看看荷花，然而莲事不盛，颇有点失落，唯读带去的周裕苍等编著《荷事：中国的荷文化》以自遣。除了李珣此作，书中佳句还有晏几道的《虞美人》："采莲时节定来无？醉后满身花影、倩人扶。"

该书又收录了席慕蓉《一个画荷的下午》，是属于少年时光的篇章了，但现在重读也正好，因为她写的"七月的午后，新雨的荷前……"正是先前在新田县古村所见的情景：农家老屋旁的荷塘，细雨中数朵白荷开放，在大片肥壮碧叶簇拥中倒也如梦如幻；几只鸭子在塘中冒雨游弋，或在高擎的荷叶下躲雨，不乏乡村风致。

就是这么稀落零碎的花事了，可是，再往前推的六月收到一张台北故宫荷花明信片，恽寿平《蒲塘真趣》后面的话真好："谢谢走过的路，看过的花，读过的书。"——身居这虚虚实实世间，如此已足令人心欢。

曼 陀 罗

　　成都的太古里是一处好地方,古老建筑与新派潮店相杂,我喜欢这种交融的格调。那里有一座大慈古寺,路过门口时瞥见院中一树黄花,枝叶间挂满如倒悬喇叭的鲜丽花儿,很是瞩目,特地进去看了一会。

　　是曼陀罗。但以往看到的,都是草本或攀藤灌木,这棵却长成了婆娑之树,想是在佛门沾了神气？随后在阿来《草木的理想国》读到,原来有一种又名洋金花的木本曼陀罗。

　　阿来只是简略提了一下,而另几个四川作家,蒋蓝、钟鸣、洁尘、心岱,都有专文写过曼陀罗。尤其是蒋蓝《极端植物笔记·尖叫的曼陀罗》、钟鸣《城堡的寓言·曼陀罗花》,征引大量令人眩目的资料,介绍了这种妖媚妖艳、亦正亦邪、天使魔鬼聚于一体(洁尘《一朵深渊色·正邪曼陀罗》语)的奇花。

　　概括来说,曼陀罗是很好的麻醉药、止痛剂,及蒙汗药的重要原料,又是有强烈迷幻效果的毒物,更是催情壮阳、有助生殖的春药,别名醉心花。它历史悠久,来头很大,广受医生、病人、君主、学者、巫师、荡妇、强盗的欢迎,其令人癫狂的功效,连大医学家李时珍都亲身领教过。此外还涉及众多名人名著,比如:毕达哥拉斯、博尔赫斯、玛丽皇后、鲁迅……《圣经》、莎士比亚《罗密欧与朱丽叶》、雨果《笑面人》、霍桑《红字》……生发出种种玄幻古怪的记载。其中，我以前读古希腊荷马史诗《奥德修纪》及相关故事，有一种奇妙的摩吕草，很感兴趣，但多个译本都没有作明确注释，按钟鸣的说法，原来就是曼陀罗。又原来，以宋代为背景的《水浒》出现蒙汗药，是其来有自的，蒋蓝说，最早关于盗贼以曼陀罗制蒙汗药作案的记载，即见于宋人周去非的《岭外代答》(不过他把人名书名各写错了一个字)。

这样迷死人不偿命的好东西，自然会收入各种"极端植物秘笈"，法国贝尔纳·贝尔特朗的《花草物语——催情植物传奇》、英国大卫·斯图亚特的《危险花园——颠倒众生的植物》、美国迈克·米勒的《迷药》，都有曼陀罗(欧洲称为曼德拉草)一席之地。几本书带来世界各地更多匪夷所思、重口味的传说，"它通常和魔力、性、疯狂和死亡联系在一起"(《危险花园——颠倒众生的植物》)。

诡异的曼陀罗，据说多生长于绞刑架、断头台等刑场周围。我看过的此花，也都是比较特别的场所：在东京，远离繁华的都市一隅夜静街头，灯光幽明中路边的曼陀罗花格外雪白(这是其主要花色)；在台湾，一处乡间厕所，这艳异的花朵竟密密麻麻地爬满外墙包起了整间屋；而这回在成都，则是相逢于古寺。

事实上，曼陀罗本就有佛花的别名，在其原产地之一的印度，是重要的供佛之花。《佛教的植物》《佛教动植物图文大百科》介绍，曼陀罗的原文是坛城，意为聚集，即一切圣贤和功德的聚集之处。曼陀罗花，又译为适意，代表超然觉悟。它是著名的天花，《大智度论》："天花中妙者，名曼陀罗。"《法华经》："佛说法时，天雨曼陀罗花。"释迦牟尼成佛时，以及极乐世界的佛国，天空也不断降下曼陀罗花雨，一地缤纷。

而蒋蓝《极端植物笔记》还有更形而上的解释，说佛教里的曼陀罗（又称曼荼罗）不一定指曼陀罗花，更指一种达到盛境的宗教幻象；而坛城则象征宇宙世界结构的本源；"所以当得道之人拿起一朵花的时候，那朵花就是宇宙的一切。"并引精神分析学家荣格发现曼陀罗花与宗教经验的重合关系后，把"一切存在形式之间的深刻和谐"称为"曼陀罗经验"。

回想那天大慈寺的情景，似乎更能理解此语。这样魔幻迷乱的春药毒花，开在本该清心寡欲的清静佛门，即使不了解其醉人心更醉人身的功能，只看那么诡丽妖冶的花型花色，衬托着肃穆古典的佛殿，都会带来强烈的反差冲击感；而其实古代印度人是知道此花那些特性的，但仍以之作宗教供奉，视为"宛若天花般美好的妙花"，这就很有深意——要之,就是领悟了那深刻的"曼陀罗经验",让一切聚集,包容并处世间所有色相。

我也喜欢这种各个极端和谐交融在一起的格调,此亦一种适意。

鸭 跖 草

有两种小草我十分喜爱,因为开着极为精致、极为纯净的蓝色小花,它们的名字都很萌:春天的阿拉伯婆婆纳,夏秋的鸭跖草。

在成都青城山,又见到了鸭跖草,清奇清幽清凉的群山中,林下道旁草丛里,不时有这漂亮的蓝花,小得很不起眼,又蓝得很刮目养眼。心岱《闲花帖》写《夏秋之交的鸭跖草》,引了陈淏子《花镜》的精当记述:"高数寸,蔓延于地,紫茎竹叶,其花俨似蛾形,只二瓣,下有绿萼承之,色最青翠可爱。土人用绵收其青汁,货作画灯,夜色更青,画家用于破绿等用。"

她又引德富芦花一篇《碧色的花》,其中关于露草即鸭跖草,说:"把露草当作花儿是错误的,这不是花,这是表现于色彩之上的露之精魂。那质脆、命短、色美的面影,正是人世间所能见到的一刹那上天的消息。"

另一位西南女子涂昕的《采绿》,也引用了德富芦花这篇《碧色的花》，是另一个译本，有另一段话也说得好：露草是"蓝天的灏气滴落而下，落地成露，焕发出露色，在大地上使蓝天得到复苏"。

我手头的德富芦花《春天七日》亦收入此文，但这第三个译本荒唐之至，题目居然是《绿花》，作者喜爱的鸭跖草等（包括常见的牵牛花）碧蓝的花朵，全变成"绿色花草"。其实在上下文中，译者也能译出原文将鸭跖草与"蓝色的天空"联系起来这一妙喻，可转头又译作"绿花中的精华"，离谱得令人啼笑皆非。当然这估计跟作者用了一个介乎蓝与绿的词有关，日文里色彩的词汇远比中文丰富（这是他们细致观察自然的结果），我们无法逐一对应，但其他译者译为既可表示蓝也可表示绿的"碧色"，便可资参照。

我国古代，就是称鸭跖草为碧蝉花。宋人董嗣杲《碧蝉儿花》一诗，形容其"翠蛾遗种"、"翅翅展青"（有如《花镜》的"青翠"），但最后赞为"分外一般天水色"，则将此青此翠明确为碧空之蓝了。古人重视此花，主要即取其色，用花朵收汁做画画的原料，也供印染，据王辰《野草离离》之《鸭跖草》篇介绍，至今仍有人用来作手工草木染，制品也是蓝色的。

鸭跖草一般开在有露的上午，我国诗人也注意到这一特点，如宋代翁元广《碧蝉花》咏曰："露洗芳容别种青。"而日本人因之直接取名为露草，这名字体现了日本文化专注于短暂、脆弱、无常的"物哀"美感。我以前在武当山等地看过鸭跖草，写过与此花及相关花书的巧遇，后来一次日本秋之旅，更有了接连的实物与纸上前后脚邂逅之喜。

一天早上在东京，清亮的阳光中，街边遇此小蓝花，注目欣赏过。随后中午，一个人寻去看市郊的六义园，取中国古代诗分六义为名的传统园林，山水草木之布局、亭榭桥石之设计，都传承了中日两国古典文学的风味，幽静清雅，简洁闲寂。与别的景区、园林一样，这里也有当时得令的"花见情报"、"花历"，见出日本人对赏花的热忱。在安静光影中悠悠漫步一圈，领略了日本园林之境，然后在小卖部买些笺纸、明信片做留念，其中两叠夏花都有露草，清新的彩绘，画出蓬勃的气息。

另一个早上是在群山深处的箱根，晨雾中散步，空寂闲静的小镇，感觉也很好。各家各户门前是雨湿的花木（日本人爱花是爱到日常生活中、爱到骨子里的），幽林静处禅院外，路边长了露草，蓝色小花沾了露水，更其精巧可爱。下午回到东京逛银座名店街，发现一间教文馆书店，进去看看，有很多植物图书，像日本其他书店，这类园艺、自然之书也都摆在显眼的位置。翻一翻，图片漂亮而文字不懂，没有买，不过恰好多本花书中，都翻到这天早上见过的露草，很好的巧遇。

还有一回，也是独自跑到远远的古都镰仓，无目的地随兴尽兴逛了一天。其中一个愉快经历，是在那些整洁、清静、花木簇拥的民宅小巷中随意乱走，转着转着遇上一个镝木清方纪念美术馆。不认识这位画家，但在这庭院式的清幽处所，看其"明治的女性美"专题展，柔美、清艳的风格也很合眼，是漫游中舒服的停歇休息。临走买些纪念品，其中一叠镝木清方作品明信片亦有露草，画得颇有淡雅幽寂之美。——这里那里都碰上，日本人对这种小花的喜爱，可见一斑。

当然我们中国人也是懂得欣赏的。像涂昕那本分月记写的《采绿》，六月和九月篇都写到鸭跖草，称为"六月最美妙的馈赠"，"无与伦比的蓝色"；该书副题是"追寻自然的灵光"，她认为，阳光投射在包括鸭跖草等蓝花上的美妙光泽，就是本雅明说的万物"灵光"凝聚之处。

很高兴她对本雅明那个神秘概念的解释落脚于此，就像"柔和的阳光轻轻踩在那些我喜欢的蓝色花朵上"。也很高兴此书一些好见识、好情怀，落在鸭跖草的同一篇里，比如她说，通过沉潜于自然花草，可拓宽被工作俗务挤逼的心胸，从而"舒展为人生另一种足以安身立命的向度"。——我和鸭跖草都会对此点头的。

2015年11月初。

【参考书目】

《闲花帖》,心岱著。清华大学出版社,2014年1月一版。

《凡·高的花园》,[英]拉尔夫·斯基著,张安宇译。北京美术摄影出版社,2014年7月一版。

《极端植物笔记》,蒋蓝著。海豚出版社,2014年3月一版。

《花草物语——催情植物传奇》,[法]贝尔纳·贝尔特朗著,袁俊生译。重庆大学出版社,2015年1月一版。

《危险花园——颠倒众生的植物》,[英]大卫·斯图亚特著,黄妍等译。南方日报出版社,2011年3月一版。

《迷药》,[美]迈克·米勒著,离尘翻译社译。东方出版社,2003年10月一版。

《佛教动植物图文大百科》,诺布旺典著。紫禁城出版社,2010年2月一版。

《采绿——追寻自然的灵光》,涂昕著。中国华侨出版社,2014年7月一版。

《野草离离——角落中的绿色诗篇》,王辰著,张瑜绘。商务印书馆,2015年8月一版。

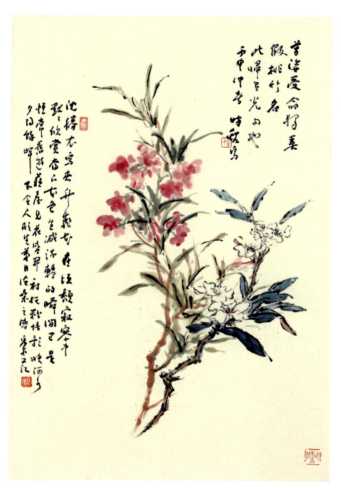

夹竹桃

芳姿受命独，美假桃竹名。此归有光句也。丙申仲春昉溪写。

沈胜衣写夹竹桃花，在顷颓寂寥中默默欣赏当下花色，生灭流转的瞬间已是恒常。旧游苏台见花盛开，衬托粉墙，影映河水，夕阳馀晖下，令人顿生岁月沧桑之感。宏泉又记。

仿佛那些火种一直在这亲切的异乡等候我前来，欣悯交集。沈郎在香江由凤凰花想到张爱玲和萧红，红色是鲜妍，也是伤感，有一种说不出的苍凉。丙申春仲昉溪记之。

凤凰花
仿佛那些火种一直在这亲切的异乡等候我前来，欣悯交集。
沈郎在香江由凤凰花想到张爱玲和萧红，红色是鲜妍，也是伤感，有一种说不出的苍凉。丙申春仲昉溪记之。

木芙蓉

浣花溪上见卿卿。沈郎在锦里看芙蓉感念浣花往事，我却在西子湖畔流连蓉坡。丙申春月昉溪并记之。

苹果树

苹 果 树 荫

董 桥

"世味似水,壮怀阑珊,终于连纸上这株苹果树也要还给牛顿了。"2014年董桥荣休时写的《珍重》如是说,以此结束副刊《苹果树下》,也结束报人生涯。"树下岁月从来静好,感谢这些年绿荫里和我一起吃茶谈天的作者和读者……客子光阴都在诗里字里消磨掉,偶尔几阵霏霏细雨,那是苹果开花结子的消息。"

终是未能忘情,两年之后,他写了篇《苹果树下》,还用作新书的书名;而又终是节制用情,文章完全没有提到那个精心操持多年的副刊,唯记写一串域外书间的花色果香。

色香缤纷,只说当中的英伦苹果消息:他早年旅居伦敦时,屋后一株"故交"苹果树;去看伍尔夫的旧居,想起她写过那果园里的苹果树;杜莫里埃的小说集《苹果树》;伦敦一中一西两个友人家后园苹果树下的茶叙;另两位居英的一中一西朋友都爱吃苹果;苹果的入诗入画,等等。以苹果为线眼，一路逶迤写来，同时谈及作家作品、文人典实、藏书读书、书籍装帧、个人心事……然后回到伍尔夫，讲买到她一本签名小书，因之又谈到伍尔夫的写作、英美文坛的关系、英国的旧书店、英国人的爱花爱绿等。到结尾，想象伍尔夫在那"花径蜿蜒，菜圃飘香"的乡居，为此书签完名后坐在苹果树下的情景。——那样的旧时花香果香，也是董桥自己的旧时英伦月色了。（该文还讲到他的书斋"旧时月色楼"的来历。）

种种人事书事、花事往事，散漫而绵密，摇曳生姿又处处扣题（虽信息量繁多，但就像一朵花连着一朵花，共构成一树好景），回应呼应又能不着相（如苹果成熟落地一样自然）。如此花烂漫，果连绵，堪称"后期董桥"文风的登峰造极代表作：意识流怀旧叙事，众多书人书事信手拈来随兴写去，纷至沓来的细节恣肆炫目，貌似漫无归止却又内里圆融。

这不是董桥第一次写英国苹果了。最早《双城杂笔》"卷一·在伦敦写的"里有一篇《访旧》，就记载了典型的英式家居：客厅窗外的花园，近处是玫瑰雏菊，远处是杏树苹果树。后来的《读园林》，描述流行的英式园林："在苹果树下密种各色玫瑰，绿荫下花影生姿，浓叶里果实摇红。"（玫瑰花与苹果树，正是英国最经典的代表植物。）再后来《草莓香气里的孟小冬》，开头就描写伦敦夏季午后，一座旧家小花园里的苹果树等静美树影。然后前几年，则有一篇《苹果花》，追记一位英国老藏书家，讲他的古屋"苹果花小筑"，后园的苹果树花之美、果之甜，斯人逝后花果凋零树渐稀的情形。——四十年间，从一个词到一段话，再到一个题目一个意象，直到现在《苹果树下》的主题（中间还有机缘巧合得来的《苹果树下》副刊），那棵英国苹果树在他笔下越长越大了。

对苹果的遥忆，其实是他的英国情怀。董桥在20世纪70年代旅居英伦，一开头可谓处于双重不适中：生活、思想一时不适应，文章屡见上升到华洋之别、中西抗拒的牢骚；而牢骚的表达很生硬，多少造成初期写作文笔上的不适应，他第一个集子《双城杂笔》的"卷一·在伦敦写的"大部分文章便是如此。近年重印收入《小品卷一》时，董桥自序便说起初不愿再印这些不成气候的"稚嫩之作"。可幸，他对文风文体的探索很快成熟起来，"在伦敦写的"最后一篇《另外一种心情》，就已形成了那个令人喜爱的"早期董桥"。他后来重新编集特地用了这个文题做书名，一些让人着迷的董桥元素，乃至常见的董桥句式，都从该文起延续至今，比如那句："雅得一塌糊涂，可是看起来爽得要命。"（此语还可视为其文之喻。）文章结尾在同期作品中罕有地加了时间、地点、落款，"一九七四年十一月十八日晨·英伦"（其时距他到伦敦一年多），好比一位画家，完成一幅佳作后意足心满地钤上印章——那朱红的印章犹如从前青涩的苹果开始红熟。

此后，"英伦"就成为他的一个重要印记，那段岁月精华，带来创作生涯的"最大转变"（董桥在专访《不甘心于美丽》的自表，陈子善编《董桥文录》附录），让他难以忘怀，成为写作中的重要素材。他曾用一个动人的文章题目《伦敦的夏天等你来》做书名，《楔子》写道："七十年代做客英国，终于学会看山看雨，识破世间宁静的激情和喧哗的假面，一路受用……"

如今《苹果树下》的书前《小引》，又一次讲到英国名家对他写作的启发影响，结尾谓，归休两年来，"读读闲书，看看字画，玩玩骨董，练练书法，苹果树下吃茶聊天，我很高兴"。——字画骨董有中有西，书法则是传统中国文化的代表；而苹果树，是他挥之不去的人生底色、英国文化的象征。时光深处这棵树，中花西果，交汇合一，清欢相伴，至可高兴地珍重。

伍　尔　夫

《苹果树下》文中记伍尔夫那个故居 Monk's House，音译为"潆庐"，董桥谓潆字合于伍尔夫意识流的意境。他描述这个"山乡宅院",房子不怎么好,但"园林不算小,花木蓊郁,菜圃苍翠,果园繁茂","苹果多得不得了……艳红累累"。该处是1919年伍尔夫伉俪拍卖得来的,伍尔夫1941年在此投河自尽后,她丈夫伦纳德一直住到1969年逝世。

此外,董桥旧集《从前》里的《戴洛维夫人》,也写到这个"乡间邸宅":"相传,那是僧侣避静的庭院……(他们夫妇初搬进来时)天天点油灯,汲井水,在一亩大的土地上经营园蔬,周遭的景色跟十四世纪诗人乔叟时代的景色完全一样。"

《苹果树下》还有一篇《绾霞山房》,推许伍尔夫:"英国没有一个作家比得上她。"并介绍了她的《作家日记》,那是伦纳德在伍尔夫身后摘编出版的。该书有选译本名为《伍尔芙日记选》(戴红珍等译。伍尔芙,今通译作伍尔夫),那位好人丈夫伦纳德写的《〈一个作家的日记〉序》,具体列出他们夫妇历年住所的情况,其中意译作"僧舍别墅"的,就是董桥说的"潺庐"。这是他们其中一处房产,从1919年9月起在此和别的地方轮替居住、度假,1940年9月因伦敦住宅遭德军空袭破损,遂再次移居僧舍,直到次年伍尔夫弃世。

伍尔夫的日记,"是她作为一个作家与艺术家的独特表达方式"。虽然其写作很意识流、日记这体裁决定了更意识流，虽然中文版只是选本的选本，但仍有很多精彩片段，挺好看的。在精神世界与文学创作、交往作家与作品评论的内容之外，关于个人生活，有明确写到僧舍别墅，如1928年9月22日，描述僧舍所在地罗德美尔的美丽景致，说拥有僧舍让她对当地的"情感中注入了新的光泽"，还想如果自己出的书销量好挣到钱的话，会在房子上加盖一层楼。1934年1月16日，则说自己在僧舍"太幸福了"，以致让几周时间白白消磨掉。

到了接近生命尾声的1938年8月17日一则，估计也是出于此地：伍尔夫记述自己在半夜凌晨，"打开窗户看着苹果树那边的苍穹，不由地陷入了沉思"。沉思是因为长年饱受精神病困扰的她步入老年的"烦躁""紧张"，也是因为德军压境战云密布，她预感到"战争不仅导致了整个欧洲文明的彻底毁灭，而且也毁了我们的余生"。她描写眼前的花园被狂风吹袭后的情景，以及苍穹上变幻惊人的云彩，正是其心事重重与世态茫茫的写照。——僧舍在日记中几处出现的不同情景与心情，特别是苹果树衬托的她暮年沉吟的身影，折射了时势与生活的变化，似乎比董桥笔下揣想的她在苹果树下的遥思，更为沧桑。

伍尔夫外甥昆汀·贝尔著、萧易译的《伍尔夫传》也介绍了这间"僧侣屋"，是一栋乡下的"朴素住宅"，条件落后，但"住宅后面是一个盛大、凌乱的花园……花园之外是一片果园"。伍尔夫夫妇非常喜欢，对参加拍卖会买下这栋小村舍的过程，伍尔夫说："我在生活中没遇到很多如此激动人心的五分钟。"

入住后，他们夫妇在此享受"乡村生活的乐趣"，散步于"有着惊人之美的风景中"，开阔的视野里有她"怀着乡愁迷恋着的风景"。她在僧侣屋邀请过T.S.艾略特、E.M.福斯特等名家来度周末，会见了众多慕名而来的拜访者，写下了《达洛卫夫人》《普通读者》等名著。《伍尔夫传》还转录了她入住不久时、1920年1月7日的日记，其中一个细节是那儿的早餐："无论从什么时候开始，最后一道是点心苹果。"——估计就来自园中的果树。

在第二次世界大战来临前夕的1939年，他们还再次对僧侣屋进行了扩建，度过一段和平又平和的美好日子。即使1940年11月，德军战机投下的炸弹炸裂了附近的河堤，河水冲进她的花园形成一个小小的"内陆海"，也给他们"带来了很大的乐趣"。昆汀·贝尔用了一段流水账式的描写，来记述她这个时期"既快乐，又非常自由，无拘无束"的日常生活：阅读，散步，喝茶，写信，写日记，写她最后的小说，做饭，听音乐，打瞌睡，做刺绣，"可能还做点体力活，采集苹果，再把它们储存起来……"在这比前引日记更接近大限的时光，这种恬静安闲的田园日子，让人低回。转眼 1941 年 3 月，她又一次发病，走出那花园投河，不知上一个秋冬采集的苹果，其时是否还有留下在僧侣屋里。

伍尔夫写过一篇散文《空袭中的沉思》(孔小炯等译《伍尔芙随笔集》)，背景可能也是这漭庐/僧舍／僧侣屋。文章最后描写德军与英军的空战暂歇、枪炮停止射击时，"夏夜那天然的夜色也再度降临，那乡野的真纯之音又清晰可闻：一只苹果'砰'地掉到地上，一只猫头鹰鸣叫着在树木间穿行⋯⋯"这苹果，是时局与自身的双重大难将至之前平静生活的象征，与《伍尔夫传》的上述记载一起，构成苹果树下更深重的苍茫。

萧乾·高尔斯华绥·哈代

那篇代表董桥步入创作成熟期的《另外一种心情》，是从萧乾第二次世界大战期间的《伦敦三日记》讲起的。当时正是伍尔夫夫妇刚刚离开伦敦走避僧舍后的 1940 年 10 月，萧乾其时还写过一篇《伦敦一周间》，当中谈到德军大空袭的间隙，他照样在伦敦北郊住地附近散步："走进一丛密林，刚巧是苹果园，风雨把未熟的苹果刮得满地都是，脚下娇脆响声⋯⋯捡了颗红脸蛋的尝，酸涩难咽，却散发着沁脾的果香。"——这样的苹果，仿佛是遭受战火肆虐却顽强不屈的英国的比喻，也恰好照应伍尔夫。

他们还有更直接的联系：战乱中旅英的萧乾，曾在剑桥大学专门研究伍尔夫等英国意识流小说，并早在刚抵达英伦时就想要去拜访伍尔夫，但因外界客观因素，直到伍尔夫亡故后才能前往凭吊。萧乾晚年在《旅英七年·负笈剑桥》记述："我还是去了那幢'僧屋'，同她丈夫伦纳德度了一个周末。那是秋季，正逢上苹果熟了的季节。我们一边在他那果园里摘苹果，一边谈着弗吉尼亚……晚上，他抱出一大叠弗吉尼亚的日记，供我抄录。清晨，我们一道怀着沉重的心情去踏访结束了她生命的那条小河……"后来，萧乾在《回顾我的创作道路》中还再次追忆这个"难忘的周末"，如何翻阅那"绝世才女"尚未整理面世的日记真迹，与那鳏夫在她打理过的苹果树荫"边谈边摘苹果"。——如此苹果滋味，足可毕生萦怀。

当然，萧乾作为"欧洲战场上唯一的中国记者"，乃至"几乎成为全英唯一来自国内的中国人"，学院研究之外更多是奔波各地，撰写战地通讯散文。有一篇《初访伦敦》，其中记他从剑桥坐汽车去伦敦，沿路所见乡村景色："几乎家家都有花园，许多村庄甚至每家有两个。前园(临街)种花，后园种苹果。"——即使在战争时期，即使靠近首都大城，这种典型的英式田园风情依然未改。而七十多年后的如今，我从剑桥坐火车去伦敦，所见也仍大致如是，英国的乡村生态真是令人惊叹，就像代代相传、生生不息的苹果树。

董桥《苹果树下》谈到那本《苹果树》，出自写过《蝴蝶梦》的英国女作家杜莫里埃，故事讲一位老人看到院子里的苹果树而想起去世的妻子，在复杂的心理中厌弃之而砍掉。董桥颇欣赏其文笔，甚至他这整篇文章就是由多年后重购该书引发出来的。

以《苹果树》为题的小说，更有名的来自高尔斯华绥。这是作者自许为"我最好的故事之一"，关于一个青年男子情感迷乱、始乱终弃，城市人辜负了农村姑娘的批判现实主义传统题材。文字优美，多写英国乡村景色和花木，其中最突出的自然是苹果树。在迷人的乡野诗情画意中，那反复出现不断强化的苹果园、苹果花、苹果树，是故事的背景，也是情感的象征，连贯了欢聚、相会、定情、怀念、死亡；另外，从题词到结尾，都引用了古希腊悲剧的"那苹果树、那歌声和那金子"，这是主人公失去的、注定不可拥有的极乐世界。

小说里还有一个也许并非作者有意设置的象征也很好，那是男主人公遇上门当户对的新欢后，在纠结的思想斗争中，他依然渴念"那天晚上在月光明亮的苹果树下的那种奇情异景"，那片"白茫茫的苹果花"所见证的纯洁爱情；可是，眼前又"还有一种气氛，仿佛是在一个围墙里的古老的英国花园中，其中有石竹和矢车菊，有玫瑰，有薰衣草和那丁香的香味"。——比起他偶遇的乡村荒野的苹果园，这个玫瑰花园，才是"从小受的教养使他能够体会的"，才属于他的正常生活。玫瑰与苹果这两种英国代表性植物，在此刚好构成了两种阶层、出身的对比。

《苹果树》译者黄子祥的前言说，哈代也很喜爱高尔斯华绥这篇作品。而从伍尔夫的日记、书信、文章、传记则可见，她对高尔斯华绥是看不上、甚至视为现代小说的对立面来进行奚落的，但对同为上一代传统小说大家的哈代，则有足够的尊重和亲切的来往（这跟哈代与她父亲是朋友有关）。在伍尔夫《普通读者》的名篇《现代小说》中，她不客气地批判高尔斯华绥等古典作家，而"无条件的感激只能留给哈代先生"（刘炳善译《书和画像》）。不过，到了《普通读者二集》的专论《托马斯·哈代的小说》，伍尔夫虽然仍高度肯定哈代，却也坦言他与当代创作脱节，对其作品提出批评。如举引名著《德伯家的苔丝》中，苔丝的一句形容：漫天的星星，就像"一棵将近枯萎的树上的苹果，大部分是很好的，只有一小部分（包括我们居住的地球）坏掉了"。但她并不认同这个妙喻，认为失之于"说理"(江帆译《普通读者》)。

被伍尔夫评为哈代创作中优秀一类的《林地居民》,比高尔斯华绥的《苹果树》早得多地以苹果树为重要意象与情节串连,同样是"作者本人最钟爱的作品",同样是典型的批判现实主义小说,同样写青年男女的爱情纠葛,但主题设置和人物刻画更为深入:关于宁静乡村与外来冲击、底层生活与上流社会之间的世道人心,淳朴与虚伪、真情与欲望,被苹果园中春天烂漫的花、秋天艳丽的果衬托出一片混杂斑斓。其间贯穿了这位英国最著名的乡土作家一贯的主旨:以人物命运反映工业革命时代的农村巨变,表达乡村原始生态在城市现代文明的冲击下、传统农业社会生活与道德观渐逝的感喟,奏出他的田园挽歌。

《林地居民》(邹海仑译本)一开场就出现的苹果树,代表了乡村自然,也代表了主人公的纯洁童年和质朴情感:那个以种树酿酒、经营苹果为生的农民,在市场上扶着一棵作为样品的苹果树等待青梅竹马的恋人,那样"一种不同凡响的场面",当时令已经城市化的恋人尴尬,后来却成为她懊悔中的温柔回忆;而这位一度贪慕虚荣看不起从前乡下生活的女子,回乡时已忘记了小时候熟悉的苹果品种。此后,苹果不断穿插在故事进程中:遭受羞辱抛弃和失去祖屋双重打击的他穿过苹果园,再也没人去收的苹果落在地上被踩得嘎吱作响；他手上粘满苹果汁、帽子上粘满苹果籽、全身上下都是苹果酒的气味，流落他方去为人酿苹果酒；甚至，也像后来的高尔斯华绥《苹果树》那样引用了古希腊——苹果可谓是西方文化的"元典"——神话典故"引发争端的金苹果"形容一个情节。

比较起来，哈代笔下的苹果树没有高尔斯华绥那么浓墨重彩，然而寄寓更深，象征意义更广。举一个例子：近年还有研究者专门拈出其中的"生态意识"，分析"寓于乡土风情中的生态忧患"。（程虹著《宁静无价——英美自然文学散论》）

牛　顿

董桥《珍重》那句"终于连纸上这株苹果树也要还给牛顿了"，用的自然是牛顿看到苹果熟透掉下、从而悟出万有引力的典故。这则人所熟知的佳话，细究起来颇有可考可谈之处。

首先传播这个故事形成广泛影响的，是伏尔泰。他于1726年从法国流亡到英国，1727年在伦敦参加了牛顿的葬礼，从牛顿侄女处"得知牛顿一些轶事，所谓苹果坠地的故事就是经伏尔泰渲染而扩散开来的"。出于对英国政治经济、思想文化的服膺，他写下名著《哲学通信》（原名《关于英国的通信》），宣扬、推介英式文明，其中"第十五封信：谈引力的体系"讲到牛顿："1666年，他退隐到剑桥附近的乡下了；有一天，他在园中散步，看到果子从一棵树上掉下来，这个现象引起了他对重量问题的深思……"此后，伏尔泰还写了《牛顿哲学原理》等，"使牛顿的苹果轶事和重力理论变得家喻户晓"。

这个故事后来一直被采用流传，不断演绎（如说苹果砸中了牛顿的脑袋）；因带有传奇色彩，向来不乏质疑，理查德·德·维拉米尔的《牛顿其人》，就以调侃的论证指这是"一则虚构的小说"。但是，到了1936年，威廉·司徒克雷完成于1752年的手稿《伊萨克·牛顿爵士回想录》被挖掘出版后，就基本得到验证了。这位司徒克雷是牛顿的同乡、剑桥校友兼忘年交、崇拜者，记录和搜集了牛顿的大量谈话、资料和轶事，书中写道，在牛顿去世前一年，一天他又去拜访牛顿："晚饭后，天气很暖和，只有我们两个人到花园中，在几株苹果树的阴影下喝茶。除了其他话题，他告诉我，在过去，正是在相同的情景下，重力的概念进入他的头脑。它是由一个苹果落地引起的，当时他正坐着沉思默想。为什么苹果总是垂直地摔在地上，他自己思量……"地心吸力的概念由此产生，引发一系列划时代的重大研究成果。——这亲口、亲历的记述，有第一手权威价值，证明伏尔泰绝非空穴来风,故事的核心是真实的。

当然,司徒克雷没有确指牛顿感悟的时间地点,按照伏尔泰的记载,那是牛顿在剑桥大学三一学院求学期间的事,当时他确因鼠疫流行、学校关闭而回过家乡林肯郡乌尔索普庄园。下面的故事发展也建基于此说之上。

那棵乌尔索普庄园的苹果树,据布雷斯特1855年《牛顿的生平、著作和发现的回忆》记载,他在1814年还看到过,已经开始枯萎,到1820年就完全腐朽倒下了。然而,他看到的这棵就是牛顿的那棵,这只是他听乌尔索普庄园后来的主人说的;苹果树的存活期并不特别长(一般认为最多七十年,也有说可达一二百年的),如果那位主人没有骗布雷斯特,则该树有一百五十多岁,可算很高寿了。但更神奇的还在后面,据说,倒毙的该树后来又重发新枝,继续生长了,通过自我压条繁殖长出一套新的根系,从而延续至今依然活着,前后竟达不可思议的数百年,当代有位英国博士还就此发表了正儿八经的研究成果。其实,这更大可能是牛顿的乡人在原地补栽的,甚至是一再新种,以维持作为纪念和招徕观光。(参见赵振江译《牛顿传记五种》,菲利普·马尔彻耐等著、赵然译《启发牛顿的苹果》等。)

牛顿故居那棵苹果树,尽管真身应已转世了几回,但因被视为一代巨人的灵感所系、科学探索精神的象征,不少地方都去从该树接枝克隆移栽，包括牛顿前半生大部分时间读书、任教、研究所在的剑桥大学三一学院。

三一学院是剑桥所有学院中规模最大、名气最响、贡献人才最多、让人最为神往的，可惜我九月来到时正逢开学季，闭院谢绝游客，只能看看那雄浑而不失华丽的门面。那里只有两个标志物，一是门楼上的学院创立者亨利八世塑像，二就是门边小草坪的牛顿苹果树——此地英才璀璨，文史哲各领域名家辈出，然而据说剑桥人认为，即使该校历史上只培养过牛顿一个学生，也值了。所以，学院前由他的苹果树与国王像并列，昭示一份清宁的高贵。

苹果树长在古朴静穆的黄褐色老房子前，树冠青绿舒展，枝条黝黑苍劲，但整棵并不高大（也许是有意矮化栽培），仿佛古老与青春的混合体。时在初秋，树上有几个刚结出的苹果，逗人遐思。在此树前流连一番，也略可安慰未能进去领略风光胜迹的遗憾了。

之后在离三一学院不远的剑桥大学出版社书店——这是英格兰现存最古老的书店，从15世纪80年代起运营至今——买了个纪念杯子，上绘牛顿坐在苹果树荫下看书，一个苹果在他眼前落下的图景；还买了本剑桥官方背景的凯文·泰勒著《剑桥大学人文建筑之旅》中文版，书中有一段话，可算作权威介绍：三一学院"大门旁边草地上竖立着一棵一九五四年种植的苹果树,它是伊萨克·牛顿家(林肯郡乌尔索普宅)花园中一棵苹果树的后代。人们用它来纪念那个据说启发牛顿提出万有引力定律的下落的苹果"。

这个介绍没有说明种植的具体情况。20世纪六七十年代,陈之藩游学剑桥期间写的《剑河倒影》有一篇《明善呢,还是察理呢?》,谈到"剑桥有的是可歌可颂的故事",所列"传奇"第一项,就是"牛顿树的艰难移来",唯语焉不详,不知道移植过程中有什么故事。

70年代也到此访学的金耀基,著有《剑桥语丝》,这次我随身带了去,游逛朝圣之余,坐在古老学院旁的石板路边歇脚闲读。这些"金体文"(与金耀基同时在英的董桥序言中语),像徐志摩等前辈一样,对剑桥的人文风度与优美环境盛赞不已;我当日去剑桥时恰逢秋分,将古雅学院风与乡村田园风融为一体的此地之清丽秋光,确如他说的:"剑桥的秋太美,美得太玲珑。"同一篇《雾里的剑桥》还谈到,三一学院那棵"矮小的苹果树,就是牛顿悟道的'菩提'"。

伍 尔 夫

到近年,蔡天新《英国,没有老虎的国家——剑桥游学记》的卷首,也有一句极端的赞语,是引用伍尔夫的话:"世上没有比剑桥更美的地方了。"——是的,除了牛顿,这里数之不尽的名人踪迹中,还应包括并非出身于此的伍尔夫,同样值得缅怀,虽然那句赞美并不足以表达她对剑桥的复杂感情。

伍尔夫的父亲曾在剑桥三一学院治学,后来把两个儿子也送到剑桥读书,但伍尔夫和姐姐却被留在家中。这是她毕生的情结,隐痛怨恨,还"由此滋长出她的强烈的女权主义思想"。

因为父亲的关系,伍尔夫幼年时常在剑桥玩耍。因为兄弟的关系,她长大后多次前往三一学院探望、参加舞会,还与在剑桥的姑姑同住过一段时间。正是在三一学院,她与哥哥的同窗好友、后来成为她丈夫的伦纳德相识。著名的布鲁姆斯伯里文化圈,以聚会主要地点、她的伦敦住宅所在地区命名,但它"很大程度上是剑桥的产物",最早就始于她哥哥读书时三一学院的学生团队(当中除了伦纳德,还有她后来的姐夫兼好友克莱夫·贝尔等),此后的成员亦以剑桥人为主体。

伍尔夫在文学创作和女权理论上的重要观点,也与剑桥有关:1924年5月,她到剑桥作了"关于现代小说中的人物"的演讲,"这几乎是她发表的美学宣言"。1928年10月,她又到剑桥发表关于妇女与小说的演说,随后整理为名篇

《一间自己的屋子》。然而成名之后，出于对学院制度的警惕，也为了表示对当时剑桥歧视妇女传统的抵制，"还有点心怀往日的嫉妒"（兄弟能入读剑桥自己却去不成），她拒绝了三一学院的荣誉讲座和博士学位。

但这里毕竟是她几个至亲的成长之处，故而当外甥朱利安·贝尔也进入剑桥读书后，1927年10月16日她在信中这样说："有剑桥的消息都会使我激动，无论如何你写信给我时聊上几句吧。"（参见昆汀·贝尔著、萧易译《伍尔夫传》，林德尔·戈登著、伍厚恺译《弗吉尼亚·伍尔夫——一个作家的生命历程》等。）

这样深这样特别的关系，使剑桥一再出现于伍尔夫的小说中，像她第一部意识流实验作品《雅各布之屋》，她艺术价值最高、最完美的创作《海浪》（伦纳德《〈一个作家的日记〉序》说，这是"一部艺术杰作，其成就远远超过她的其他作品"），都描写了剑桥的风景风物。

《海浪》（曹元勇译本）中，一再写到故事人物奈维尔和伯纳德入读的剑桥（此书的人物角色有伍尔夫自己和亲友的投射乃至代言），那剑河的秋日美景，小船、钟声，特别是"喷泉似的垂柳"（剑河两岸的老大柳树真是迷人的）。另一方面，这部探讨生命、时光与内心体验的诗性小说还写到了苹果，并以一反一正的不同意象出现，恰如董桥《苹果树下》

说的："西方文化受《圣经》影响深,相信苹果是禁果,好事坏事都给了苹果。"

坏事在第一章的人生初始阶段,童年的奈维尔讲述了一桩"苹果园里的死",见证恐怖命案的苹果树成了他的"障碍","我们所有人的命运,均已被这苹果林、被这我们无法跨越的、不可饶恕的树注定了"。到第四章的青年时代,"那棵让人无法忍受的苹果树"仍然是他成长中的阴影。而到了最后第九章,只剩下衰老的伯纳德在总结回顾,这时苹果在剑河垂柳之后,以恬静的正面形象出现了:他想起当年去找奈维尔,后者在屋子里读书,整洁、安宁的场景,"窗帘上的一只圆圆的苹果突然脱落了。我们在那儿交谈着……那些树的枝头上挂着累累果实,我们常常一起踏着这条林荫路漫步……"

这情景,有点像司徒克雷"回想录"中与牛顿在苹果树下喝茶聊天的情味,然而脱落的苹果,在彼处是让牛顿洞悉宇宙万物奥秘的欣悦,在这里最终洞穿的是人生的苍茫。伯纳德回想中的那段年轻日子,是"无拘无束"、"亲密无间"、"互相比较着各自拥有的(藏书)版本"的求知时光,但,也是"突然间听见了时钟的嘀嗒声"、"开始意识到另一个世界的存在"的迷惘时光;苹果树荫之外,他们要直面死亡与现实,慢慢地,激情和幻想在闪烁后熄灭,一切都散失、消亡、徒然，终究还是"无法越过这莫名其妙的障碍"，唯余海浪潮起潮退的挽歌。

这情景，也像伍尔夫自己看过记过、摘过尝过的乡居苹果。她还有一个散文诗般的短篇《果园里》，据说内容背景与有着苹果树的僧屋很相近。写的是一个少女在苹果树下看书时睡着了，空中有种种声响在苹果树枝间穿过，或悲惨，或肃穆；然而外界的喧响只点缀了少女的酣梦，她梦见自己经历了人生的种种美事；最后醒来，在苹果树的风景中，她想起该要喝茶去，却又一唱三叹地感到怕是已经太晚了（卞之琳译《西窗集》）。那样一场苹果树荫的梦与醒，是青春乃至生命历程的写照。

这《海浪》末章和《果园里》的情景，还让我想到萧乾、高尔斯华绥和哈代那些从前的英国苹果，更想到董桥的英伦苹果记忆。《苹果树下》其中一个往事片段，是追忆一位居英前辈家中苹果树荫的文人雅聚，他们谈天喝茶（有没有聊到牛顿的晚年呢，有没有记起伍尔夫笔下的"怕太晚了"），花笺题诗（如此中式古风，在风流雨打风吹的当代异域，尚有如此流风余韵），"树下围坐，花香幽幽，淡淡一丝清冽，金师爷要我多闻闻，润肺"。

——人生的好事坏事、流逝收获、梦醒悲欢，都在这花香果味中并存莫辨了，岁月潮浪、世情沧桑不及一树苹果，记取润心润肺的滋味,滋润回味。

2016年10月22日撰毕,

时距在剑桥看牛顿苹果树整整一个月。

【参考书目】

《启发牛顿的苹果》,[法]菲利普·马尔彻耐等著,赵然译。现代出版社,2016年6月一版。

英伦苹果，纸上余香

　　九月的英国，虽已初秋，但依然花繁草茂、林秀果丰。
这趟英伦之行，见识了英格兰的国花玫瑰（以及蔷薇月季）、
苏格兰的象征蓟花，剑河的柳树，伦敦的英国梧桐，鲜红满
树令人惊艳的花楸，初见红叶的槭树和爬山虎，还有天竺
葵、薰衣草、绣球花、波斯菊、金银花、凌霄花、矮牵牛、风雨
花、小雏菊……处处明丽鲜妍。

　　种种花木秋色中，最感称心的英国代表植物，我选苹
果：格拉斯哥市郊的中世纪教堂前，遇到一片酿酒用小苹果
树丛，娇俏动人。剑桥大学的三一学院门前，看了牛顿苹果
树，感受历史。特别是科兹沃尔德丘陵地区的水上伯顿，这
处临时决定前往的英国经典乡村，黄泥砖屋古朴清静，却绝
不粗鄙，因家家户户门前皆花草环绕，簇拥盛放；在村舍小
餐馆午饭，点了一支苹果酒，品尝这种英国乡下特产；饭后
闲步于繁花满路的素净村径，正好遇上有几家庭园中种了
苹果树，硕果满枝，红亮圆润，安安静静中呈现一份成熟丰

收的欢动,十分喜人。来英国之前已经向往这一秋艳好景,终于看到了,满心欣悦。

如今秋深,正是苹果上市时节,回味英伦苹果的美色佳味,在"苹果树荫"之外意犹未尽,且结合旅途印象,再从今年读过的书间掇拾一些纸上余香。

我是从英国工业发祥地曼彻斯特,南下到未受工业革命侵扰的宁静山乡科兹沃尔德的,途中路过现属西米德兰兹郡、旧属沃里克郡的地方,那是英格兰中部的乡村地带,当中的奥尔顿,是伊迪丝·霍尔登生活和写作《一九〇六:英伦乡野手记》之处。

乡村女教师兼童书插画家霍尔登,热爱观察自然,在整整一百一十年前写下这本十二个月的图文日志,是乡野动植物手记,也是岁时风情画册。内容和体例我都很喜欢,文字(或详或简的日记,并收集了对应时序的英国诗歌、传统谚语和节日来历等)与图画都很对我口味,既可认知英国乡间的四季草木(从中并感受第一次世界大战的沉重打击之前,英伦的美好乡愁),更作为与今年2016对应的"六之书",循着月令读一年,月月缤纷丰盈,时时养眼欢心。

在五月第一天拿到这本新书,书名页印的画,恰好是正文五月的林莺啼鸣于野苹果花枝上,淡雅而彩艳的生动图景。作者五月一日记载:"树篱新翠欲滴,许多苹果园里花儿正在盛开……"这是她所引的斯宾塞五月之诗那种"正当时节的娇柔"了。到五月七日，也有苹果花：先讲在树丛里采花时，惊起一只知更鸟从她的手背上飞过，因而发现了一个荫蔽鸟巢的情形，最后记周围的景色："野苹果和灌木丛如今看起来十分娇娆，满缀粉色花朵和绯色花蕾。"这篇日记写得犹如一则小品，我曾专门拍下来送人。

从英国回来后，读其十月部分，繁富内容中又见苹果。该月有引用济慈的诗《秋颂》："雾气洋溢、果实圆熟的秋/……屋前的老树背负着苹果/让熟味透进果实的心中。"更有作者欲摘苹果而不得的有趣记录：十月十日说，想去摘野苹果"却遍寻不到，大约是摘光了吧"。十月十四日说："一棵野苹果结了果，我试着去摘，却总是够不着。"

最后这句的有趣在于，它使我想到远古的源头时光，希腊女诗人萨福的《一个女子》写过类似情形："像是一只鲜甜的苹果，红艳艳的在最高的树顶上亮着……那采果人忘了采……不，不是忘记，只是够不着。"（综合徐志摩和周作人的译文）苹果树下的女子娇憨之态，从古希腊一直流传到英伦乡野，依然活现。

那天离开水上伯顿后，我穿过科兹沃尔德的典型英国田园风光，横贯牛津郡前往剑桥时，应该路过一条叫雀起乡的小村落附近，那是弗罗拉·汤普森《雀起乡到烛镇》的背景地。

这部半自传体作品，是今年所读多种英国乡村著述中最好的一部，它以作者亲历的19世纪末叶生活回忆为基础，融小说与散文为一体，对英国工业化前夕传统农村与农民生活作了具体入微的描写，举凡乡村形态、风貌、景致、动植物，村民劳作、家居、饮食、歌谣、岁时节俗等，记载得十分丰富细致，文字又优美有情，是一部很好看的乡村风俗志、文学与史料兼备的全景图。作者在时代的变迁间，从细节写出农村被新事物、新潮流裹挟前进的过程（有些场景很眼熟，整整两个世纪之后，中国乡村也经历了相似的翻天覆地变化），而重点是一唱三叹从前的简单快乐时光："他们的生活被即将消逝的乡村风光和田园牧歌围绕。这最后的回响微弱却甜美。"

在赴英之前的八月愉快地读一过，有意思的内容太多，苹果只是一个小小例子：作者的化身小女孩劳拉，与小伙伴在田野、果园、溪边、苹果树下度过单纯的童年，他们跨上苹果树摇晃游戏，苹果花落时，他们相信"每接住一片花瓣就能度过快乐的一个月，于是孩子们争相接飘落的花瓣"（《村子里的家》《亲朋好友》）。这类小把戏让孩子们兴味无穷，后来，长大的劳拉开始走向外面的世界，慢慢感受到时代的变化和成长的烦恼，然而，家乡熟悉的景物总能让她的压抑一扫而光，她恋恋不舍地回忆着从前的田野自然、花草树木，"这些细微的美好，让她如获新生"（《成长的痛》）。

书中还写到村里苹果的各种用途，比如做果酱："野苹果果酱是劳拉家特有的。篱笆边满是野苹果树……一篮子野苹果加上糖和水就能做出红宝石般清澈明亮的果冻……"（《被包围的一代》）那是静好岁月中一抹永远的亮色，也用得上那个形容："微弱却甜美。"

而我此前看到格拉斯哥小苹果树的当日，在苏格兰与英格兰交界的小村镇，买了一本乡村果酱制作指南《*Favone: COUNTRY PRITRESERVES*》。看中的是它配了很多田园风光、农舍花木的古典插图，可以当英国传统乡村风情小画册来欣赏。其封面，就是一幅农家女子在果园里老树下拾了满堆苹果的油画，悠然静美。

这个采苹果的画面，玛丽·拉塞尔·米特福德的《我们的村庄》有类似描写。

这部英国乡村文学杰作，同样是我喜欢的四季散步见闻日记随笔体，记录的则是再往前推的19世纪前半叶，英国南部一个小村庄的自然风光、田园生活。它向来备受推崇赞誉，《名利场》作者的女儿安妮·萨克雷·里奇写过长长的评传作为原版序言，西方自然文学研究专家程虹写过不短的介绍文章作为中译本代序，民国时期的英式才子梁遇春也在翻译出版节选本时写过简要精妙的作者介绍，都极为称许米特福德其人其作："她被认为是对英国乡村生活最忠实的描绘者"（里奇）；"散发着原汁原味的英格兰乡土风情"（程）；"用极生动的笔调来说出最恬静的景致"（梁）。

里奇长文里还有一句让我会心的好话："书籍和鲜花对她的生活来说，不仅真实而且重要。"译者后记则点出："对植物的细腻描写是本书最显著的特点之一。"在春日购读这本绿色书衣一派春意的书，最为打动的就是纷繁的草木花果（很多后来我在英国看到了），如《阿伯雷的老房子》的玫瑰等，写得非常美妙，但这里还是只说苹果：

五月的《山谷》（正是我读此书时节），记"甜美"的春末，一个农家的漂亮果园，"珊瑚般的苹果花"盛开成片，"那么明艳动人，细腻娇嫩"。（因这果园，她还写了农人自给自足的耕种生活，说"在他们身上能找到最好的英国品质"。）

九月的《采坚果》（正是我旅英时节），记"甘美"的秋日，她看着农夫"全家人齐聚在果园里收获"，哥哥在树上把苹果扔给小妹妹，彼此嬉闹，年龄更小的孩子把掉下的苹果堆满篮子，间中还互相递着苹果来吃的情形。她说："这难道不是一幅美丽的英国风情图景吗？"——确实，比那本乡村果酱制作指南的封面画更生动更美。

这种安恬欢快而又逐渐流失的乡村风情（作者同样有

此感喟），就像其十一月篇《叶落》写的：即将寒霜来临要入冬了，然而眼前还尽是乡野的美景，"这里的景致既不会升华为壮美，也不会沦落入荒凉，它始终如此宁静，如此赏心悦目，如此参差多态，如此完地呈现出英国的风格"。——这番岁末记写很有象征意味，是全书内容的概述，也是其写作的意义、留给后世的价值（包括前面两本同样古典色彩的女性著作亦然）。在环球同此、无可逆转的时代变迁中，她们以优美的文笔、深厚的温情，留存了英国传统乡村的美好画卷。

到当代，也有一个英国女子，则记写了都市里的自然：海伦·芭布丝著《我的花园、我的城市和我》。

这册小书，是一位蛰居伦敦而追求田园生活的年轻女作家，在自家狭小的屋顶阳台营造一个小花园的故事。又是合我心意的按十二个月顺序的四季时令记录，关于都市农业的实践，带出一份疏离而又不脱离现代城市生活的农人心情；关于家庭种植、品尝自家蔬菜之乐，很多细节让有同样经历的我感到亲切。同时，出门前的八月读之，还可对伦敦多了一个角度的了解：这个大都会"是全世界植被最丰富的城市之一"，绿色植物"是伦敦城市性格的重要组成部分"，绿色空间"是伦敦最美好的事物之一"，它有五分之一面积是花园（共三百多万座），还有众多绿地、公园、农场、菜地、植物园、自然保护区等。

里面专门写到这座"树之城"的代表,当地最常见的、种植历史悠久的英国梧桐(二球悬铃木),后来我在伦敦也颇为之瞩目喜爱。另外,还写到苹果。其"十月底到十一月"一章,讲她到乡下榨苹果汁来酿苹果酒的情形,讲她妈妈自制苹果派的细节,从而联想到果园作为各种动植物共生的生态系统的重要性;然后她发现,伦敦居然也"有许多果园,有些果园已有数百年的历史,有些则是新的社区项目";她工作的泰晤士河南边,那地方就与一种"精致、艳丽、美观"的传统苹果有关,这个品种在19世纪种满了伦敦各地;她因此也投身于帮助人们在伦敦住宅周边种植果树、将公用绿色空间变成果园。

这从此书中拈出的苹果,恰就是个很好的象征,见出从乡村到大城的生态,也见出传承发展的心态。英国人的苹果之心、花木之情、田园之梦、自然之意,就是如此世代流传,是在时代变迁、环境变化中仍保持鲜活的历史传统,有如英伦的草地四季都始终长青。

除了上面提到的专门果园和食用用途,在英国文化标志之一的英式花园,苹果树还是重要的观赏造景植物。早在16至17世纪,培根的《说园林》谈到"种植花木实乃人类最无暇的消遣",谈到"崇尚文明与优雅"则建造房屋"必建精美花园"，他具体介绍造园之法，指出应种植四季都能应景的花木；列出的详细花谱中，五月、六月可观赏的包括"满树繁花的苹果树"，七月有挂果的苹果树，九月则有成熟的苹果树。

当代帕特里克·泰勒的专著《英国园林》，点出了英国植物数量逾于欧洲任何国家、从英式园林风格可见出英国的保守怀旧等；重点是从历史、特色、园艺设计、植物配置方面介绍一批经典的花园，当中也屡见苹果树的身影，正是培根思路或者说英人普遍口味的贯彻。比如在英格兰，由伍尔夫发现并推荐其姐姐买下、后来成为布鲁姆斯伯里文化圈成员落脚点之一的查尔斯顿花园，里面就有苹果树；在苏格兰，传统老式花园凯利城堡的布局是："纵横交错的修剪过草的大道两边是色彩绚丽的花境，后面是密密的像墙一样的苹果树，树上的苹果闪着亮光。"真美。

这种花园里的苹果树，还给最初踏足英伦的中国人留下深刻印象，最后，引用这方面一则难得的史料作本文结尾。

话说国人最早游历欧洲的记述，先是1866年清朝派遣斌椿等前往考察，主要目的地英国（就是这位"中土西来第一人"斌椿，在其《乘槎笔记》中首次提出"英伦三岛"的总称，他是把英格兰与苏格兰误会为两个岛，连同爱尔兰遂有此谬说，却约定俗成沿用后世）；接着第二年，清政府向西方国家派出志刚率领的中国第一个正式外交使团，其中1868年居停伦敦。这两个代表团都有一位翻译随员张德彝，先后写下《航海述奇》和《欧美环游记》两本国人出洋接触西方文明的早期记录（见钟叔河主编、整理"走向世界丛书"）。

《航海述奇》的"英国日记"第一则，中国人对英伦的第一观感，就包括伦敦的"园林茂盛"。到《欧美环游记》的"英吉利游记"，张德彝记录了一次游园所见，菊花、仙人掌等之外，"院有苹果树一株，横生，枝皆向上，长逾二丈。据云，此树已阅七十寒暑矣"。

——这应该是英伦苹果首次见于国人笔下。如此舒展而向上、庞然而古老，从一开始至今，都正是大不列颠的意象了。

顺带一说，九月起程前读的此书，张德彝记那棵苹果树的花圃在伦敦老城"南行十余里"，那么有可能，就是我随后小游伦敦的住地附近或出入曾经过其旧址呢，回想起来，仿佛也有点历史的余香。

2016年10月，
从霜降到月末。

【参考书目】

《一九〇六：英伦乡野手记》,[英]伊迪丝·霍尔登著,紫云译。上海译文出版社,2016年3月一版。

《雀起乡到烛镇》,[英]弗罗拉·汤普森著,蔡安洁译。四川文艺出版社,2012年6月一版。

《我们的村庄》,[英]玛丽·拉塞尔·米特福德著,吴刚译。漓江出版社,2016年1月一版。

《我的花园、我的城市和我》,[英]海伦·芭布丝著,沈黛译。商务印书馆,2014年5月一版。

《英国园林》,[英]帕特里克·泰勒著,高亦珂译。中国建筑工业出版社,2003年4月一版。

辑二

草木丛中蠹鱼忙

虎 耳 拾 草

"虎耳拾草"，本是我给2010年新春笔记的名字，里面的"拾"，代表公历年份中的"10"；又因该年是农历庚寅虎年，检书查到一种虎耳草，遂组合成这个笔记题名，表示在虎年开头（耳朵在头部）拾取的零碎草叶。

虎耳草不但名字应景，本身也很可爱：它是从南到北都有分布的一种多年生草本植物，圆形而近于心状的叶子，从根部长出，成束簇生，叶面有白色条纹如老虎耳朵，故得名。它那初夏开的小花也很特别，这方面，我在该年深秋台湾旅途上所购的、张碧员等著的《台湾野花365天》说得最为精确：虎耳草最大的特征是"不整齐花"，五片花瓣两大三小，两片大花瓣位于下方，披针形，颜色纯白；上方的三片小花瓣则呈卵形，淡粉红色并散生鲜红斑点，"这样的组合使整朵花的形状显得格外奇妙"。

但这样的花型也容易引起误会。2010年夏日，结束该年第二度江南之旅前，在杭州机场书店买了一本精装图册打发时间：张书清等主编的《花影炫色——中国野生花卉精彩图片选（第一卷）》。炫奇斗丽的百多幅作品中，有一幅摄于其时身在的浙江的虎耳草，颇为俏丽，旁边有摄影者文字介绍，说他开头以为那两片白瓣是凋残所致，"后经了解，原来这花本来就是两个花瓣"，并由此引申，抒发了"美丽不完全都是完美，残缺也是完美"的哲理感叹。这便是不了解虎耳草同花异瓣的不整齐构造，只注目于两片较大的雪白花瓣，而对三片较小的娇红花瓣视而不见所得出的错误结论，将它的独特之美弄拧了。这也提醒我自己：抒情需慎重，勿因认识不深而表错情也。

在此之前，我并未关注过虎耳草，没想到一旦接触，这种草花便由春而夏而秋，直到冬天都会从书中探出头来与我相遇，不断带出新的意味，真不枉我选它为虎年的生肖年花。话说庚寅岁末，一位朋友因为看了我上面一段文字，来信说读了沈从文的《边城》，就一直好奇虎耳草长的是什么样子。——这可使我又惊又喜：沈从文是我心爱的作家，《边城》更是读过的名著，我怎么就忘记了里面写过虎耳草呢？急忙找出书来重读。

小说中果然有虎耳草，而且还是重要的意象。说是长在溪崖上，叶子肥大到可以作伞，翠翠在梦中被一种美妙的歌声逗引着(那是爱慕翠翠的年轻人彻夜唱的缠绵情歌)，灵魂浮了起来，飘飞去摘了一大把。后来她真的摘了，那象征着羞涩的她心中萌生的爱意。只是，随后又发生了种种变故，虎耳草与歌与梦之爱，未能实现；小说那个著名结尾是这样的："那个在月下唱歌，使翠翠在睡梦里为歌声把灵魂轻轻浮起的年轻人，还不曾回到茶峒来。……这个人也许永远不回来了，也许'明天'回来！"

原来，我应该早就知道虎耳草，只是被后来的碌碌风尘遮蔽了；原来，沈从文的虎耳草是那样的寓意，而自己认识沈从文以来的心路，仿佛也有着上天暗设的某种对应……

然则，虎耳草不仅与我在虎年结缘，更是生命中的一种缘分植物了。

2011年2月10日年初八，新春开笔，
撰这个农历兔年的"生肖年花"之前，先追述去年此种，
却又正好是恰当的时日与气息……

【附记】

沈从文逝世后，汪曾祺写了一篇文情并茂的怀念文章《星斗其文，赤子其人》，最后记述了让他流下眼泪的告别遗体场面，然后以这样一段话结尾：

沈先生家里有一盆虎耳草，种在一个椭圆形的小小钧窑盆里。很多人不认识这种草。这就是《边城》里翠翠在梦里采摘的那种草，沈先生喜欢的草。

兔 耳 生 花

2011年初、农历岁末，照例逛花街，买年花，今年特别选了两盆仙客来，以作辛卯兔年春节应景——因其别称兔子花也。

仙客来是一种优美的观赏花卉，尤为别致的是，它那由叶丛抽出的细长花梗上，先有弯身低垂的花蕾，到开花时花瓣却向上翻起，甚为曼妙。这一奇特的花型，有点像帽子，因此又名一品冠；仇春霖著《群芳新谱》则又形容为有如"醉蝶翩翩"；而真柏《花花草草的七情六欲》还联想成"那是你衣裙漫飞"。然而，更通行、更贴切的比喻，是形似兔耳，所以有兔子花、兔耳花这样可爱的别名。

它在分类上属于报春花科，恰又正是冬末盛开的报春好花，因此，仇春霖那本按四季花期为顺序的《群芳新谱》，就将仙客来一文作为全书最后一篇，即冬季的压轴，题为《翩翩仙客迎春来》，对其极尽赞美："仙客来是冬花中比较惹人注目的一种。""风姿楚楚，仪态万方"，"姿色俱优，点缀于书室厅堂，满屋生春，慰人心目"。我便将一盆红色的放在厅堂，一盆白色的置于书室，后者尤其如仙似兔（雪白的花瓣底部还有一抹绯红，仿佛兔子耳朵下的眼睛），乃是应节慰心的岁朝清供。

仙客来是舶来品，原产南欧的希腊等地和地中海、爱琴海一带，现在世界各地都有广泛栽培，我国也很常见。可是，英国人大卫·伯尼所著的《野花——地中海沿岸地区500多种野花的彩色图鉴》却特别备注说："仙客来在地中海部分地区已经变得非常稀有。"不知是何缘故，导致它在那个我所钟情向往的故乡凋零。

这位仙客，来到中国的时间不长，直至清朝康熙年间的《广群芳谱》尚无其仙踪，应是在民国时期才引进。商务印书馆1936年10月初版的沐绍良编译《观赏植物图谱》，收有"樱草花之一种"，看照片实为仙客来，可见当时国内学界还未给它定名。到1942年编成、延至1949年由新纪元出版社刊行的《花经》，才记载其仙名：书中有"兔耳花"一节，点明"又称仙客来"。（按：此书由黄岳渊、黄德邻父子合著，记录了他们数十年的莳花经验，并采用了当时的新科学知识，该节虽属早期记载，却有着后人关于仙客来介绍中所缺少的一些特别资料。）

比如书中说，仙客来乃原名Cyclamend的音译。这就指出了那"动听而贴切的名字"(仇春霖语)的出处。这翻译真是神来之笔,不知哪位高人,给取了这么一个典雅漂亮的中文名。

又如,仙客来那极肖兔耳的奇异花型,很多书中都有描写,却不如《花经》还有进一步的细致观察,说它开花时花瓣反卷向上,花心却是向下的(像蕾期一样)。我对照书房中的"白色仙兔",果然如此,益添欢喜,更加赞叹造物神奇。这种情状——即使身向上飞扬,心仍向下低回——似乎也可视为自己的境况,让我另有一份亲切了。

再如,此书中还有一点是其他介绍不曾提到的:仙客来"其叶酷似虎耳草"。想想确是这样,两者都是多年生草本植物,同样叶子从底部生长,更重要的是叶皆呈心形,上有斑纹。

这让我觉得特别有意思,因为去年是虎年,自选的生肖年花是虎耳草,现在又得识与之名相近、叶相似的兔耳花仙客来,从虎耳到兔耳,从形似虎耳草的叶丛中长出了兔耳花,这仿佛上天安排的延续,印证着流逝岁月的交替相承,年华变换时光变幻间,遂有一种微微的欣慰愉悦。

> 2011年2月10日年初八,新春开笔之二,
> 继春节前得花之时后,再度翻书记之。

【附记】

上文中颇赞赏"仙客来"这一中译名的神来之笔，2012年购读何家庆《中国外来植物》，当中介绍矮牵牛时顺带提到，这是植物学家吴耕民20世纪20年代引入并定名的。但近得江川澜著《夏目漱石的百合》，关于这位译名高人另有一说。

该书第一辑"书间花草"，有一篇《猪肉馒头·仙客来·周瘦鹃》，指出"仙客来"这一雅驯的译名来自周瘦鹃。即按其提示翻出周的《花木丛中》（江文误作《花木谈丛》），果然，里面有篇我原本忽略了的《仙客来》，周瘦鹃谈读到郭沫若20世纪50年代末的《百花齐放》里《仙客来》一诗，这个花名让他"就像看到了一位阔别已久的老朋友的名字"，然后回忆三十余年前在上海，见到一种西方新来的好花，"花形活像兔子的耳朵，当时给它起了个仙客来的名字"，一为与其学名译音相近，二则因花形联想到神话里的月宫仙兔，故尊之为仙客。——这确是得意之笔，只有像他这样既是文学家又是园艺家、两方面都深有素养和研究的才子，才能妙手拈来。

如此看来，《花经》一书说"兔耳花又称仙客来"，当即来自周瘦鹃。周瘦鹃是黄岳渊家花园的座上常客，黄氏父子所著此书也有周的功劳：书名《花经》是他起的，并为之润色校订和作序；而全书内容，更由其子周铮笔录编纂。因此当中记下由周瘦鹃妙译但当时尚未通行的"仙客来"一名，很可能就来自这两对父子、几个老友的花间闲谈。

至于后人附会出仙客来的来历，是月宫里的嫦娥与后羿幽会时、玉兔从耳朵掏出种子送给仙界园丁云云（如李科《植物小故事》所载），那是新造的神话，典型的假冒民间传说文本。因为结合包括正文所引的上述种种，可知仙客来引进我国大概在20世纪20至30年代，就算此后真的衍生出那月宫故事，也并非严格意义的"传说"。

由此还可知，何家庆《中国外来植物》认为仙客来大约在20世纪40年代引入中国内地，是过于审慎；徐初眉《花语诗韵》说我国在20世纪90年代初才开始栽培，更误。

顺便再插说一则题外逸闻：当年张爱玲在文坛初试啼声，是在周瘦鹃主编的《紫罗兰》杂志上发表处女作《沉香屑——第一炉香》《沉香屑——第二炉香》，而张带着这两篇小说去初次拜访周，就是经她母亲黄逸梵娘家的亲戚、《花经》作者黄岳渊介绍的。张爱玲的成名之路，有着两位园艺家直接间接的作用。

江川澜那篇《猪肉馒头·仙客来·周瘦鹃》又介绍，在周瘦鹃的"仙客来"译法成为定名之前，夏丏尊于1930年译出的意大利孟德格查《续爱的教育》中，写到一种意大利花朵"猪肉馒头",乃是从日文直译过来,意指猪喜欢拱食它那富含淀粉质的球根,此花就是仙客来。这是一种"远古幸存植物",早在古希腊文明的源头克里特岛的壁画上就已出现,因为"在食物短缺的人类早期,可食的球根植物有重要地位",是18世纪后,仙客来才成为园艺栽培植物的。

《续爱的教育》中的仙客来,是意大利深山到处盛开的花朵。它甚至成为意大利国中国圣马力诺的国花,这个位于亚平宁山脉的小国,是仙客来最理想的繁殖地区。(参见胡善美《世界国花集锦》)

仙客来的早期功能,除了食用,吴淑芬《花的奇妙世界——四季花语录160则》还记载从古罗马到中世纪,人们用它的球根等部分疗伤、麻醉、助产和避邪,因而称为"治病之花"。仙客来原名的希腊语意便是"球",指其块茎似球形,可见古人首先看重的是这一有用的部分。到后来眼光才慢慢转移到它的花上来,广泛栽培,成为"盆花之王"。这种从实效到观赏的变化,植物得以摆脱现实作用而纯粹开放,让我喜悦欣慰,为花朵,为人类。

作为观赏植物,仙客来不限于盆栽,还可作切花。日本石山皆男的花道专著《陆拾柒目》中,仙客来就占了五目,作者谓其花"相生相随,温润和雅的情绪散布开来",或"飞扬秾艳",或"柔嫩可爱",赞之为"婉妙可喜"。

仙客来的婉妙可喜，不仅在于独特的花型，我还留意到它花期过后的小果子也颇可赏玩。一般植物图谱多聚焦于其花，但像冀学闻《白描五谷花果》、奥托·威廉·汤姆《奥托手绘彩色植物图谱》，就能同时画出它垂吊在曼妙枝条上的果子。——那个兔年的案头仙客来，初夏奇花坠落后新结出的可爱小果，看着令人愉快，有如窗外徐来清风，如今忆起，还因之仿佛悟出花外的又一些微意了。

2014年7月底补记。

【参考书目】

　　《夏目漱石的百合》，江川澜著。上海三联书店，2012年8月一版。

　　《植物小故事》，李科编著。化学工业出版社，2014年1月一版。

　　《世界国花集锦》，胡善美著。江苏科学技术出版社，1984年7月一版。

　　《白描五谷花果》，冀学闻绘。朝花美术出版社，1987年4月一版。

　　《奥托手绘彩色植物图谱》[德]奥托·威廉·汤姆绘。北京大学出版社，2012年1月一版。

春 风 一 鞭

甲午马年新春,用一个破碎之后重新收获的香炉,焚几片莞香,伴几枝马蹄莲,来写这新一篇"生肖花果",谈谈马字冠名的植物。

"马氏草木"有很多,仅《辞海》所载马字开头的就达二十多种。这里只记名字暗合吉祥意味的——马年多好话,如"快马加鞭"、"春风得意马蹄疾",恰好有分别对应的植物。乃掇拾资料若干,作为开春启笔,以贺一位马年出生的老友花甲之喜。

马 鞭 草

马鞭草自然是顾名可思义了,但具体还有辩说。夏纬瑛《植物名释札记》引述了其名字来历的两种说法:苏敬《唐本草注》谓"抽三四穗紫花,似车前,穗类鞭鞘,故名马鞭"。(按:夏氏原引语句标点有误,已代改。)陈藏器《本草拾遗》则不同意:"若云似马鞭鞘,亦未近之。其节生紫花如马鞭节。"夏氏的看法是,马鞭草的轮生紫花,初生时在花茎上比较密集,犹如穗状,花茎渐抽长后这些花则层层如节,故《唐本草注》和《本草拾遗》一言似穗、一言如节都没错,不过,他认为说"类鞭鞘"总是勉强,应以陈藏器所谓"如马鞭节"为是;他并指出,古代的马鞭,应是有节的。

这是一种常见植物,可供观赏,我国更主要是用来入药。有意思的是,历来如李时珍《本草纲目》等医书记载马鞭草的药效,其中就有治马疥、马疮(马鞭疮)、骑马痈等,恰都与马有关。

在欧洲,马鞭草的地位更高,德国玛莉安娜·波伊谢特《植物的象征》如此评价:"没有哪一种路边小草能像马鞭草一样成为国际上公认的象征,即象征着和平、人际间的信任和忠诚。""它是能使伤口愈合的草药之一,亦是神与人、各国人民和恋人之间更紧密联系的纽带。"并引古罗马普林尼(《博物志》的作者)记载:"这种植物是我们的使节到敌人那里去必带的。"代表和解、安宁、伟大爱情和正义力量的马鞭草,在德国还有愿望草的别号,据说可促成友谊、愉快、财富、丰收,还能给孩子带来学习的兴趣、帮助女巫预测天气。(按:这种传说是有科学道理的,网上搜得资料说,马鞭草对湿度反应灵敏,如果它露出土外的根发霉并带白色,则预示有雨。)

我之认识马鞭草，却是因入冬以来，天气干燥，用的一种马鞭草护肤品，那独特的香味让我喜爱，自此才留意起来。

不过，用作香料的马鞭草，是同科的另一种植物柠檬马鞭草。网上名词解释说，马鞭草为高大直立的草本植物，柠檬马鞭草则属灌木，原产南美，因叶子带有清新的柠檬香味而得名，引入欧洲后成为很受欢迎的香水、香油原料，可松弛精神，对皮肤等有疗效，还作为饮料，享有"花草茶女王"的美誉。此外它还有神秘的来头，法国J·J·格兰维尔等《花样女人》将马鞭草喻为修女，因为它在历史上曾与女巫、祭司相伴，是庄重、令人生畏的角色。莫幼群《草木皆喜》之《一草一传奇》篇也谈到，柠檬马鞭草在西方古代是巫师施法、算命的材料，其学名罗马文的本意就是"祭坛植物"；还有一个特别的用处，是据说饮用它可以找回逝去的情感。

我国的马鞭草夏天开花，花色淡紫偏蓝，而英国克里斯托弗·格雷-威尔森的《欧洲花卉》所载马鞭草，是开浅红色花的。那该就是柠檬马鞭草。在柠檬马鞭草的主产地西班牙，诺贝尔文学奖得主希梅内斯写过一首诗《马鞭草花的田野》："在马鞭草染红的山岗上，/让我倾听你欢乐的心。/蓝天辽阔，生活宁静，/一切都在明光和幻想中笑。……"（王

央乐译）

这种欢愉之情，对中国人的马年也适用，因为马鞭草可联想到"快马加鞭"、"跃马扬鞭"等寓意。不过，相比这两个习见的成语，我更喜欢清人吴广霈《南行日记》里的一句："怒马一鞭，绿阴十里。"正宜为甲午新春开年好景。

马 缨 丹

清代吴其濬《植物名实图考》在马鞭草之外，另还记有马鞭花。但后者未见载于其他典籍，这里更想谈谈马缨丹——毕竟它也是属于马鞭草科的。

这是一种灌木，在南方能全年开花，小花簇生，多种艳丽色彩集于一株，且开花过程中花色会起变化，故又名五色梅。它来自南美，进入我国后原供栽培观赏（也可以入药），但已归化逸为野生。

清初吴绮《岭南风物记》载："马缨丹出广州府，花如江南绣球，花四出但不圆耳，色大红，鲜妍可爱。"同一时期的屈大均《广东新语》之"山大丹"条所记更详："山大丹，花大如盘，蕊时凡数十百朵，每朵四瓣合成球，与白绣球花相类。首夏时开，初黄色，渐红如丹砂，将落复黄，黄红相间，光艳炫目，开最盛最久。八月又开，俗名马缨丹。有以大红绣球名之者……是花多野生，移至家园培养，乃益茂盛，故曰山丹。"后来李调元的《南越笔记》，此条一如全书大部分内容，基本上是照搬《广东新语》的，但就将屈大均笔下的两个名字顺序调换，谓："马缨丹，一名山大丹。"大概在屈大均、吴绮所处的17世纪晚期，该物二名并行；到李调元抄录的19世纪初，马缨丹就成为通行名字了。

不过，这里也有存疑的地方。屈大均的描写，关于细花聚合、颜色多变多彩等，与现在见到的马缨丹相符；但花大如盆、花期两度，特别是他后文还有很长一段，说花落后蒂枝耸起成簇如珊瑚，故又名珊瑚球（吴绮也有同样记载），并称唐诗"越人自贡珊瑚树"即指此物，甚至说宋徽宗赐名为珊瑚林，这些又与马缨丹的形态及引进时间不合了——何家庆《中国外来植物》记载，此花是1645年才由荷兰人引入我国台湾的。

屈大均还将山大丹缩写为山丹，及称为大红绣球。民国许衍灼《春晖堂花卉图说》马缨丹条，引用《南越笔记》后复引《学圃余疏》，记福建有红绣球花，乃"倭国中来者"。但《学圃余疏》的作者王世懋是明代16世纪中晚期人，比《中国外来植物》所载的传入时间还是提早了一个世纪。这应属许衍灼的误引，事实上，清代蒋廷锡等编的《草木典》，是将王世懋《花疏》（《学圃余疏》）那段记载归于百合山丹的。——山丹作为百合的一个品种，名字起源很早，宋代苏轼、朱熹、杨万里等均有诗咏，今天还作为正式学名使用。

又，19世纪前期的《植物名实图考》"马缨丹"条，吴其濬在引用《南越笔记》后增补说："又名龙船花，以花开时值（端午龙舟）竞渡，故名。"龙船花在南方也很常见，与马缨丹有相似的地方（书中绘图对两者都说得通），它恰好亦有山丹的别名；不过它同样难与《南越笔记》及之前《岭南风物记》《广东新语》说的珊瑚球挂上钩。

但无论如何，吴绮《岭南风物记》和屈大均《广东新语》应是马缨丹这个名字的最早记载。后人却多将转手重编的《南越笔记》当作源头了，包括现代陈嵘的《中国树木分类学》。

马缨丹和本名合欢的马缨花（豆科植物），都因形色犹如马缨（古代挂于马颈的缤纷带饰）而得名。然而，合欢树显得高端大气上档次，被人喜爱、多受歌颂；杂生于村头路边的马缨丹，却因带着野气乃至邪气而背负恶名。

潘富俊一本关于我国台湾地区的植物书中指出，马缨丹本以花色艳丽、栽种容易，成为园艺界常用植物，但正因它对生长条件要求不高，繁殖容易，遂大量扩展，到处野生；又因具有强烈排他性，排挤了原生植物，造成危害，已被联合国列为入侵性最强的植物之一。

何家庆《中国外来植物》也谈到马缨丹极有空间占据

性,影响周边植物生长,堵塞道路;且有臭味,又有刺、有毒,是有害灌木。

不过,劳伯勋的《南国花讯》专门给了它一篇《异色纷呈五色梅》,赞美马缨丹的变幻色彩"和彩虹有异曲同工之妙"。对它那两个为人诟病的特性,也从正面去写,关于其野性:"盆盅和庭院这些小天地禁锢不了它……富有韧性地辗转迁移开去,投入了大自然的怀抱,开辟了它的广阔天地。"关于其臭味,则说他揉了茎叶嗅过几次,发现那种"臭"气倒和一种香草很相似,"由此可见,同是一种花的气味,人们主观上的品评,并不完全一致,也并不一定公正的。"——确实,朱亮锋等《芳香植物》就收入了马缨丹。

张应麟《南国花韵》更是直接回应质疑,为之辩护。他概括马缨丹:"不断开花,不断变色,不断结实,状如彩球。"说:"国内、外都认为是一种有害杂草,但它花美……广东嫌它叶片有不良气味称之为'臭草',非常可惜。"说它在绿化上是可物尽其用的。另,叶锡欢等《木本花卉》、江珊等《野生花卉》,也指出马缨丹"又是水土保持的优良树种"。

我之喜爱马缨丹,则因它就像一个野孩子,带着质朴的乡间风味,能唤起儿时农村的亲切记忆。这个春节假期,在香港清静的离岛郊野游荡,海滩边、山村里,都可看到随处蔓生的马缨丹,红黄橙紫的各色小花并生枝头,虽粗鄙俗艳，却有着乡村的喜庆气氛；加上它还有如意草的吉祥雅号，就更要把它选入个人的马年生肖植物了。（如意草这一别称，所见植物书中唯独《中国树木分类学》注明出处是民国时岭南大学的《岭南学报》，但未列具体篇目，未悉是何典故。）

马 蹄 莲

春节前，特地去花店买了四枝鲜黄夺目的马蹄莲，作为今年家中摆设的主打年花，寓意2014年四季平安，祝福朋友春风得意马蹄疾。随后购得李科《植物小故事》，记马蹄莲正有"春风得意"的花语，应该也是从孟郊那句诗衍生而来。

马蹄莲与马拉上关系，是因其修长的花梗上，擎着一片漏斗状的大苞片，端尖反卷如倒立的马蹄。这是天南星科植物特有的佛焰苞，常被人误当作花瓣；佛焰苞中间有一条圆柱状肉穗花序，那才是真正的花，整个形状如观音坐莲，故名（此说见王宏志主编《中国南方花卉》；另一说莲字是因其生于水泽如莲花，见吴淑芬《花的奇妙世界——四季花语录160则》）。

它又名海芋，得名是因地下茎与芋头相似，又都是水生植物（同样见《花的奇妙世界——四季花语录160则》）。不过，多数情况下海芋是指同科的另一种观叶植物，在16世纪后期的《本草纲目》已有记载；法国科莱特《花事》的马蹄莲篇，对话者就曾纠正："不是海芋，是马蹄莲。"

马蹄莲亭亭玉立，姿容优雅独特，形状别致简洁，花色清丽美观（它的本色是白苞片、黄花柱，后来则培植出多种绚丽色彩），是重要的观赏植物，最常用的插花素材之一，深受欢迎，引来很多好话描摹赞颂。如子梵梅《一个人的草木诗经》，说它"羞闭欲开的姿态有女性的矜持之美"，"气质高雅，超凡脱俗，身材的弧度使人迷醉"。心岱在朱守谷绘《莳花》中配文，则用了男性的比喻，说"水生花总是那么清新脱俗，仿佛不沾染半点红尘的君子。马蹄莲的气质更加遗世独立，如化外隐者，简单安静，秀色莹然"。

马蹄莲"由于花型奇特，为许多工艺美术品所仿制"（《中国南方花卉》），此外入诗也不少。

施荣宣的《岭南派写意花卉技法》，赞马蹄莲"饶有画趣"，并引用清代张劭（17世纪后期人）咏马蹄莲一诗——这可能是附会了，因为据《中国外来植物》，原产非洲南部的马蹄莲是20世纪20年代才引入中国的。不过该诗结句云："闲花也爱逃方外，不肯东篱伴醉眠。"竟说它比陶渊明的菊花还高洁隐逸，但从马蹄莲的生长习性来说似也有道理，可比照上述心岱的说法。

陈永锵绘《群芳百韵》中的马蹄莲，黄树文配诗："少年多爱马蹄莲，为祷姻缘永结缘。应惜无尘花子韵，知交如水淡涓涓。"这诗里包含了此花好些象征意思。

姻缘，今年我农历新年所购开春书之一、凌拂主编《台湾花卉文选》，收有粟耘一篇《奇美的花》，里面写他结婚时，妻子选了马蹄莲作为捧花："绿梗的祥和、白瓣的纯净、黄蕊的明丽，是新的生命历程的期许。"背景是因为他的妻子最爱马蹄莲。而事实上，据西人植物图谱《花卉》记载，西方的婚礼上，新娘通常会收到一束长辈赠送的马蹄莲，作为幸福的标志。又据新年刚出版的《植物小故事》，马蹄莲确有忠贞不渝、永结同心的爱情象征，不过也同时代表博爱和纯洁的友爱。如此，黄诗由夫妻姻缘写到知交友情，还隐含了马蹄莲水生的特性、高洁的格调，信息量很丰富。

徐初眉的《花语诗韵》咏马蹄莲，调寄《喜朝天》，选用这词牌也许就是为了暗合它的"玉立如莲，马蹄倒置"。对这一花型特点，郭沫若也重笔抒发，《百花齐放》中的《马蹄莲》写道："雪白的马蹄倒踏破青天。"不过这不仅是英雄式浪漫主义，还是政客式实用主义——此句的前后，是"我们也要响应着大跃进"，是"万马奔腾"的中国与马蹄莲原产地的非洲团结起来，"快把帝国主义丢在后面"。全诗遂成了特定时期的口号。对这倒立马蹄的形态，我还是更欣赏郑承祥编《古今百花千诗录》所收邓焕亭之咏："忌染尘埃仰玉蹄。"

最后,马蹄莲还有花期长的好处,在长江流域,二月至四月为盛花期;在热带地区,盛花期则是四月到七月——既可迎春,又能消暑。

马 蹄 香

与孟郊《登科后》"春风得意马蹄疾,一日看尽长安花"句意相似,有诗云"踏花归去马蹄香"(作者存多种说法),据传宋徽宗在画院招考时以此为题,有人画了几只蝴蝶围着马蹄飞舞,遂拔头筹。

植物中也有取了马蹄香这样逗人遐想之名的,而且还不止一种。

先秦至汉初的《尔雅》所记"杜",晋郭璞注云:"杜衡也,似葵而香。"唐代苏敬《新修本草》(又名《唐本草》),记杜衡"根叶都似细辛,唯气小异尔……道家服之,令人身衣香"。(按:上为引南朝梁陶弘景所著、已佚失的《本草经集注》。)"叶似葵,形如马蹄,故俗云马蹄香。"(按:上为苏敬本书案语,即《唐本草注》。)

此为丛生草本植物,全草入药,也可作为观赏,所观的就是它那马蹄般的心形叶子。

不仅形似,这种马蹄香还真有与马相关的传说。与《尔雅》大致同时期的《山海经》，当中"西山经"记天帝之山，"有草焉，其状如葵，其臭如蘼芜，名曰杜蘅，可以走马"。郭璞注云："带之令人便马，或曰：马得之而健走。"（按：臭指气味，蘼芜是香草，带乃佩带，便马指便利于或擅长骑马。）

这功效是针对人还是马，具体怎样应用，未知。吴其濬《植物名实图考》杜衡条引用《山海经》和郭注后说："其语不详，岂物类相制……而今不传耶？"下面就此演绎了一大段，谈古代种种养马、驯马之道，似有质疑之意。但就算是神异之说吧，到底又与马多了一个联系。另外，杜衡属马兜铃科，其入药的名称是马辛，这就更可视为"马氏草木"了。

杜衡与细辛相似，又名马蹄细辛。湖南省农业厅科技教育与质量标准处的《常见杂草图说》，将杜衡与细辛并列，却把马蹄香之名给了细辛，是犯了古代本草书早就纠正过的错误。

因杜衡是香草，《楚辞》中多次写到，喻为高洁的君子、不遇的贤才。宋代吴仁杰《离骚草木疏》、清代周拱辰《离骚草木史》（上海图书馆藏清刻本影印本）集解辨析甚详，此不赘引。

不过，更让我感亲切的，是同样作为香料的另一种马蹄香。

晋嵇含《南方草木状》记："交趾有蜜香树，干似柜柳，其花白而繁,其叶如橘。欲取香,伐之经年。其根干枝节,各有别色也。木心与节坚黑,沉水者为沉香……"以下还有六种不同部位不同形态的不同名称,其中,"其根节轻而大者为马蹄香"。商务印书馆勘校本《南方草木状》附有缺名前人所绘《南方草木状图》,当中就有蜜香树全图,标出了树的根节部分为马蹄香。

扬之水《香识》中《宋人的沉香》一文,指出"中土文献提到沉香,东汉杨孚的《交州异物志》或属最早"。《异物志》记蜜香数种名目,并无马蹄香。该文另引苏敬《唐本草》注,将马蹄香简称为马蹄;引同出唐代的陈藏器《本草拾遗》,则称"如马蹄者为马蹄香"。(按:我比对多种文献,发现这两条是同类中的最早记载,后多被引用。扬之水治学严谨、引证溯源,我祈望至少在这一点上能稍作仿效。)

杨竞生在《南方草木状考补》中,认为嵇含所记蜜香树不是产于东南亚的真正沉香,而是华南地区的土沉香(白木香)。缪启愉等《汉魏六朝岭南植物"志录"辑释》,钩沉辑录的其他岭南植物佚书遗文,也有多种记载蜜香、木香、沉香,在注释中亦持同样意见,认为除《交州异物志》外,其他所记的都是我国产的白木香,并引称范成大《桂海虞衡志》已将外来的沉香和本土的土沉香(沉水香)区别得很清楚。据此,《交州异物志》不载马蹄香就解释得通了,因为它谈的是真正的沉香，而马蹄香属于本土的土沉香。

　　土沉香与沉香同属瑞香科，是高大清秀的常绿乔木，老茎受伤后产生的树脂是上好香料，用来祭祀、薰衣、习静及入药，故亦为备受推崇的"珍异之木"。当中的马蹄香，有比《南方草木状》更早的来历，据《〈南方草木状〉国际学术讨论会论文集》所收张寿祺《汉魏时期闻于中州的南方草木考辨》转引，《长沙马王堆一号汉墓》一书载有一份汉简，记"右方土衡贲三笥"，考古工作者认为是"俗云马蹄香"。

　　自《唐本草》和《本草拾遗》之后，宋代唐慎微《证类本草》转引的《海药》（即五代十国时后蜀李珣《海药本草》），和苏颂的《本草图经》，都还有马蹄香的记载，但在更多典籍中此物已经隐身。如香谱专著方面，南宋末至元初陈敬《新纂香谱》有马蹄香条，但所记却是杜衡，而沉水香等诸香品名中已无马蹄香。据《草木典》转录北宋洪刍的《香谱》，也作同样处理。又如岭南风土物产著作方面，唐代刘恂《岭表录异》，宋代范成大《桂海虞衡志》、周去非《岭外代答》，元初陈大震《大德南海志》，所录的沉香、沉水香，也往往有《南方草木状》已载的其他几个名目而无马蹄香。再如本草专著方面，明代李时珍《本草纲目》等亦然。

　　到清代，檀萃《滇海虞衡志》记岭南沉水香，倒是忽然又出现马蹄香的名字了，但我怀疑他是照搬前人名目而已。

—— 117 ——

因为更有学术价值的屈大均《广东新语》、钱以垲《岭海见闻》和吴绮《岭南风物记》，所载沉香、莞香、琼香的品种，均已无马蹄香；唯一沾得上边的是，他们都记东莞有一个叫马蹄冈的地方，古代所产莞香为第一上等。——土沉香因东莞产量多、质量优，最为著称，自清初起以莞香之名行世。

虽则马蹄香似已湮没，然而在莞香的甜熟幽馥中，遥想一下古代曾经的马蹄，亦足为写作此文的佳遣了。

马　蹄

名字里包含马蹄的植物，除了马蹄莲、马蹄香，还有马蹄决明、马蹄草、马蹄金、马蹄兰、马蹄竹等，不过，它们始终比不上一物，清脆爽利地就叫马蹄二字。

马蹄是两广港澳一带对荸荠的俗称。荸荠在《尔雅》中记为："芍，凫茈。"郭璞注："生下田，苗似龙须而细，根如指头，黑色，可食。"又有乌芋、荸脐等名。这些名字都有点怪，除了最早的芍字用意难考，其他几种的意思大致为：

凫茈，凫是水鸟野鸭，茈是草，也写作茨。一般认为，此名表示荸荠是野鸭爱吃的草本植物，如宋代罗愿《尔雅翼》："当是凫好食之。"但吴其濬《植物名实图考》提出创见，该书谈莕菜（又名凫葵）时，顺便对凫字用于植物提出新解释："物之在水者多名凫，象凫之出没波际耳。芍曰凫茈，人之洇水者亦曰凫,其义同也。"说是形容荸荠生于水中之貌。

乌芋,指荸荠的地下茎像芋头,但不同的是颜色为黑。《本草纲目》谓:"乌芋,其根如芋而色乌。"这是主流看法。另明代王象晋《群芳谱》则谓:"形似芋而乌燕食之。"也有人认为乌芋不是荸荠而是慈姑,如陶弘景《本草经集注》与苏敬《唐本草》,李时珍已驳之,虽然后来吴其濬《植物名实图考》仍坚持慈姑说,但一般植物学家都认为乌芋就是荸荠。(有趣的是,前述马蹄莲,除了与乌芋对应的海芋别称,也有慈姑花的别名,大概都是因形态有近似之处而混称。)

荸脐,一说是由凫茈近音转化而来,如清代段玉裁《说文解字注》:"今人谓之荸脐,即凫茈之转语。"一说脐指荸荠形如肚脐,荸或勃指荸荠上的薄衣如毛丛聚,见叶灵凤《花木虫鱼丛谈》转引。又一说是形容荸荠叶苗自佛脐中蓬勃而生,见郑逸梅《花果小品》转引。

然后,就是由荸脐再作转音,新造出荸荠这两个字了。

倒是岭南人朴实干脆,撇开那些曲里拐弯的文雅称谓,直接从形状着眼,取了马蹄这样好记易叫的俗名。

但也有学者不同意马蹄是因形起名。夏纬瑛《植物名释札记》在驳斥有人对荸荠的另一广东俗名"钱葱"的解释时,顺便指马蹄之名亦讹:"荸荠之地下茎,不作马蹄之状,不可以名马蹄。"他认为马蹄当为马柢,"马义为大,柢义为根",荸荠根部膨大,故名马柢。而谭宏姣《古汉语植物命名研究》则认为夏说亦误,引周振鹤等《方言与中国文化》,从方言语音的比较角度,指马蹄是古台湾语的音译,马是对果子的前缀泛称,马蹄意为地下的果子。

二说我觉得都有点牵强,更认同马蹄就是象形而已。只是,这个粤语名起于何时、出自何处,古代有过什么记载,因为文献稀见,颇让我困惑了一阵子。

踏破马蹄无觅处,到正月初一早上,马年开卷,翻览诸书中,却在高明乾编《植物古汉名图考》的马蹄一条,竟见载明此名出处是《本草求原》。这一喜非同小可,而且是双重的,因为《本草求原》这本不常见的岭南医籍,刚巧我也有。

即去启阅朱晓光主编、校注的《岭南本草古籍三种》。该书我当初是为第一种《南方草木状》而购,另两种,因对医药本草兴趣不大,只作为岭南植物的辅助资料存着,现在却正派上用场了,在第三种、清代粤人赵其光的《本草求原》中果然查到:"马蹄,即乌芋、地栗、黑三棱、荸荠。甘,淡,无毒。主消渴瘅热……"下各种药效药方略去,对我来说它的更大意义是,此乃所见古书中唯一以马蹄之名作为独立条目的记述,甚至可能是这个土名首次正式进入典籍的原始记载,具有史料价值。

沈勝衣說虎兒草不但名字硬景本身
也很可愛葉面有白色條紋如老虎耳朵
故得名於是我又畫了一隻
同樣可愛的泥塑虎兒也算
應景了 丙申九秋 昉溪并記

虎耳草

沈胜衣说虎儿（耳）草不但名字应景，本身也很可爱，叶面有白色条纹，如老虎耳朵，故得名。于是，我又画了一只同样可爱的泥塑虎儿，也算应景了。丙申九秋昉溪并记。

仙客来

相见亦无事，不来忽忆君。用此联句题仙客来花颇有深意也。丙申春
月昀溪。

马蹄莲　马蹄　马鞭草

春风一鞭。丙申九秋昉溪。

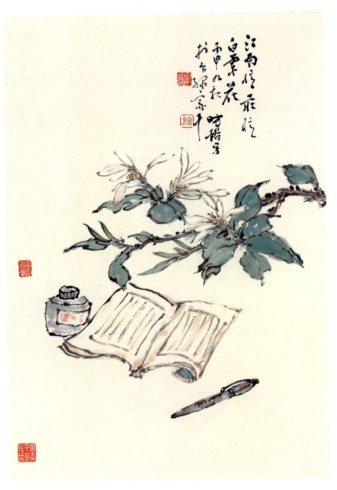

白兰

江南忆，最忆白兰花。丙申九秋昉溪写于分绿斋中。

收获还不止于此。《岭南本草古籍三种》的中间一种，是同属清代广东生草医药家的何克谏《生草药性备要》，朱晓光在前言中介绍：此书推动了近现代岭南中医药的发展，赵其光《本草求原》即受它影响写成，共收草木九百余种，其中，在《生草药性备要》的基础上充实了几十种岭南一带中草药。经查，《生草药性备要》所收三百多种里没有马蹄，属《本草求原》新补充者；前书约1717年前后刊行，后书在1848年刊行，由之可推断，马蹄这个俗名，应在18世纪中后期到19世纪前期之间出现。

——春节读书，无意得此巧遇，终得解疑，甚觉欢欣，足为新年之吉祥喜庆。

后来又在14世纪初的《大德南海志》看到记载："马脐子，即凫茈也。"这可视为珠江三角洲地区由荸荠到马蹄的一个中间过渡名。

可入药的马蹄，更主要功效还是如最初《尔雅》郭璞注指出的，是供食用。一般削皮后生吃，或煲汤、炒菜、煮糖水，又或制成马蹄糕、马蹄粉、马蹄饮料等，那清甜爽脆的口味惹人喜爱。

对此，郑逸梅的《花果小品》有一个出人意表的雅致比喻，其荸荠篇一开头就出语不凡："荸荠介于果蔬之间，啖之味清而隽，如读韦苏州之诗。"如此联想妙思，亦可谓清而隽了。

这篇小品，以作者见闻介绍此物的种种情状、各地风俗以及文友谈论，甚具趣味。其中写道，荸荠肉"白嫩如脂，爽隽无比"。而为免削皮之烦，"可筐悬于风檐间，以待其干，干后皮皱易剥，味更甘美，鲁迅喜啖之"。又记荸荠修长直上的茎叶"嫩碧可爱"，胡石予曾在荷花缸中种了几株荸荠，"碧玉苗条，与莲叶莲花相掩映，别具雅观"。——该文的一些材料，后来郑逸梅的老友黄岳渊父子著《花经》记荸荠，以及同为钟情草木的文人叶灵凤之《花木虫鱼丛谈》马蹄两篇，都有重合互见，但就不如郑氏写得古雅凝练，富于文人情味。

朱千华的《水流花开——南方草木札记》荸荠篇，有两处可作郑逸梅所记的补充。一是引一则逸事，说广西曾邀鲁迅往任教，鲁迅在回信推辞时特地提到他神往的桂林荸荠，谓："惜无福身临其境，一尝佳味。"二是也专门形容荸荠的茎草，"犹如一支支碧玉簪儿。透着秀丽、娴静、婉转"。

《植物古汉名图考》的乌芋条，记荸荠的拉丁文学名，前半源于希腊语"沼泽"加"美丽"，后半则是"甜"的意思。这个外国名字，在反映马蹄的生长环境和味道之余，还突出了"美丽"，应该就是指郭璞所称"似龙须"，而为郑、朱等人赞赏的那些叶状茎了（马蹄的小花不足观）。

《水流花开》还介绍了写到荸荠的名作。归有光的《寒花葬志》，追怀妻子及其婢女寒花，文极短，却以细笔叙写有一回大冷天，寒花将煮熟的荸荠削好皮后盛满一盆，归有光回到家想拿来吃，那天真的小姑娘却使小性子，整盆端走不肯给，妻子在旁边看到不禁笑了起来。——琐琐小事，朴素地记录曾经的欢乐，寄寓着生命的脆弱、流逝的伤痛。另一篇是汪曾祺的《受戒》，朱千华说他通过荸荠写出"淡淡的人情，暖暖的人性"。

汪曾祺这篇散文诗般的小说，背景之一是荸荠庵，原名菩提庵，大家叫讹了。荸荠庵旁的小岛，赵家田里就种着荸荠，因为赵家的姑娘小英子爱吃，也最爱到荸荠田里作乐：捋那些笔直如小葱的叶子，赤了脚在滑溜溜的泥里踩，踩到荸荠就捡起来。她拉了荸荠庵的小和尚明海一起去玩，"老是故意用自己的光脚去踩明海的脚"。然后，"她挎了一篮子荸荠回去了，在柔软的田埂上留了一串脚印。明海看着她的脚印，傻了。……明海身上有一种从来没有过的感觉，他觉得心里痒痒的。这一串美丽的脚印把小和尚的心搞乱了"。——那是一幅鲜活的乡间风情画，纯洁明丽的小儿女爱恋初萌，就像荸荠的形貌和味道一样，淳朴敦厚，又清新可人。

与汪曾祺地域相近，韩开春《水边记忆——江南水生植物随笔》所写荸荠，题为《地下雪梨》。这个别名也是妙喻，因为两者肉色、口感相似，而荸荠与雪梨一样有清热、润燥、治咳之效。该文写江南的市井情景，颇有情味："深秋，门前的菜摊上就会多出一堆一堆的荸荠来，铜钱般大小，扁圆扁圆的，颜色或乌紫或红润，均鲜艳且发亮，让看了的人心生欢喜。摆摊的人并不吆喝，只安静地用小刀在一旁削他的荸荠皮……"

削皮，是供生吃。周作人说过："荸荠自然最好是生吃……自有特殊的质朴与新鲜的味道。"（《关于荸荠》）叶灵凤《花木虫鱼丛谈》也记江浙常出售削了皮穿成一串的马蹄，但作为对比，他说"广东人不大吃生马蹄"，却是不对的。岭南人也有那样的记忆画面，如安歌《影树流花》写的："南国的街头小巷或者大路拐角处，常常可以遇到木桌上摆着大大的玻璃直罐，里面是一串串用竹签串好的马蹄或菠萝蜜，浸泡在水里，一元一串。在热带阳光摧毁的街头，显示着清白明黄，清凉莫名。"亦有不削皮卖的："堆放在戴笠妇人的竹筐里，在行人喧闹的行道上，那种紫中透红乌中透亮的颜色望之烨然，但却又是秘而不宣的，所以有简静。是南国一进一进天井中的老式屋子，窗明几净的荸荠色老式家具的脉脉生机。"

安歌还有这样的好话："比起苹果梨子西瓜的皆大欢喜，荸荠丝丝的甜和脆却是若有若无的，如人中君子，是风吹皱的一池春水，刚刚归于平常。"

另外，朱千华《水流花开》也写到街上摆摊的村妇削出一堆雪白的荸荠肉，形容是"云开月出"。半夏《果子市》则说荸荠："如赤道美女，面皮吹弹得破的薄，颜色又透露出日浴充足的淡淡浅紫。皮层下边，肉质肥白，软脆可人，真的是可以饱餐的骄人秀色。"——都是动人好景。

至于古人的描写，如郑逸梅所说："凫茈见《尔雅》，其由来甚古矣。然古人绝少吟咏及之者，故类书中亦不载列，盖无甚故实也。"确是如此，广搜历代文献资料的清代汪灏等编《广群芳谱》，"荸脐"条只收录了明人两首诗，一是王鸿渐《题野荸荠图》，大意说此物可应谷物失收之急，乃"造物有意防民饥"，在灾荒之年供食用。（按：《后汉书·刘玄传》有记王莽时饥荒，人们以荸荠为食粮。）另一是吴宽的，更无意思，不引，但其为《题荸荠画册》，结合上一首，可见马蹄虽然罕见于历代文学作品，但画过的人还是不少。据潘富俊《中国文学植物学》，荸荠在元代已出现于画中，属于元画常见而此前画作较少出现的植物之一。

后人专供春节张挂的岁朝清供图，也不时有马蹄。周瘦鹃《岁朝清供》——他曾用这个题目写过两篇文章，这里说的是最初收入《花前琐记》那篇——文中记，曾有十六位苏州画师合作给他画过一幅大中堂，名为《岁朝集锦》，当中有程小青作荸荠橄榄。这种画里的花果都带有颂祷象征，而荸荠的吉利意思，据阿蒙《时蔬小话》总括，都与春节过年的喜庆用途有关。一是其形似元宝，苏州人有吃"元宝饭"的旧俗，在年夜饭里埋入荸荠，看谁吃饭时掘到就意味着来年福旺财旺。二是荸荠谐音"必齐"，故为老北京人置办年货必备，讨个彩头。三是因其味甜，上海人在腊月年节祭灶时会贡荸荠，希望灶王爷吃了后能在玉皇大帝面前美言。因此程小青画荸荠，当取上述寓意，应该不是以其粤名而喻"春风得意马蹄疾"。

倒是年前接戴新伟寄来山泉居自制的贺年卡，就确有这样的意味了。上面印了吴慧画的水仙一株，马蹄三粒，长居粤地的新伟兄在画上题"春风"二字。画面简朴清奇，而寓意含蓄，令人回味欣然。我正是受此启发，今年才特别在意马蹄，将它定为甲午生肖花果，乃至由此衍生出此文的。

好事恰成双。后来在网上又搜到孙其峰的《清供图》，绘瓶梅抽艳，水仙繁茂，在这些常见的新岁清雅供品下方，却画了几颗马蹄，一串鞭炮，从而有了别开生面的新意。看到此画也是在马年春节当天，其时我已确定本文"春风一鞭"的主题，不禁会心；孙氏虽然主要活动在北方，但网上资料载其曾到过广东考察，应该知道粤语马蹄，想来这位老画家也正是将"春风马蹄"、"快马加鞭"二语融入画中，恰与我意巧合，尤添新年畅意。——不是真要追求那些好话里的世俗功利，只是好话如好花，可以喜人颜色悦人心怀，仅是它们对美好愿望的承载本身，就足以清清净净地供养世间了。

2014年2月15日，元宵次日完稿；

7月底8月初略增订。

【附记】

　　该文是送给马年出生的水公六十大寿的一份秀才人情。七月底，久违的庄君为《礼志》约写植物专栏，她与水公本有"水缘"，正是该文的恰当去处，遂删改分篇付之，希望在水公生日前能刊出，作为我们共同致送的生日礼物。《礼志》九月号出版日期正巧是水公生辰，原先还怕赶不及，经庄君协调，恰好就在当天及时送到水公手上，带去一份心意和欣悦，可谓天意成全，缘寓寿征了。"知交如水淡涓涓"（九月号所刊马蹄莲等部分的首篇，庄君代改的题目），喜欢这样的合适，喜欢这样的巧缘。

　　再到九月中，姚君为《深圳晚报》约写美食稿，这本非我感兴趣和有能力的题材，唯美意推不却，遂将马蹄部分涉及食用的内容抽出，并以近览新得略作增补，改成一篇《马蹄清隽过马年》。该稿要求是书信体，于是写成虚拟给水公的一封信——却又是一番恰好,当日碰巧在微信上看到水公单位为其退休而写的感谢信,落款日期正是前不久其六十岁生日,此则更宜让我以马蹄的好处再作致意,祝其荣休之后撰述清隽,晚景甜美。

此"信"还补记了与马蹄有关的一段己事,录如下:

前些时候我有几次闹酒,第二天早上起来,都会到家门对面的小食店吃碗云吞面。店旁街边几棵大叶榕树下,有两档临时的菜摊,其中一位大叔兼卖马蹄,我总是吃完早餐后顺便买半斤已削好皮的,拎着穿过斑驳的阳光树影,在上班路上吃完。这可爱的马蹄,雪白的果肉让人昏眼顿明,甘甜的汁液可以清热排毒,正好醒酒清心,感觉仿佛从昨夜的身不由己中回复己身。这样的清晨是可喜的:喧嚣城市一角的市井家常,喧闹醉酒后独处的清净安宁——在纷扰时代之外、碌碌俗务之余,能得那安静街角的清新片刻,褪去浑浊,"归于平常"。

2014年9月17日。

【参考书目】

《新修本草》,(唐)苏敬编撰,胡方林整理。山西科学技术出版社,2013年1月一版。

《莳花》，心岱撰文，朱守谷绘图。译林出版社，2012年8月一版。

《台湾花卉文选》，凌拂编。（台）二鱼文化公司，2003年5月一版。

《山海经译注》，陈成译注。上海古籍出版社，2008年7月一版。

《离骚草木疏》，（宋）吴仁杰撰。（台）商务印书馆，1979年3月排印本一版。

《离骚草木史》，（清）周拱辰撰。上海图书馆藏清刻本影印本。

《香识》，扬之水著。广西师范大学出版社，2011年8月一版；人民美术出版社，2014年2月新版一版。

《汉魏六朝岭南植物"志录"辑释》，缪启愉等辑释。农业出版社，1990年5月一版。

《证类本草》，（宋）唐慎微著，郭君双等校注。中国医药科技出版社，2011年8月一版。

《新纂香谱》，（宋）陈敬著，严小青编著。中华书局，2012年2月一版。

《花前琐记》，周瘦鹃著。上海文化出版社，1956年12月一版。

《时蔬小话》，阿蒙著。商务印书馆，2014年4月一版。

羊蹄踪迹

　　如果用两种植物来形容乙未羊年与甲午马年的更替，那可说是：马蹄声远辞旧岁，羊蹄甲（夹）道迎新春。马蹄，是两广对荸荠的俗称；羊蹄甲的岭南俗名，则是紫荆。这种美丽的花树，我以前已写过多次，"我称你为紫荆"；但既逢羊年，自当用它的学名羊蹄甲，来再续写一篇。

必也正名乎

　　就先从名称说起。紫荆，作为学名是北方一种落叶灌木或小乔木，春天未叶先花，紫红的小花成团成簇紧贴枝干，别名满条红。而岭南的羊蹄甲紫荆，是常绿或半落叶乔木，树形舒张，大花艳美，花期漫长，繁英满树，密布于别致的大片绿叶间，姹紫嫣红，锦绣缤纷，是热带亚热带重要的行道树；因其心脏形的叶片顶端开裂，形如羊蹄，故名。

　　由于两者特征明显不同，以及区域间的交流、知识的普及，近年人们已一般能区别这南北两种紫荆；但在羊蹄甲紫荆内部，因不少品种形色接近，导致名实混淆，各种资料记载莫衷一是，很有必要辨识一下。2006年香港渔农自然护理署出版的詹志勇《细说洋紫荆》，是最新最权威的羊蹄甲研究专著，现据之简介几种常见的羊蹄甲属花树主要辨别方法：

洋紫荆，即香港特区标志物，盛花期从9月至4月，花色最深，为浓烈的紫红色；

红花羊蹄甲，洋紫荆的"父亲"，盛花期从9月至1月（即春天一般不会有此花），花色最浅，为淡淡的粉红色。另，特别之处是花瓣较窄且有明显皱状；

宫粉羊蹄甲，洋紫荆的"母亲"，盛花期从12月至4月（即秋天一般看不到），花色居中，为娇俏的紫罗兰色（即宫粉）。另，特别之处是五片花瓣居中的上花瓣，呈比其他花瓣鲜明得多的红色（洋紫荆和红花羊蹄甲的各片花瓣之间色差没有这么大）。

——曾与知己谈到这几种羊蹄甲之别，其有很好的概括：洋紫荆俗艳，红花羊蹄甲烂漫，宫粉羊蹄甲精致。

此外，由于洋紫荆乃红花羊蹄甲与宫粉羊蹄甲天然杂交而成（这一点至2005年才研究证实），是没有果实的（1880年在香港发现唯一的一株后，一直靠扦插等方式，繁衍或曰复制到各地）；另两种羊蹄甲则均能结果，岁末年初可在枝叶间见到一串串果荚。

　　然而，香港方面的研究成果与定名，还未能在内地学界普遍推广，内地很多新出版的、哪怕以正名实为己任的植物图书，都仍依从另一套传统名称。微信公众号"植物星球"在羊年除夕推出的李叶飞谈羊蹄甲专文，列举了称谓上的"两岸三地乱局"，如洋紫荆，内地通称为红花羊蹄甲（台湾则称艳紫荆）；红花羊蹄甲，内地则径称羊蹄甲（台湾反称为洋紫荆）；宫粉羊蹄甲，内地倒称为洋紫荆（台湾却又称羊蹄甲）。——绕晕了没？其实他罗列得还远不全面，以我看到的众多文章乃至专业书籍，以及各地园林部门的树上标识牌，又还有更多更复杂的交错混称，令人眼花缭乱记都记不住。我感到，内地的通行说法也不无道理，比如港称的红花羊蹄甲，花色却最不红，确实不如把这名字交给红得最浓的洋紫荆；又如港称的宫粉羊蹄甲，那妩媚的宫粉色调确实带有洋气，难怪我也自小就接受那是洋紫荆。不过，既然洋紫荆是最早在香港发现的当地本土物种（红花羊蹄甲、宫粉羊蹄甲均为外来种），如今各地的洋紫荆都由香港传播而来，我想还是应该尊重原产地的专家意见，采用他们的上述名称为好。（这方面唯见刘华杰《草木相伴》能明确指出："被称作香港区花的植物，比较合适的叫法应当是'洋紫荆'"，"不能称它为红花羊蹄甲。"）

关于几种羊蹄甲在南方的统称，紫荆，这名字并非从北方紫荆那里借来，早在以两广为背景的世界上第一部地方植物志、西晋嵇含的《南方草木状》中，荆一则已有"紫荆"的载录，有学者认为就是羊蹄甲，详见拙作《我称你为紫荆》转引的李惠林《南方草木状考补》。另外，对于唐人杜宝《大业拾遗录》所载的古代南方金荆，美国薛爱华《朱雀：唐代的南方意象》也持与李惠林相近的意见，认为很可能是羊蹄甲紫荆的近亲。

顺便说说，何频《杂花生树——寻访古代草木圣贤》中，将《南方草木状》的荆直接指为香港的洋紫荆，这是在别人研究成果的基础上想当然地过度发挥了。因为即使彼紫荆真的是今之紫荆（羊蹄甲），也断不可能是19世纪才出现的新品种洋紫荆。

与《南方草木状》差不多同时期的《广州记》等古籍，也有类似的紫荆记载。不过，不少人反对彼紫荆是今之羊蹄甲，也不无道理。除了植物学的依据外，文献史料也是重要旁证，那样一种绚烂夺目的花树，按理应常见于载录，但以我所见，除了明崇祯《东莞县志》记有紫荆一名等稀罕例子外，从晋代到近代的各种植物文献和岭南文史资料，包括集大成的清代吴其濬《植物名实图考》和屈大均《广东新语》，都未提到羊蹄甲紫荆，确实不太正常。（而北方紫荆则堂皇行世得居正宗,如《本草纲目》就收录了这种紫荆。)

那么,如果古代真的已有了今天我们说的羊蹄甲紫荆,它会不会在《南方草木状》等源头处惊鸿一现后,就换一个马甲存身呢?高明乾《植物古汉名图考》就认为羊蹄甲的古名是红荆树。他的证据是唐代元稹《红荆》:"庭中栽得红荆树,十月花开不待春。直到孩提尽惊怪,一家同是北来人。"因北方紫荆在早春开花,所以元稹这家北方人见到秋冬开花的红荆树会惊怪,所以这里的红荆树就是南方的羊蹄甲紫荆云云。这个推论的逻辑很跳跃很不靠谱,所用的孤证也难被认同。事实上,这首《红荆》一般认为咏的就是北方紫荆(如雷寅威等《中国历代百花诗选》),莫克《南国花果鸟》谈北方紫荆时指出:"由于干旱或枝条折伤和叶片受到虫害,在十月小阳春时节,偶尔还会出现过两次开花的现象。"所举例证便是元稹此诗,这更切合实际。有人考证出该诗写作背景是四川(吴伟斌《元稹裴淑结婚时间地点略考》),四川几乎是元稹生平所至最南之地,那里应该有北方紫荆却不大可能有羊蹄甲。另外,自然界还有一种就叫红荆的北方植物,也不排除元稹写的是此物。总之,《植物古汉名图考》的独特说法难以成立。

羊蹄甲在漫长的历史中寂寂无闻,倒带来一份好处,是没有太多人文意义的累赘。梦亦非《草木江湖》谈紫荆一篇提出一个观点：不同于内地公众植物的魅力来自其所附加的文化，华南植物"很少有神话传说、历史典故，也就是说它们未被'文化化'，清爽而自在地默立于南方的天空下"。而紫荆，"就是华南公众植物的代表植物"。

羊蹄甲的洋名也值得一说。刘夙《植物名字的故事》介绍，其拉丁文属名Bauhinia是著名植物分类学家林奈的杰作，为纪念16世纪瑞士博物学家Bauhin兄弟的重要贡献，"林奈特意选择了羊蹄甲属来使他们的姓氏永垂不朽，因为羊蹄甲那左右两瓣的叶子，恰好合于兄弟怡怡之意"。该书还指出这种特别叶型，原是由两枚小叶愈合而成，因愈合得不彻底，在顶端留下凹陷缺口，乃形成羊蹄的样子。

秦牧的《彩蝶树》有类似"兄弟怡怡"的说法，指紫荆对称的叶子"像两个形影不离的好朋友，于是有人又给紫荆起了一个诨名，叫做'朋友树'"。并由此编出生死与共、肝胆相照的革命友谊故事。（按：写紫荆的该文题为"彩蝶树"，因羊蹄甲的花、叶皆似蝴蝶，它的英文俗名也是蝴蝶树。）

《植物名字的故事》另指洋紫荆名字的由来，是因羊蹄甲与北方紫荆近缘相似，所以香港人取了此名云云，则纯属臆测了。南北两种紫荆相似程度极为有限、可忽略不计，洋紫荆命名时（它在1908年被正式认定为新品种，获得植物学的拉丁文种名，中文名称应该在那前后出现），当地人有没有见过北方紫荆都很成疑问(近年北方紫荆在广东的引种,只限于园艺观赏,因气候土壤原因不能广泛栽培),洋紫荆一名的参照物不应是北方紫荆,而是其他羊蹄甲紫荆。

谈谈我自己的意见吧:在晋代,岭南可能已存在羊蹄甲(羊蹄甲属植物中有部分原产我国);《南方草木状》的紫荆可能是指此,也可能不是。我们今天看到的红花羊蹄甲宫粉羊蹄甲,是明清才从东南亚传入的,传入后可能有人想起《南方草木状》等古书那个名堂,遂给它们取名紫荆;又或者自晋代起岭南民间对其他羊蹄甲属原生植物一直依古名唤做紫荆,遂把新引入的红花羊蹄甲宫粉羊蹄甲也归并到这个名字中。香港出现红花羊蹄甲与宫粉羊蹄甲的杂交种后,为与其他紫荆区别,加上洋人的背景(由法国人发现,用英国总督卜力的姓氏作为拉丁文种名),所以取名洋紫荆。——以目前掌握的资料,只能作这样的推断了。

仙踪与心迹

关于洋紫荆的名字,叶晓文《寻花——香港原生植物手札》还谈到,《基本法》等相关文件把香港特别行政区标志的洋紫荆表述为紫荆花,是出于政治避讳,故略去"洋"字。这也属于过度联想了,略称紫荆是民间的众口相传而已:早在1965年洋紫荆获定为香港市花后不久,寓港东莞文人香棩方就为之写过一阕《水龙吟·香港紫荆》(见胡从经编纂《历史的跫音·历代诗人咏香港》);到20世纪七八十年代,则分别有罗文《花》专辑里的一首《紫荆》,以及文千岁《可爱的紫荆花》,后者作为著名的贺年歌曲,至今每年农历新年期间仍在街头巷尾传唱:"紫荆花,紫荆花,代表真善美……"略称是人们贪图方便,虽然用到法律文书中不严谨,但不值得扯到政治。

我以前文中也曾转述过龙应台、刘华杰将洋紫荆与香港历史、政治联系起来的索隐解读,不过最近看到一篇文章反对这种倾向,说得很好。是《台湾花卉文选》收入的蔡珠儿《紫荆与香木》,谈洋紫荆"除了美丽之外身无长物",谈它因杂交混血,故花朵格外硕大美艳,却无法结成正果、不能自行繁殖等性状,然后说:"于人文于自然,洋紫荆与香港的类比实在线索丰富,有心人还能继续发掘大做文章,愤嫉或感伤香港的身世沧桑。然而这样的引申附会号称'文本分析',实则冒着一厢情愿的高度危险……硬把洋紫荆套入意识形态的框框。""草木本无心,但每每被人横加拨弄,结果是以辞害意。"——此意甚合我心。

至于洋紫荆的父母们、其他紫荆,则可从别的角度探究它们在岭南的身世。梁基永《天下至艳》中有篇《难画的紫荆》,介绍了清末居廉笔下的紫荆,以及民国初年广州富豪家的窗花装饰多有紫荆花题材，"可见当时这种花已经作为一种本土化的标志了"。该书头一组文章都是用粤人古画来作岭南花木的佐证资料，是别出心裁的好角度。

而在梁书之前，杨宝霖老先生也早就着意于此，大前年他给我来信，谈到植物写作应注意的资料，便有书画一项，说他于此"亦多留意，并及诗词，其作用，老朽认为可证明此种植物于作者年代已经出现"。——这貌似废话，却是以文艺考证史实的有效途径。杨老信中举了数例，其中有紫荆："老朽见居廉画有此树，则同治间此木已植于东莞（此画绘于可园）。"

岭南画派始祖居巢、居廉兄弟曾长期住在东莞可园，在绘写当地花鸟虫鱼中，探索出撞水撞粉等新技法。按杨老所述，则居廉不止画过一次紫荆，因为《天下至艳》所附那幅紫荆落款为乙亥秋日，居廉生平只有一个乙亥年，是同治之后、光绪之初的1875年，那时他已结束可园的客居生涯返回广州了。

在东莞市政协等编的《东莞可园张氏家族书画选》中，也出现了紫荆，是可园主人张敬修的侄孙、比居廉晚一辈的清末民初人张崇光一幅扇面，定名为空泛的《好鸟枝头图》；但杨宝霖编《东莞可园张氏诗文集》收入该画题诗时，则定名为具体的《题羊蹄甲花鸟图》，这是杨老融会植物学与文艺、互相参证的小小成果。——从画面可看出，张崇光和居廉画的，都是宫粉羊蹄甲。

　　紫荆家族在广东的成规模传播，还有一条线索，主角是20世纪初落户于广州珠江南岸康乐村的岭南大学。由于其历史背景，与海外关系密切，又一开始就注重农学、园艺、植物研究，早年不少华侨教授、学生利用寒暑假探亲返校，由美洲和东南亚等地带回了许多物种，"据说，从海外带新的植物品种到校园种植，是老一辈岭南（大学）学者的传统之一……康乐园里确有数十种外来植物是全国最先引种的。"（陈春声为《康乐芳草》写的序《玉在山而草木润》）这当中很可能包括各种羊蹄甲紫荆。新中国成立后迁入该校址的中山大学承接和保持了良好的校园绿化，1956年出版的侯宽昭主编《广州植物志》这样记述：红花羊蹄甲（即港称洋紫荆）"在康乐中山大学栽培极多，其他地方不多见"。白花羊蹄甲"只在康乐中山大学及石牌华南工、农学院有栽培，他处少见"。嘉氏羊蹄甲和黄花羊蹄甲"只见于康乐中山大学校园"。也就是说，康乐园应是广州栽培这些花树的发源中心。

　　大概因《广州植物志》的编写过程较长，资料更新赶不上花木繁衍的速度，该书出版之时，其实羊蹄甲紫荆已走出校园成为主要行道树之一了。20世纪50年代的广州市长朱光《望江南·广州好》系列中就有一首:"广州好,路树列飞鹏,万棵紫荆飓彩蝶,千行绿盖缀明灯。影动月初升。"

到近年"大写岭南"微创作小组出品、史丹妮撰文的《花·时间》笔记本,其中关于羊蹄甲写道:"宫粉和白花的羊蹄甲花开亭亭,白的粉的烟霞弥漫,映着水看,这个时候的花城,有一种罕见的仙气。东山小洋楼群里的宫粉和白花给红砖老房子添了些花枝摇曳的媚,看得人眼湿湿……街灯昏黄,羊蹄甲花影扶疏,落了一地的粉的白的花瓣,那样湿漉漉的夜,正是南国的乡愁。"——"南国的乡愁",比起"华南公众代表植物"的标签,更能戳着岭南人心里的软处。可惜,代表着我一份中大"乡愁"的紫荆,似已地位寥落:这个笔记本列举的广州观赏羊蹄甲去处,并无中山大学。

在中大自身,由专业师生历时两年调查编成的《康乐芳草——中山大学校园植物图谱》,也只收录红花羊蹄甲,完全不提我在校时留下深刻印象的那些春雨中凄美的白花羊蹄甲,也不提康乐园早期引种的辉煌历史了。

该书的不够严谨还在于,为红花羊蹄甲配附引用的邱方《爱花人语》,写紫荆一年开两次花,春天开粉红花、秋天开紫红花,这是典型的未辨识两种不同花期的羊蹄甲而混为一谈。这方面,秦牧《彩蝶树》和劳伯勋《洋紫荆冬艳似春归》形容得恰当:紫荆家族自秋至春次第出现的花色变化,是几种羊蹄甲在进行一场吐芳竞艳的接力赛。

劳伯勋《南国花讯》中的这篇《洋紫荆冬艳似春归》,还有一个比喻更新颖别致,将羊蹄甲的叶子与五羊城广州联系起来,因神话中远古有五位仙人骑羊飞临,他便想象那些羊蹄般的绿叶,是仙人坐骑繁衍出的子孙的足印。

这是别处未见的妙喻,值得激赏。广州称为羊城、又称为穗的来历,传说是春秋战国时代,有五羊衔谷而来,令此地得丰衣足食;后来受道教影响,加入五仙的情节,并谓仙人赠予稻穗离开后,留下五羊化为石。(参见彭嘉志《谷羊昌瑞——广州五羊传说》)然则,将广州常见的羊蹄甲遐想为仙人遗下的羊蹄印迹,别具情味,尤其适合这个羊年。遗憾的是,春节期间我在羊城访羊,去看了古今两处标志,祭祀谷神的五仙观和作为城徽的越秀公园五羊石雕,旁边都没有栽种羊蹄甲;越秀公园其他地方倒是有此花树,但管理方没有意识到它的名字切合乙未羊年,否则作个"羊蹄仙踪"之类的标识,当更可添新年的"洋洋"喜气。

从羊蹄与羊入手去写羊蹄甲的作品并不多,除了劳伯勋那本科普小品,我所见仅有台湾杨风的诗集《花之随想》中一首《艳紫荆》:"那只咩咩鸣叫的牝羊/艳紫的蹄甲,趾趾/烙印成/相思的足迹/……留下一串/怀春的印记。"

由羊蹄足迹写到怀春相思,大概因为那叶子,还"像一颗诉说爱情的心脏,像并蒂相依的肺叶"(龙应台《艳紫荆和岛屿身世》)。那是兄弟般的对称,也是恋人般的相连。只是,想到这奇妙的形状是因两枚小叶愈合得不够彻底而留下了缺口,以及那心脏是裂开的象征意味,则又未免让人惆怅……当然,也可以说这更切合情爱的悲观本质。

最后要说的是,羊蹄甲是我青春校园的情思所系,此后身在红尘,紫荆心史,依然延续……"无穷红艳烟尘里",在此只记一笔:小邑那条紫荆长廊,前两年又一次几乎遭人为破坏,却真是有缘,恰好遇上,且恰好能发挥一点影响力,公私结合地做些事情,及时保住了一批花树,世务与花心,遂得皆不负。自此,看它烂红满溢、饱艳如醉,看它粉白迷蒙、烟水如惘,在传说的仙踪、私隐的心迹之外,这喜爱的羊蹄甲繁花有自己留下的一点现实印记,堪可欣幸。

2015年2月底3月初,乙未正月,新年启笔,紫荆春盛;

3月中旬修订。

【参考书目】

《朱雀:唐代的南方意象》,[美]薛爱华著,程章灿等译。生活·读书·新知三联书店,2014年10月一版。

《杂花生树:寻访古代草木圣贤》,何频著。河南文艺出版社，2012年1月一版。

《草木江湖》，梦亦非著。成都时代出版社，2010年11月一版。

《植物名字的故事》，刘凤著。人民邮电出版社，2013年5月一版。

《寻花——香港原生植物手札》，叶晓文著。三联书店（香港）有限公司，2014年7月一版。

《天下至艳》，梁基永著。花城出版社，2014年6月一版。

《康乐芳草：中山大学校园植物图谱》，齐璨等主编。中山大学出版社，2014年10月一版。

《花之随想》，杨凤著。（台）唐山出版社，2011年1月一版。

猴欢喜，人同喜

　　丙申年初二，民俗开年日，有两番欢喜：一是因时间、地点的种种机缘凑巧，得以接连逛了两间计划外的书店，买到以美猴王为主角的《西游记》(李天飞校注本)等一批猴年开春佳籍；二是在新年清丽阳光中的安静书舍，查找心仪的猴年植物，牵藤带瓜地书堆优游，寻获了"猴欢喜"的一些资料，甚感欣然——合为欢畅的开年好事。

　　名字大佳、贴合猴年的猴欢喜，其实共有三种同名植物，黄普华《植物名称研究专集》分别介绍：杜英科猴欢喜属，其圆球形蒴果表面多针刺，开裂后内果皮紫红色，酷似栗子，"猴子见到误认为是栗子，十分欢喜而得名"。桑科波罗蜜属，近球形的果干后红色，"是猴子喜欢的果实"。夹竹桃科海杧果属，卵形果实成熟时橙黄色，毒性强烈，可致死人畜，"未知台湾因何称作猴欢喜"。

　　三者中，以杜英科猴欢喜最常见；而且，它是岭南乡土树种，是令人感到亲切的身边植物。我之所取、以下摘引的，便是这种猴欢喜。

陈策《华南优良园林树木图谱》描述：这是一种高大、生长快的南方常绿乔木，多花簇生，向下弯垂；蒴果成熟时红色，外披红色针刺，"非常艳丽，连深山的猴子见了也喜欢"。"树冠常年间有红叶，果硕而红艳，是我国优良乡土园林树种。"

莫罗坚等主编《东莞乡土植物》云："本种树冠浓绿，果实色艳形美，宜作庭院观赏树。"

《广东植物志》（第一卷）则载，杜英科中除了猴欢喜，还有全叶猴欢喜、薄果猴欢喜、海南猴欢喜。其中猴欢喜花期秋天，果期夏天，全省各地常见。

猴欢喜小巧可爱的绿白花、逗萌趣致的红紫果，《广州植物志》和《东莞植物志》都有不错的彩照反映，但以黎存志等著《香港野外树木图谱》所收图片最多最漂亮，那些黄红紫艳的花果，看着就有新年的喜庆。

最详细的描写也是来自香港。在我确定猴欢喜入选私人评定的猴年生肖植物后，才读到大年除夕的香港《明报》，其"星期日生活"特刊的"在大学教植物学"系列，这一期毕培曦写的就是《猴欢喜》，以之作为对读者的祝福。

毕培曦将猴欢喜比喻为植物中的"美男"："树形端正、优美，枝叶浓密，树冠中常见有零星的红叶。"其花，引台湾福山植物园所记，花色是"让人惊喜的荧光绿"，花瓣像被纸艺师修剪过，花心有一环嫩黄雄蕊，鲜亮得让人"看了满心欢喜"；木材也是美丽、优良的建筑和家居用材。当然，重点还是果实，"极有观赏价值，圆球形，未成熟时外面长着许多浅绿色的软刺，看起来像板栗；成熟后转红色，相当漂亮，讨人欢喜；老化后变棕色，裂开内面玫瑰紫红色；果荚里面有几粒黑褐色的种子，每粒还带有橙黄色的假种皮，颜色交相映衬，配搭得十分吸引"。为此，猴欢喜颇受园林专家青睐，常种于公园、路旁作为行道树，"组成花、叶、果俱赏的园林景观"。

对于猴欢喜的命名，此文引述了众多说法：猴子喜欢吃；猴子误以为是板栗，结果空欢喜；果实表面软刺如猴毛，裂开后又形似猴面，特别是像猴子开口哈哈笑；累累果实在枝头，远看如群猴在树上跳跃，等等。毕培曦的意见是，"从植物学的角度来看，并不认同'空欢喜'这种猜度，因为中文植物命名罕见有这种黑色幽默"。另外他查过学术文献，确实有记载某些猴子是吃这种果实的。

而我读到此文之前，在微信朋友圈发帖谈选定猴欢喜为生肖植物，也曾与人讨论到这个问题。朋友看了我转引《植物名称研究专集》的介绍后，开玩笑说原来猴子上当了，以为是栗子而已，空欢喜一场。我的回答是：这个世界太多真真假假，只视色空如一，欢喜就好。

那篇《明报》的《猴欢喜》结尾，毕培曦因应时势有感，对猴年的祝愿是："唯望踏实前步，化危为安，而且尽量享受努力的进程，深信'流泪撒种的，必欢呼收割。那带种流泪出去的，必要欢欢喜喜地带禾捆回来！'"

这意思很好。他引用了《圣经》的相应说词，而我在新春人日重温吾邦的民间经典《西游记》，也恰巧发现种种欢喜描写，且就是属于猴子的。

《西游记》第一回，我视为关于造物与人生本质的一个寓言，其中五处出现了"欢喜"一词。

第一次，石猴寻得水帘洞，回来向群猴介绍这天造地设的"好所在"，"真个是我们安身之处"。"众猴听得，个个欢喜。"——这是觅得安居之所、可以安稳生活的欢喜。

第二次，石猴因此被拜为美猴王，从此在花果山、水帘洞日日欢会，不胜快乐。但一日，他忽然忧恼堕泪，说："我虽在欢喜之时，却有一点儿远虑……"原来他想到总有一天会身亡，无法长享升平。——这里的欢喜，来自无拘无束的"自由自在"、"享乐天真"；而欢喜中的烦忧，是"以无常为虑"。意识到死亡，则蒙昧的快乐日子便结束了。

第三次，一只老猴告诉美猴王，可通过佛仙神圣之道躲过轮回，与天地山川齐寿。"猴王闻之，满心欢喜"，决定下山云游访仙，去学长生不老。——这欢喜，是有所知、有所识带来之喜，也是有所立志、有所追求带来之喜。

第四次，猴王四方寻仙访道，孤身漂洋过海攀山钻林，奔波多年后，才偶然从一个樵夫的歌中听闻神仙踪迹，"美猴王听得此言，满心欢喜"。——这是艰苦求知中发现线索之喜。

第五次，猴王终得拜在须菩提祖师门下，祖师为其赐姓名孙悟空，"猴王听说，满心欢喜"。——这是确立名分身份的欢喜（之前美猴王一名只是蒙昧中的自封）。从负面看，这是迈入"成人"的门槛，意味着接受社会规限和体制标签；但从正面看，则是终于找到了自我。

仅仅是第一回，这五处欢喜，便写出了人生的轨迹、文明的进程。它们分别代表的：乐居安身、自由快乐（伴以忧惧意识）、闻道追寻、求知有成、确立自我，是生命从低到高的五大重要元素。然则，我们寻求生活中的欢喜，从这五者着手也大致不差了。

当然，这五方面实现起来很难，要经历很多艰辛，哪怕最低的愿景都可能随时幻灭、碎裂，到头来也许只是空欢喜。但是，人生实难，欢喜本来就不会轻松而得，还是应像美猴王一样努力前行；人世虚幻，也当享受努力的过程和片刻的欢愉，然后面对幻灭秉持色空如一之观，视为本非我有、不为物累;人事破碎,然而就像猴欢喜的果实,它最终要裂开五瓣左右,才能呈现全部的五彩缤纷。

在真假变幻的世间,在忧乐混杂的时代,且别过脸去,于草木间垂头品尝,或至少仰首观赏一些美丽的果子,与之同喜,也算皆大欢喜。

2016年2月下旬,

元宵前后。

【参考书目】

《植物名称研究专集》,黄普华编著。中国林业出版社,2011年8月一版。

《东莞乡土植物》,莫罗坚等编著。中国林业出版社,2015年4月一版。

金花无忧

　　很久以来，"我总认为泰戈尔是写树写得最好的诗人"（《泰戈尔的树荫》）。南亚繁茂缤纷的花木，滋养了这位印度诗圣的生活、思想和作品：他从小就在花木中流连终日，第一次手作，是榨花汁当墨水来写诗（《我的童年》），虽然工程失败了，却是其写作与植物关系的一个贴切象征。他的作品中出现过无数花草树木，用植物比兴情感、反映哲思，鲜花是他的一种"意象原型"（艾加·辛格《泰戈尔诗歌的意象》）。他还直接写过《树的礼赞》，从树身上发现美与永恒。现实中，他创办的国际大学设在原野林间，就在树下席地上课，让学生通过与树木一同成长来养成品格。（魏风江《我的老师泰戈尔》）植物已成为他的世界观，以至有一本研究其思想的专著，就叫《泰戈尔及其森林哲学》……

　　这位植物型诗哲的树荫花色中，有一枚《金色花》开得很动人：孩童的"我"，顽皮地藏身树上，变成一朵金色花，当"妈妈"在花树掩映的窗前看书时，把小小的影子投在她读的书页上，温馨的图景。

书页上的花影人影

　　出自儿童散文诗名著《新月集》的这篇《金色花》，首先可以理解为童真的"理想国"中，纯洁的母子关系；深入一点，是寄寓以孩子未受世俗制约的天性，打通人与自然的隔阂（可以在人与花之间自由来去变换）；更高的层面，这还是泰戈尔泛神论的体现，是一曲神秘的圣歌。而我，则会去掉孩子与母亲的特定身份，来欣赏这书页上亦花亦人的身影，那是阅读之美，更是人情之美，花下书间，定格了岁月的温柔。——《新月集》，我是在大学毕业前夕读的，由它压轴的那段年华，正是纯净自由、人花相映的理想国时光。

　　关于"金色花"，流行的郑振铎译本有详细注释："原名champa，亦作Champak，学名Michelia Champaca，印度圣树，木兰花属植物，开金黄色碎花。译名亦作瞻波伽或占博迦。"

　　作为中国最早有系统地介绍和研究泰戈尔的学者兼诗人，郑振铎被同行称为泰戈尔最合适、最忠实的译者（石真、张炽恒语），这条注释可见其用心，只是，却未能说明金色花究竟是哪种我们所能认知的花卉。这个问题，哲学教授、博物学家刘华杰写了一篇《泰戈尔的瞻蔔花》（收入其《天涯芳草》集），专门作了补充考证。首先，他指出泰戈尔写的champa flower，不是随便泛指或别人乱译，因为不止一次写过（《新月集》中还有一篇《商人》也写到这种金色花），而且《新月集》是由泰戈尔本人译成英文的。其次，对应《佛教的植物》记载，有一种瞻葡花，名为champaka，译作金色花树，或以其音另译为瞻波迦、占博迦、占婆、蒼葡等，多种佛经都有描述，即郑振铎的注释所指。最后，根据原诗中提到的特征，结合有关资料和刘本人的实物观察，这金色花或瞻葡花，乃是黄兰，其学名就是郑振铎说的Michelia champaca。只不过郑振铎弄错了一点，黄兰是木兰科含笑属植物，而不是木兰花属。这"绿叶中娇小但散发着浓香的黄兰花，是婴孩、是神、是佛的象征"。

不过刘华杰引用的郑振铎注释不全，他看到的是删掉了前半部分名称内容的版本，上面我的梳理综述已补齐了相关衔接的链条。另查《佛教的植物》，瞻葡树是高大乔木，花淡黄或橙色，香味浓郁，可制成香料，佛典中以之比喻清净高贵的德行。瞻葡花和金色花都出现在众多佛经中，而二者为同一物，则明确载于《玄应音义》。再查刘玉壶主编的《中国木兰》，黄兰的学名、特征完全一致，从其精美彩图可见，此花之金黄灿烂，非常瞩目喜人。这种树形挺拔美观、枝叶青翠茂密、夏日开花美丽芳香的著名观赏树种，现在已是包括我国华南在内的热带亚热带地区常用行道树。

黄兰又名黄缅桂、金香木等，街顺宝《绿色象征——文化的植物志》载，黄缅桂是常见的佛教植物之一。美国薛爱华《朱雀——唐代的南方意象》记，在印度，"人们常将其当作发饰或佩饰使用，或置于庙宇中供奉神明"。它的花型似也有佛性：披针形的花朵，花瓣修长开扬，很像古典戏曲里的纤纤"兰花指"，使我想到佛的拈花一笑。

香甜而错杂的多重想象

有着同样花形和芳香的，是黄兰的兄弟白兰，二者十分相似，区别自然是白兰白色，黄兰黄色；白兰已以花香清甜馥郁著称，而黄兰犹有过之。有人认为黄兰香味浓浊，品位不及白兰清纯（王宏志《中国南方花卉》）；有人则因白兰一般不结果、黄兰易结实，认为"好花不结籽，结籽非好花"，加上白兰更为普及，这样"长期形成的审美观，却使人们始终偏爱白兰花"（劳伯勋《南国花讯·南国白兰飘远香》）。不过，周瘦鹃谈到这对姐妹花，则说黄兰"分布面不广，物以稀为贵，就抬高了它的身价"（《花木丛中·扬芬吐馥白兰花》）。

白兰与黄兰不但经常被一并提到，早期还有混淆。比如民国两部植物著作，陈嵘《中国树木分类学》将白兰的学名误记为Michelia champaca，因此说白兰的别称（音译）为旃簸迦，这就与黄兰混而为一了（也就是说，白兰曾一度被当成金色花）；黄岳渊《花经》记白兰花时说："瓣白色，亦有黄色者……黄者香更扑鼻。"即未能将黄兰从白兰中单独分出来。这些讹误，应该跟当时人们对黄兰认识尚不深有关。

黄兰传入我国，如果不计唐宋可疑的薝蔔花（实为栀子，参见下节），较为明确的引种资料是清方以智《通鉴》引周吉甫《金陵琐事》记，明代郑和从西洋带回此花移植于南京，但始终栽培种植不广，不为人们熟知（舒迎澜《古代花卉》）。这导致直到近代，专家仍未为它确立中文名，才出现了上述的陈嵘等人之误。现在见到的最早命名资料，是1956年出版的侯宽昭主编《广州植物志》，记黄兰一名出自清吴其濬《植物名实图考》。查后书载："黄兰，产广东，或云洋种……花如兰而黄，极芳烈。"这些特点以及插图所见的花形，很像来自印度的薝蔔黄兰，但其他描述"丛生"等却又对不上，我估计是学者要命名这种Michelia champaca时，想到吴其濬书中的黄兰（或误以为是同一物），遂以之定名，而这应该是1949年以后的事了。

也正因此，郑振铎在20世纪20年代翻译《新月集》，虽然他已明白此花之性状乃至学名，但却没有对应的中文名黄兰可用，只能译作通俗优美的"金色花"。后出的诸多《新月集》译本，除了袭用郑译之外，张媛音译为"占婆花"；张炽恒则译作"金香花"，注释云乃金香木所开之花；而吴岩就译为"金香木花"，这正是黄兰的别称；另，庄雅惠译作"香柏花"，不知典之所出，似乎不搭界。

总之，泰戈尔写的金色花、佛教里的瞻蔔花，乃是黄兰，已可无疑义了——恰在最后修订本文之时，于小邑街头偶遇黄兰花开，喜得睹真容，那些花儿藏身于高挺树上浓密枝叶间的情形，确是很能对应泰戈尔喻之为顽皮孩童的描写——但是，又像孩童在枝叶掩护中捉迷藏一样，此花还有其他多重身份迷案：黄兰是木本植物，但在兰科植物中，有种真正的草本兰花也叫黄兰。黄兰又名黄玉兰，偏偏玉兰中也有黄色花的。又有别名黄葛兰，也写作黄桷兰；然而另有一种黄葛树或曰黄桷树，是重庆的市树，即大叶榕。这些还不算最复杂的，更有意思的是，黄兰在中西历史上都曾有过原名（音译）相同的分身。

先说西方，薛爱华《朱雀——唐代的南方意象》记，古典的印度金香木即黄桷兰，曾被"与我们西方人深爱的鸡蛋花混为一谈"。那是海外大扩张时期，欧洲人发现了西印度群岛的鸡蛋花，钟爱其香气，后来在印度听说有一种香花叫金香木，就把后者那富有东方情调的名字 champaka

安到鸡蛋花头上，以致雪莱《印度小夜曲》写到："金香木的芬芳溶化了/像梦中甜蜜的想象。"其实他想象的应是鸡蛋花。

同心爱者只能分手

至于中土，《朱雀》记载了另一桩公案，是把金香木黄兰误为栀子花。现据薛爱华提供的线索，补充其他文献资料整理如下。

话说在唐代文人笔下，出现了一种薝卜（薝葡），李群玉、皮日休等人诗中都写到过，王维《六祖（慧）能禅师碑铭并序》有云："花惟薝卜，不嗅余香。"后世很多人也咏及此花，内容基本与禅僧佛缘有关，宋王十朋《书院杂咏·薝卜》一诗还给它起了个"禅友"的雅号。这薝卜（薝葡），就是佛教名花瞻葡的同音之译，王维那句话，源于《维摩诘经·观众生品》"如人入瞻葡林，惟嗅瞻葡，不嗅余香。"（王维字摩诘，名和字都出自这部佛教经典书名。）

可是，在中国禅宗文学的话语系统中，薝卜却不是指黄兰，而本土化为栀子。唐段成式《酉阳杂俎》载栀子，云"相传即西域薝卜花也"。宋朱淑真等人以栀子为题的诗中写的就是薝卜，也将两者直接联系起来。元程棨《三柳轩杂识》则把"禅客"之号给了栀子，广东对栀子花别称为白蝉（蟾）

花,估计就是"禅花"的讹音。薝卜(薝蔔)更成了栀子的别名,之所以造成这样的误解,大概是薝卜一名在唐代随佛经传入,但实物稀见,而栀子花传说亦来自天竺印度,同样具有香与黄的特征,遂被混淆起来。(即使像宋赵汝适《诸蕃志》、周去非《岭外代答》已对西亚的薝蔔花性状有所认识,但仍以栀子、蕃栀子之名称之。)

栀子的香,也是很有名的,"暑月中花香最浓烈者,莫如栀子"(《花经》)。确能使人不嗅余香,宋蒋梅边就有诗赞栀子花可代替焚香。但栀子花一般为雪白,而薝蔔的特征是金黄,何以古人分辨不清呢?除了此花开到后期会变黄外,更主要是它的果实成熟时为黄红色,是秦汉以前应用最广的黄色染料,上至最高级的御服,下至豆腐的外皮,都用此物染成,故又名黄栀。也许因此,使唐人把栀子代入为金色花薝蔔吧。后人已有所质疑了,李时珍《本草纲目》说:"或曰:薝蔔金色,非栀子也。"

栀子古时称为卮子,早在佛教东渐之前的汉代已有大规模种植,《史记·货殖列传》记载了"千亩卮茜"的盛况。(茜是红蓝即红花,用以染绯,同属茜草科的栀子染黄。)其得名,一般认为是因果实或花型似古代的酒器"卮",《本草纲目》有记。可是,夏纬瑛《植物名释札记》却称,栀子的另一古名鲜支(见司马相如《上林赋》)是黄色之义,而支与栀为同音可假借之字，故栀子一名是指其果实之黄。如果此说成立，那么栀子确实从命名之初就能与薝蔔的金黄拉上关系了，好比张爱玲《琉璃瓦》里的形容："金瓶里的一朵栀子花。"

初夏时节清芬四溢、洁白清纯的栀子花，是青春的象征、初恋的代名词。（张觅《诗词清芬·栀子》："孤姿妍外净，幽馥暑中寒。"）想到此花，就总是想起大学图书馆静夜的浓香熏浮……然而，这是我不能再触碰的"心花"，自毕业从校园采回家却没移植得活，我就视为天意的寓示，从此不忍再买再种再赏了。那代表着一个生命阶段的告别，将刘禹锡《和令狐相公咏栀子花》的两句诗改一个字便是："且赏同心处，却忧（原为'那忧'）别叶催。"

栀子乃"同心"之花，是近读梁锦奎《花影》的新知，其《栀子花开，心无芥蒂》篇引用了不少这方面的诗词，颇令我触动。除了唐刘禹锡，还有南北朝刘令娴《摘同心栀子赠谢娘因附此诗》："同心何处切，栀子最关人"；唐韩翃《送王少府归杭州》："葛花满把能消酒，栀子同心好赠人"，等等，栀子成了交友示爱的象征。

然而，我因之一下子想到的却是《古诗十九首》的怆然："同心而离居，忧伤以终老。"是刘冉《就让它像一首歌》的浩叹："我们深信惟有离居，才有同心。"是林白反话正说

—— 158 ——

的伤惘篇名：《同心爱者不能分手》……

所以，栀子的花语"一生的守候"，是不适合我与此花的关系了。

只是，却又未必吧，也许可以换一种方式体现。像席慕蓉的《栀子花》，写她追寻那花树一如"深印在生命里的记忆"，她说："也许终于下定决心离开它，可是在日里夜里那种香气那种形象就一直跟着你，根本没办法将它忘记。"

爱者之贻可消忧

许地山有一篇小说《无忧花》，描写战乱年代上流社会的丑恶，全文并没有提到无忧花这种佛教植物，也许，他取这个题目是用圣洁的此花来讽刺卑鄙肮脏，又或者指代那位"无忧无虑"的"交际花"。但作为印度宗教和文学研究专家，许地山不知有意还是巧合，给女主角起名为"黄家兰"，颇像一个文字游戏，因为，黄兰即瞻葡花与无忧花同为佛教圣树，而早前春日无忧树开花之时，友人正提出泰戈尔的金色花可以理解为无忧花。

无忧树的地位比瞻葡树更高，在《佛教的植物》中位居首席，因相传佛祖释迦牟尼在此树下诞生。该书载，这是一种豆科（即苏木科）乔木，花红色，极鲜艳，盛开于三月，全树满花，人们相信此树能消除悲伤，因此称为无忧树。诺布旺典《佛教动植物图文大百科》收有一幅唐卡,画的是佛经所载,摩耶夫人见无忧树"花色香鲜",举起右手"欲牵摘之"时,佛陀从其肋下生出的情形;画中所见,那无忧树茂盛绿叶间,就开着成蓬成簇的红色花朵。

泰戈尔多次写过无忧树,在长诗《祈求》中,情人每晚都会用"无忧树花瓣的红汁"涂抹女王的脚底。这也可印证其花色鲜红。另,《爱者之贻》(石真译本)第33节,写到无忧树的嫩叶把天空染作一片火红,正符合《佛教的植物》的描述:无忧树不但花红,开花时的新叶也呈美丽的红色。(吴岩译本《情人的礼物》作阿肖卡树,乃无忧树学名jonesia asoka的音译。)

关于此花何以能消除烦恼忧伤,人们从其特征作了合理想象。王缺《华南常见行道树》谓无忧树枝叶"柔软下垂,婀娜多姿,状似逍遥、无忧无虑而得名"。王宏志《中国南方花卉》说它"花期颇长,从春至夏,嫩叶飘拂(按:这指的就是该树枝叶柔垂的特点),红花吐艳,令人目不暇接,乐而忘忧,故名"。

可是,我们平常所见的无忧花却并非"红花吐艳",而是金黄色的。最早在南洋新加坡,看到巨大的无忧树,因热带特有的老茎生花现象,连树身上都长满成簇成球如蜂窝的金黄花朵,非常震撼;刚过去的春天,当友人在广州光孝寺和母校故园处处皆遇无忧花时，我则于农历二月十五的百花生日花朝节，恰好在本邑植物园邂逅此树，高枝大叶间开着灿然若金的浓密花朵，意外惊喜，像是天意注定要写此花的恰巧缘分。

另检手头有彩照的植物书，无忧花也均为橙黄色；但诸书的文字描述却又都与火焰并论，如《岭南春季花木》记有两个品种：中国无忧树，别名火焰花，花黄色，后部分变红色，株型美观，花色艳丽，灿烂夺目，是常用风景树；垂枝无忧树，别名无忧花，株型端正美观，花繁密，开花时节如团团火焰，灿烂夺目。又如陈俊愉《中国花经》也记中国无忧花别名火焰花，说是"春天一簇簇火红的花"犹如"堆堆篝火"。

我想，大概是气候水土的原因，正宗无忧花在印度本土是"火红"的，但引种到其他地区变为"火黄"，也就能让人联想成泰戈尔的金色花；而且，泰戈尔《金色花》写到孩儿对母亲的深情，而无忧树下的佛陀诞生，首先出现的身影乃是其母，恰构成对应，故大可将无忧花也视为金色花——反正如前述，黄兰已有那么多分身，不在乎多一个。所有的花都是神圣的，有时候真的不必执着于考据，各花入各眼，踢脱物障，自寻心得，想来也是佛所许可的心怀。否则，自寻烦恼，就辜负无忧树的启示了。

不问花名唯记初心

关于这个问题，刘华杰考证泰戈尔金色花的那本《天涯芳草》之自序，恰有一段好话，他一方面强调"多识于鸟兽草木之名"，但另一方面，"没必要把它（博物学）硬往科学上套，因而也不必过多受科学的约束。当然也没必要故意跟科学过不去，和平共处、适当兼容就可以。我们看植物、认植物，尊重科学的方法，但不必拘泥于科学的方法"。强调的是认知后的感悟、欣赏中的情感。

事实上，泰戈尔早已在《人格》中说过了："他瞧一棵树时，那棵树是唯一的，而不是植物学家所普及推广和分类的树。"

此外，泰戈尔还有一篇《罗望子树》，更有代表性，说得更好。

《黑牛集》中的这篇散文诗，先后写到罗望子树、瞻昌伽树、金香木、无忧树，译者白开元对前两者加了注释，说罗望子树夏季开黄或橙红色花，果实可为药，果汁是最佳的清凉饮品；瞻昌伽树是印度圣树，开金黄碎花，木兰花属植物。——这同时呈现的四种金花之树，颇有点混乱。

首先，所谓瞻昌伽，似乎是champaka在瞻葡等之外的近音译名，那几句注释就是从郑振铎的金色花注释移植过来的，连"木兰花属植物"都延续了郑氏之误。但如前所述，瞻葍即黄兰即金香木，何以译文在瞻昙伽树的下一句紧接着又另外出现金香木？

其次，罗望子树，亦是一种有争议的植物，一般认为是酸豆，从白开元注释中果实、果汁的用途看，他指的就是此物；但有专家考证，罗望子其实是频婆（《梁家勉农史文集·"罗望子"名实考》），频婆（苹婆）也是佛教名树，但花、果特征与白开元说的不一致。

这篇《罗望子树》，写到对往昔马车年代的怀恋，而泰戈尔在《我的童年》一开头，正好就回忆了相同的情景，也出现了那棵笼罩着旧居马房的大树。后者由对印度文化深有研究的金克木翻译，此树译作皂角树。而频婆，正有着果实和荚状如皂角的特征。所以，我怀疑泰戈尔写的是频婆或皂角，而不是白开元注的酸豆。

总之，又是一片杂树乱花迷人眼。

然而，通过树木写人世沧桑的该篇结尾却甚为单纯清澈：从前"我"这个"少年诗人"，曾在早晨偷折一串香花，挂在情人羞红的耳朵上，"她如果问是什么花，我兴许会说——你要是说出照拂你下巴的一抹阳光的名字，我才告诉你花名"。

——花树静观着流逝变幻，甚至花树本身，也会纷扰迷乱,但,其间总有着可珍重的初心。那个回忆中的青春画面,很美,只记取那一份曾经的怦然心动,真的不必去问花名了。在你眼中,那棵树就是唯一的。

> 2015年4月初,无忧花期起念;
>
> 中下旬,栀子花季撰写;
>
> 5月初,白兰黄兰并放之时修订,
>
> 献给即将到来的泰戈尔生辰的日子。

【参考书目】

《诗词清芬——诗词中的婉转芳华》,张觅著。北京工业大学出版社,2014年4月一版。

《听剑楼笔记·花影》,梁锦奎著。生活·读书·新知三联书店,2014年9月一版。

《岭南春季花木》,朱根发等编著。中国农业出版社,2014年6月一版。

风流蕴藉白兰花

五月第一天，从一条静僻小路步入初夏，拐角处忽然闻见阵阵浮香，心想，是她了；抬头看，果然，一棵白兰满树花开。

几条熟悉的老街，更带来从小就亲切的夏季气息：万寿路，南城路，向阳路，运河东二路、西二路……路路遍栽白兰花，处处飘下一地碎瓣一天浓香，不由分说兜头熏了行人一身。

老城多种白兰，是一份乡土标记——她是本地的市花。

可是，这市花却时常被人搞错，包括官方的宣传介绍，也屡屡误为玉兰，只因两者都有个俗名叫白玉兰。

白兰和玉兰同为木兰科的白色香花乔木，但白兰为含笑属，玉兰为木兰属。白兰终年常绿，玉兰冬季落叶。白兰花期较长，由春至秋，最盛是在夏日；玉兰主要在春天开花（先花后叶），花期较短。白兰花小而修长，约一寸大小，呈披针形；玉兰花大而丰腴，是白兰的十数倍，呈杯形、钟形。白兰原产印尼爪哇及马来半岛，我国主要在南方种植；玉兰原产我国中部各省及印度，现广泛栽培，但对岭南人来说是北方花卉。

玉兰是传统重要观赏植物，历来入诗入画，记述繁多。而白兰在古代主流文史中几近隐迹，就连颇全面的清初地方专著屈大均《广东新语》，都没有收录。这是因为白兰传入时间不长，何家庆《中国外来植物》载，此花在清光绪年间才引入中国上海。潘富俊则认为，白兰约莫明代时由华侨引入中国华南，后随郑成功部队进入台湾、遍植全岛，成为"郑氏时代的代表植物"（可巧，刚去过台湾，在郑成功辉煌标志的赤崁楼，就有大棵白兰在盛开），故当地历史上的"玉兰"记载（包括玉兰的别名迎春等），指的其实都是白兰，真正的玉兰近年才有引种。——不仅古代，当今台湾仍流行用玉兰直接称白兰，甚至像刘克襄《白兰》一文，说"白兰真正名字叫白玉兰"，反客为主的讹误不下于本邑。

白兰虽然不如玉兰那么历史悠久、名声响亮且气度高贵，却有一样别趣：玉兰只宜树上观之或插瓶，白兰则可簪佩于身上发间及随处摆置，夏天妇人采摘白兰花沿街兜售，是从华东到华南到台湾的传统民俗风情；作为著名香花，白兰还形成了种植、出售的产业。周瘦鹃在《花木丛中》《拈花集》等书记述了这方面的情状，并专门填词记此"卖花声"。

周瘦鹃《扬芬吐馥白兰花》一文，还写到一个"甜津津的回忆"，说他曾到广州，"瞧见两旁种着的行道树，都是白兰花，不觉欢喜赞叹"，因为白兰在他所居"苏沪一带，只能种在盆子里，娇生惯养"，故盛赞此"南国之花"。

确实，白兰是华南最常见的行道树、风景树之一，李孝铭《茶用香花志》和谢惠芹等《南方花卉》都用"别有一番南国情趣"来形容。其树高扬浓荫，其花雅洁纤丽，特别是炎夏里又浓又清的甜甜花香，令闻者心旷神怡，深受人们喜爱，史丹妮撰文的《花·时间》笔记说，那是"岭南人嗅觉上最诗意最可亲的乡愁"。

另一处栽种较多的地区是西南。白兰又名缅桂花，此名寓示着可能最初从靠近缅甸的西南传入。汪曾祺的《觅我游踪五十年》，用留恋的笔触回忆抗战时他就读西南联大，客居昆明的风物人事、青春印痕，其中一幕："院里有一棵很大的缅桂花（即白兰花）树，枝叶繁茂，坐在屋里，人面一绿。花时，香出巷外。"——写得极美。接着的记忆，则是另一番情味：房东老太太让养女搭了梯子上树摘，拿到花市上卖，因为怕房客乱摘她的花，就主动用白瓷盘装了一些，给各家送去，"这些缅桂花，我们大都转送了出去。曾给萧珊、王树藏送了两次。今萧珊、树藏都已去世多年，思之怅怅"。

让人欢喜的美好，最后都容易让人惆怅吧。我也曾在白兰香浮的夏夜繁华街头，因为库切的自传小说《青春》和黄耀明"愿每天青春直到不能"的演唱会，而"与擦身而过的青春打个招呼"。多年后朋友说起这篇文章，仍记得如被那花香带进一种漩涡，怅然若失。

更曾经，阳台上种过一棵白兰，很是喜爱，后来却死了，而且有着特殊的背景：在一个激荡哀凉、黯然神伤的秋天，她忽然像人一夜白头般一个晚上就黄尽了叶子，猝然耗尽了生命。我甚至感到，她是代我的心去死的……植物，是会感应人的情绪的。

不过，我后来重新买回了一株白兰，再续幽幽甜香。——还好，这世界有些东西，是能重新接上的。岁月流逝，花香恒在，于是在家中、在街上，每年夏天仍可有欣悦的呼吸：

烈日炎热，见白兰花开，顿觉清新可喜，仿佛花木知暑，替我迎凉；下雨天，白兰的浓香裹着雨气湿漉漉地飘来，褪去烦闷；暴雨后去开停在树下的车，洒满一车顶的花瓣随风沿路飞扬，人在车中如被花儿裹着前行（这份心帜摇摇，是另一朋友印象深刻的描写）；坐在阳台的白兰下读书，花香入卷；摘了并蒂的连叶花儿，用来熏书相伴；闲情时节，在老城的路灯下和静夜的旧公园漫步，满身馨香的树荫人影，踏着满地落花归去的静美一刻……

对于白兰醉人的芬芳，有人说那是暗香、冷香、静谧之香，有人不同意，认为"白兰的香根本就是明火执仗地香气袭人"。我的形容，则始终还是"浮香"二字：初夏熏风一吹，空气中馥郁浮动，香得人都要浮起来——然后静下去，沉醉，沉静。

白兰的好，除了这令人赞叹的香，还有形、色皆美，以及树型美观，郁郁葱葱。但要说她最大的优点，我也是经过这么多年最近才总结出：一份素净的风华，低调的奢华。

此话怎解，要从花叶形态说起。有一年也是五月读《茶用香花志》，见书中点出白兰"开花于当年生枝条的叶腋处"，看到此句，当即凑过去自家白兰树前欣赏一下，果然，花儿都生在叶子与茎枝连接所夹的角落，如被枝与叶环抱着共同呵护，有一种悄然的风情。后来知道，郭沫若的《百花齐放·白兰花》诗，也专门写到叶子"护惜着花朵"的情形。

至于花本身，白兰绽放后纷披舒张，也很好看，但更动人的是初开之际，花瓣甫展而又未完全打开，好比美人纤纤兰指轻弹般可爱，当人们闻到花香寻去看时，这优雅的形状使人联想到："白兰犹如感情含而不露的少女，决不轻易放声大笑……总是芳唇微启的。"（劳伯勋《南国花讯·南国白

兰飘远香》）

　　其色亦然，子梵梅《一个人的草木诗经》有很好的描述："花朵娇小玲珑，舒服的象牙白，是真正的'洁'，而不是耀眼或单调的'白'，一朵朵幽香芬芳，不可亵玩。"因而赞美她："貌不惊人却素雅清香。""就像一些书或人，处当处之所，适自适之人，足矣"。

　　——含而不露，不耀眼，不炫人，是为素净的风华。更显内敛的是，因白兰树非常高大，可达近二十米即五六层楼高，娇小的繁花掩映于高枝密叶间、且被呵护于叶腋角落，若非闻香抬头，一般不会留意到。花形花色如此不事张扬，但悄然散发的芳香极为盛大，笼罩满街，飘扬广远，是为低调的奢华。

　　白兰的这种好处，像极了岭南的特质：躲在枝叶深处貌不惊人却自适其适，是其历史文化地位的写照；然而一方面含蓄内秀，温润蕴藉，另一方面又清香横溢，馥郁热烈，流风所及，沁人肺腑。

　　是风流的，也是蕴藉的，这般可亲的君子妇人。

　　　　　　　　　　　2015年5月中旬撰毕，
　　　　　　　时自家阳台的白兰花，千娇百媚。

亦俗亦雅两生花

2016年的联邦走马文艺日历，元旦页印了米沃什的诗《礼物》："如此幸福的一天/雾一早就散了，我在花园里干活/蜂鸟停在忍冬花上/这世上没有一样东西我想占有……"专注自然，无所外求，这种自适自足的情怀，确是非常适合作为新年的祝福"礼物"。

相宜的是，我书房窗外正有一盆忍冬（金银花），缠绕的软藤绿叶，在新年第一天的清新阳光下曼妙可人，与那页刚揭开的日历合为开年好景。

更妙的是，随后清理堆积的报纸，看到年前几天香港《明报》的刘克襄港台风物专栏，恰有一篇《忍冬》，且写到一如我的情形：家中的忍冬"茂发成棚"，"花瓣溢香，灌进书房，好闻整个夏秋"。——如此巧合有缘，真该来写写这书窗新伴了。

最早的金银花印象，来自十余年前林贤治编的"忍冬花诗丛"，总序里借此花特性来比喻优秀诗歌，"以忍冬邀集诗人,取其性质相近之故耳"。结尾有一段精要的描述,转录如下:忍冬,属忍冬科多年生半常绿灌木,非经名园培植,而长于田野榛莽间。叶对生,呈卵形,有柔毛。夏季开花,初开为白色,稍后转黄,黄白间错,故有"金银花"之称。花清香而苦涩,阴干可入药;藤茎亦可入药,"凌冬不凋",故名忍冬。

我在一个冬天买到诗丛中的《王寅诗选》,想起他在遥远的80年代的《朗诵》:"谢谢大家冬天仍然爱一个诗人。"想到诗歌的际遇,感叹爱是需要"忍冬"的……但这只是一种象征比拟,要到刚刚过去的2015年,才真正接触此花,且从夏至冬,接连有可喜佳遇,下以流水账记之。

五月的一晚,访杨宝霖老先生。旧巷老屋,雨声静夜,书堆灯影中,品老人所沏清茗,得片时欣晤快谈,更得丰富收获:供稿给《耕读》的文与画,赐赠的《中国古代耕织图》,以及一大盒香气扑鼻的金银花——上月来访,杨老谈起他的天台种植时说到有此花,因当时未开没有让我去看;但老人有心,现在花开后便摘下一大堆相赠,当中还特地留了几根连着枝叶的,以讲解其性状细节(如花都是两朵并生等),此意真可感。回家后细赏,满盒密密匝匝的花儿,亮金丽银般辉煌灿烂;长长的花串,别致的花型,犹如吐舌流盼的顽皮娇俏少女,或黄裙或白衣地成群结队啾唧而来,很是可爱;又因依然鲜活,清香满屋,在雨夜尤其浓烈熏人；晒干后泡茶喝，芳香幽幽而舌底留甘，正是那番对谈的感怀情味了。

到六月，我装修好忆水书舍，阳台在原有的观赏花木之外增添农业种植，从农艺公司订购些蔬果等实用植物，他们代选的恰好有正在盛开的金银花——大概因为此花的主要用途是草药吧，著名广东凉茶、清热祛湿解毒去火的五花茶，排第一的用材就是它。不过我欢喜的还是其形色之美，特意放到书房窗台，这个夏秋，就对着其俏丽的花色与"灌进书房"的清甜花香，相伴炎日的读书写作；有时也忍不住折一两枝花放在案头观赏，小小闲情可人。

之后八月，因到成都度假而读四川女作家心岱的《闲花帖》，颇惊喜有一篇《金银花》。里面写她"整日在家，时不时看看金银花怎么变色，一过午，白花悄悄蒙上了一层淡黄，它在向着金色奔去"，很细致。更喜其引用大量文史典故，转述一些文学作品中对此花的描写，很合我意。不过，其中说金银花古时也叫鸳鸯草，唐代蜀中才女薛涛为之写过诗："绿英满香彻，两两鸳鸯小。"但我到成都后购读的寇研《大唐孔雀——薛涛和文青的中唐》，以及从前入川买的陈文华校注《唐女诗人集三种》，虽均收入这首《鸳鸯草》并作了评点、注释，却都未提到此草就是金银花，涉及的古籍中鸳鸯草资料，也没有记载花开二色这一金银花的显著特征。

过后不久的七夕，购得明代朱橚原撰的《救荒本草校注》，金银花作为少数几种"花叶皆可食"的救饥植物之一被收入，内引《本草纲目》记其一名鸳鸯藤。——可能心岱就是把鸳鸯藤与薛涛的鸳鸯草混为一谈，误以为后者是金银花了。

到十一月，则在黄灿然的微信公号读到聂鲁达笔下的忍冬——金银花不仅因实用性而被我国古人关注，还以审美性常被西方文学家状写，心岱文中就引了米沃什那首《礼物》，以及纳博科夫的《飞雨》、福克纳的《喧哗与骚动》。后两位特别在意此花或清爽幽香、或忧郁缠绵的气味，黄灿然译的聂鲁达那首《每天你和宇宙的光》也不例外，且写得更美（按：该诗蔡其矫译为《爱情诗第十四首》，以下黄、蔡两家译文并用），诗中除了"我要和你做春天和樱桃树所做的（事）"；"我爱你，所以你和别人不一样"；"谁以烟的文字写你的名在南方星斗中"等名句，还有这样的奇想："小人儿，你也给我带来忍冬/甚至你的乳房也散发它的气息。"——真是迷人啊。

接着的十二月，很高兴解决了忍冬在美术上的一个疑问。

还是得先从心岱那篇《金银花》谈起，文中转引介绍，原来我喜爱的古希腊科林斯柱，柱顶的涡卷纹就是忍冬叶的样子，背后还有一个少女之死的凄美传说；忍冬花纹在我国古代艺术品中也大量运用，以其越冬而不死来比喻佛教的灵魂不灭、轮回永生。

这种花纹，随后在一册《东莞市博物馆藏故宫调拨文物》中看到了，于是想起以前探究过西番莲图案与实物之关系，忍冬纹饰也类似，令我猜疑是先有那种植物，摹仿绘出；还是先虚构创造出图案，再套到现实中相近的植物来命名？这一问题，冬日访扬之水先生时出示那本画册当面请教，她说是后者，正与我的猜测相同；她并以所著《曾有西风半点香——敦煌艺术名物丛考》相赠，里面有对忍冬纹的专门论证。

原来，林徽因早就在《敦煌边饰初步研究》一文中清晰地论述了忍冬纹的源流发展：最初的图案来自巴比伦-亚述系统，在古希腊被添加上当地盛产的一种草叶形状，普遍应用于爱奥尼亚式柱头，特别是科林斯柱头，成为希腊艺术中著名的叶子，叶名"亚甘瑟斯"，历来中国称忍冬叶想是由于日本译文。然而在敦煌北魏洞窟所见是西域传入的"忍冬草叶"图案，不是写实的"亚甘瑟斯"，不属于希腊罗马系统，而属于西亚伊朗一系。扬之水书中引述这些意见后，简明有力地得出结论："要之，所谓'忍冬纹'，它在中土的装饰艺术中,最初只是外来的'一种图案中产生的幻想叶子',而并非某种特定植物的写实,与中国原产的忍冬亦即金银花更是毫无关系。"后来,此纹饰更"在创造发挥之下而成为完全中土化的各种样式的缠枝卷草"。"忍冬纹"这名称,"系近世方始采用"。(按:亦即后于植物忍冬的命名。据李时珍《本草纲目》,此物因"凌冬不凋"而得名忍冬,是出自南朝梁陶弘景已佚失的《本草经集注》。)

——因夏日新添金银花而生的兴趣进而生的疑惑,至此豁然得释。这样说来,忍冬纹与西番莲纹相似,作为艺术图案,它们都是"想象出来的花卉"。而我更爱看真实的植物,并排在书房窗外的一丛金银花和一株西番莲,即使在这无花的冬天,青翠透亮的枝叶仍形态优雅,盈盈绿意荫人。

在这大半年间与金银花的种种相遇,还有一次忘了在哪里,看到对其名字的争论。大意是,有人批评金银花之名,附金贪银,庸俗不堪;有人反驳,说花木无辜,是俗人强加俗名,其实此花本质是忍冬寂傲、清丽雅致的。——张恨水《山窗小品》中有篇写得极美的《金银花》,一开头就说了:"金银花之字甚俗,而花则雅。"

确实,忍冬一名,代表传统道德的正面意义(如松柏也因凌冬不凋而被作为树中君子来歌颂),金银花之称则披金戴银含世俗意味,高下立判。但我想,俗就俗吧,不必去强辩，太过正面，道德高高在上易让人不适，那种富贵俗气倒有着现世的讨喜吉祥，是淳朴的尘俗。

也就是说，无需刻意撇清其俗的一面，不避俗，只随俗。一直喜欢自拟的一句话：随波而不逐流。随，是纵浪大化，去我执的随喜；不逐，是在对身外物无所谓中对自我的守护。既谢绝主动的追逐，但也不抗拒与俗务相随，身在红尘，顺随世俗，是一种踏实、一种实在。

金银花叶对生、花并开、色成双，注定是两种气质合于一体的"两生花"：以"忍冬"而言，名含冬字，但花开在夏；以"金银花"而言，俗名雅质，同集于身。这种矛盾对立的圆融统一、这种大俗大雅的共存并举，让我更感亲切。那黄黄白白的花儿被附会为鄙俗的金银，也不需为误会喊冤，就顶着这俗气的面目，自去散发清新的气息，和光同尘出入雅俗之间，识者自识，自适其适好了。

2016年1月6日，
晴暖温润的小寒撰毕。

【参考书目】

《救荒本草校注》，(明)朱橚撰，倪根金校注。中国农业出版社，2008年12月一版。

辑三

树叶间的书页

你可以在这本书上面栽花植树

《园圃之乐》，是诺贝尔文学奖获得者、德国作家赫尔曼·黑塞的"田园作品首度辑成专书"，编选者孚克·米谢尔斯在后记中讲了一桩惊世骇俗的趣事：自幼热爱阅读、饱览群书、后来又经营过书店的黑塞，在拥有自己第一座农园后，亲自铺设的走道，地基却是用大量文学书刊来做的！因为他的书评广受欢迎，很多出版商都主动寄书请他评论，数量庞大，他就把无用的图书清出来，为花园小道"垫底"。

我喜欢这则"现代西洋世说新语"，觉得黑塞的举动，上对文学与生活的关系，下对泛滥的出版和书评，都大有象征意味。

当然，更主要是作为一个植物爱恋者，我对黑塞的洒脱性情和花木生涯，对这本别致的选集，甚感亲切喜爱。黑塞钟情躬耕，长年流连于山水间乡村里，一生所居处，几乎都有可供其栽种蔬果的园圃，或至少可欣赏草木的花园，写作之余，着迷于打理花草园艺。此书选辑了这方面内容的散文、诗歌、小说、回忆录、书信等四十多篇（组），插附一批黑塞在花园农庄中种植采收、徜徉休憩的照片，及其手绘的园圃植物水彩画等。——这是一本静静的小书，一如黑塞画的那些田园小品，稚拙而安宁，鲜美而淡雅。它不会是让人扔去填埋地底的纸本垃圾，但从另一个角度说，它又正属于奠基建造心灵园圃的好书，你可以在上面栽花植树。

编选者后记用"在园圃中栽植诗意与哲思"这样的题目，来概括黑塞，指出：黑塞重视园圃之乐，有童年的影响，有晚年的保健需要，但更是他对现代工业化持保留态度、与城市物质文明疏离的一种自觉体现，追求"顺应自然律法与准则"、"与大自然结合、简单而质朴的生活"。

对于童年在家乡的园畦生活，黑塞多篇诗文都表达了留恋怀念，常作《故园忆往》。但他对住过的每处居所亦皆感情深厚，同样时时带着感激去忆念记写，而那感情相当大一部分是对于植物的："园中每棵树都是我的朋友……"甚至因一棵繁花满树的南欧紫荆，让他决定选择某处房子。更重要的是，他既爱索居僻处，也爱旅行漂游；既是"农民"，也是"流浪汉"。因此，他对故乡（以及各处家园）的怀恋，其实更主要是对一种与花木相伴的自由生活、像花木一样的精神境界的怀恋。

与植物共在，让黑塞常常得到生命的领悟：他从《花的一生》中"学习如何把握/好梦相随的短短一生";在《园圃春望》时看到生命是无常的,却又不断轮回,滋养下一代;在《浇花》时想到,我们于疯狂的世道也可以、且应该欣赏美好事物(他写给儿子的一封信中还谈到,"生活在明天可能就会毁灭的世界上",却应取野花的态度,"依旧认真地长出小叶和花苞……全都一丝不苟,而且无不尽其妍美");在《梦中的家》里明白,种植花草"对不完美的结果还要能够欢喜接纳才行","没有任何一丛小树会按照你所想要的样子生长"。所以,当《田园将芜》,杂草野树侵入花园,他会在懊恼之余"带着惊异与欢愉,欣赏野生植物世界的蓬勃生机"……

如是,种种感悟化为豁然的欣悦,使他写下《树木的礼赞》。在这篇优美深邃的短文中,黑塞赞美树木是人的典范,它们"坚持着一个生命目标:按照各自与生俱来的律则去实践、呈现自己独特的体态,成就自我"。每棵树身上每一个细节都不与其他树雷同:"要以天生的殊相呈现永恒。"文章最后说:"人类果能以树为师,听它的训诲,那么不必时时以变成树木为念——除了扮好自己的角色之外,他将不再觊觎成为别人。这正是一个人的原乡,是他的福分。"

这就是他从植物中明悟的,或者说他与植物相契的,一种自由、独立的精神境界。

黑塞身逢动荡乱世，还经历过家庭悲剧，与前妻都几乎精神失常；他的小说名著，往往展示了心灵分裂的痛苦迷茫，反映了克服内心危机的精神探索。而田园生活和劳作，正给了他一种精神寄托与慰藉。因此，他对花草树木不止于欣赏和领悟，而是亲力亲为地投入，在写《花香八帖》之外还写《植树日志》，多次强调"园子一定得要亲自开垦，亲手种植和照顾"，《园圃春望》一文，更将自己作为忙碌的农园主人，与那些止于走马看花的悠闲的"健行者和喜爱野外的周日游客"划分开来，认为园圃劳役之乐，不下于文学创作。

　　关于这种莳花务农的生活，及其所体现的生命价值，《承担一小块土地》是黑塞的最佳自状与宣言："有一块你所喜爱的土地……让你也分享农夫和牧人简朴生活的福气，照着两千年来一成不变的务农历法作息起居，这就是我一向欣羡的好运。""我喜欢成天与花草树木为伍，能够亲近大地与清泉，并承担一小块土地，为上面的五十棵大树、几座花圃，还有无花果和桃子等果树，善尽照顾的职责。""这种生活但知有辛勤，有劳苦，却没有汲汲营营和根本的烦忧，因为它是以虔诚为基础，信赖土地、雨水和空气的大能，信赖四季的递移与动植物的生命力量。……心平气和，不忮不求。"

　　有着对生命超然理性的心胸，有着对农事的切身实践，这样的"形而上"和"形而下"，使黑塞的感性文笔不致空泛、

李子

李花宜远，远到酸甜。丙申九秋昉溪写于留云草堂。

荷

七月的午后，新雨的荷前。读沈胜衣美文见席慕蓉此句。丙申夏初昉溪于旧京客舍。

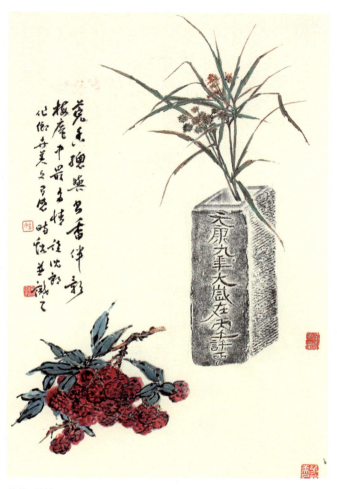

萱草 荔枝

萱香总与书香伴，影梅庵中最多情。读沈郎作乡卉美文有感。昉溪并识之。

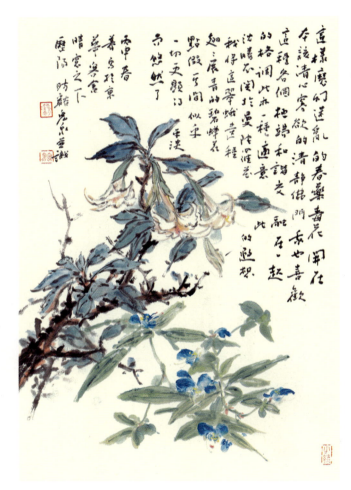

这样魔幻迷乱的春药毒花开在本应该清心寡欲的清静佛门，我也喜欢
这种各个极端和谐交融在一起的格调，此亦一种适意。此沈胜衣关于
曼陀罗花的遐想，我将这翠蛾遗种、翅翅展青的碧蝉花点缀其间，似乎
一切更显得平淡而悠然了。丙申春暮写于京华客舍晴窗之下。历阳昉
溪宏泉并识。

虚浮、腻人，而能扎实、宽厚、可亲。

此外还有一份"形而中"，是他对社会现实的参与意识。如写夏玉兰与小矮柏的《对比》，从花木转到时事，在举国一片乐观主义思潮中表达了对未来的忧思——后来的第二次世界大战，证实了黑塞此文的先见之明。正如身为黑塞研究专家的编选者在后记指出的：黑塞"醉心于大自然"、"致力于畎亩"，并不代表"思想落伍"，"逃避现实生活挑战"（这是一度有人对黑塞的非议），事实上，他在两次世界大战中"与时代共度苦难"，对社会时政从笔墨批评到亲身介入，有过"以匹夫之力对抗超级强权所制造的集体灾难"的义举。编选者为黑塞辩护后指出："他在作品中一贯流露的那种不与流俗妥协的悠闲与从容，正是有意遏阻贻害不浅的积极主义，同时也提醒人们，在现今世界的乱象之外，大自然仍有值得信赖的秩序。"

这话说得很好。更好的是黑塞的自述：在记述自己盘桓田园的日常生活的长诗《园圃时刻》中，他谈到自己喜欢传统农技，虽费时耗力，却对土地有益，也使人在此过程中可以冥思；由此联想到，自己"叨上天之眷顾……被时代遗忘，得以悠然俯仰于天地间/享受前人常有的出神或驰想的光阴/如今世人不复有此闲情逸致，时间似乎相当宝贵/虚度光阴被视为恶习，我所描述的生活现状/专家们称之为

'内缩倾向'/是规避自己生命责任/耽溺于个人遐想的懦夫行径……"他却不为所动,"仍旧尽其在我,以心灵的澄静对抗世道"。

是的,种种毁誉并不能改变黑塞,在尽了对社会、对世道的责任后,他"尽其在我",宁取"消极",退隐到田园花木中。就像全书最后一篇带着童话色彩的《鸢尾花》,主人公经过无数摸索,最终抛弃世俗的一切,走进那湛蓝的花心,觅得自我灵魂的澄净天地。

《鸢尾花》确是关于追寻人生真谛的"一则寓言",编选者以之压卷,是别具匠心的。全书的其他编排也都很用心,黑塞是园圃和植物的解人,孚克·米谢尔斯亦可谓黑塞的解人。

还要特别一提的是,本书的中文译笔极为典雅(译者陈明哲是台湾大学森林系学士、森林研究所硕士,现为自由作家),使这册《园圃之乐》添上独特色彩,让我们更得隽永的文字享受。

——我们或者没有黑塞"承担一小块土地"那种可"欣羡的好运",但至少,能从此书中感受浮华乱象之外仍有另一种生活态度,有如农事,有如植物。

2008年3月12日,

植树节写毕。

一直想写却终未再写的李子

"中国果树志"是从20世纪70年代末、80年代初启动的一项大规模科研计划,由中国农业科学院果树研究所主持,包括29种专志。其主旨是反映我国果树种质资源面貌和有关科研成果,重点介绍各种栽培、半栽培和野生的品种,尤其是它可供生产参考的经济特性,另外还有栽培历史等内容。我选购的是其中的"李卷"、"荔枝卷",皆为夏日里当时得令、应节上市的果品。

购"荔枝卷",是因为本邑乃荔枝的传统产区,有一份乡土的亲切。而该卷正是由广东省农业科学院果树研究所主编的,记录了包括大量南粤品种在内的222个品种。

重点在于"李卷"。它由辽宁省果树科学研究所牵头、集合全国60余名专家合作,历时12年编成。是中国首次对李属资源进行全面、系统调查研究的总结,描述和评价了700多个品种,书前附多个品种的彩色照片百余幅,正文还有其余品种的大量黑白照片和线描图。

李，是北半球重要果树之一，在中国有悠久的历史和广泛的适应性，从《诗经》记载可知，在周代以前已被人工栽培，中国李并成为全世界最主要的栽培种。李的果实，是美丽、芳香、多汁、酸甜适口的夏令鲜果，花和叶也富有观赏价值。——可惜此卷是果树志，只附了黄红青紫的各种李子照片，以及很多好听的品种名：红果，美人李，穿枝红李，早生月光李……而没有同样迷人的李花。李花于我别有情结，曾多次游走江南有心探询而不遇，似乎终难认伊人真面目，只能在遥想中领略其淡泊纤秾、香雅密洁的姿色。杨万里有诗云"李花宜远"，最令我感慨……

选购这本"李卷"，也正是为了一番私己的意味。早几年写"书房花木"系列，就曾想写一篇李子，因材料不足而罢手。倒是整整二十年前的5月，写过一首《李子》。后来，此诗的底稿被我伤心毁弃了，幸赖大学时一本同人性质的油印诗集得以保存。翻出来重新看看："我听见你在洗刚买的李子……"写的是一个夏天的傍晚，一种幸福的情景。那些在水流中翻滚挤碰、小巧玲珑、饱满圆润、生动可爱的李子，使我想起也被生活这样冲洗着的美好的情感，轻轻咬一口，带着水珠的清纯味道……依然感触。

很多年没有再吃李子了。购书后的一个湿雨黄昏，路过街边有一辆摆卖水果的手推车，其中就有半黄半红的李子,沾了雨水,也格外动人。看看,顿了一顿。还是走过去了。

唯有感谢多年后,还记得和喜欢那首旧诗:"我听见你在洗刚买的李子/水流声哗啦哗啦……"从前的夏季,光洁照人的温柔笑容,一切都清晰透明的多汁时光。

2008年6月记,

2012年7月中旬整理。

【参考书目】

《中国果树志·李卷》,张加延等主编。中国林业出版社,1998年2月一版。

《中国果树志·荔枝卷》,吴淑娴主编。中国林业出版社,1998年2月一版。

莳 花 刹 那

　　很多年前，台湾诗人郑愁予出过一本诗集《莳花刹那》，我一下子被这句子迷住了，为这个书名买了下来。

　　现在，朱守谷绘图、心岱撰文的《莳花》，同样让人为书名着迷（台湾原版书名《花之无尽浪漫》就没有内地版好）。到手后发现是手绘的花卉图画，很美，更添意外的惊喜。

　　绘画的是著名广告人，利用上班午休时间，对着办公桌上的盆花写生，原本只是不经意的消遣，随手画来，日积月累，竟至百种，遂为之举办画展，配文出书（不过现在内地版只得74种）。他用的是手边常见的签字笔、复印纸等，"如此简单的画材，竟画出仿佛铜版画的古典与富丽堂皇"，笔触细致而构图饱满，用色深沉又奔放热烈，铺张繁茂却情调静谧，看着真是欢喜。

　　一位作家为这些画撰写了短文，介绍每种花的知识和史料，寄托感悟与情思，文字简洁优雅。文图结合，乃成一本精致而丰美的小书。所绘所写多是我们南方人熟悉的花卉，但也有因之新认识或重新认识的，从而在"花的自然生命力"中，感受到阳光、快乐以及正能量。

清明清凉清新清净的初秋好天气，闲闲静静读来。绘画让我赏玩不已，悦目怡神。画者原本无心随性为之，却于庸常琐碎的日常工作间隙里成就美事，这意味很合我心：在俗世生活中，我们同样可以营造自己的小小空间，去绘得花开的。

至于配文，关于百合、水仙、扶桑等有讹用典故的瑕疵，但总的来说多有可取，是好看的谈花小品。比如在知识资料方面，介绍勿忘我别名"不凋花"，花语是"不变的爱"，代表"爱情走了，诺言永存"，是因为它的蜡质花穗真的不会凋谢，能长时间停留在花茎上，自然形成干燥花。原来勿忘我成为情人之花，除了名字，还有这样的因素。

在文学情致方面，我特别喜欢关于软枝黄蝉："金黄色的花朵开朗大方，仿佛坦然迎接美好的开始。"让我甚有同感，仿佛写的就是去年秋天看此热带黄花的情形……秋冬春夏过去，季节重新接上，在这个特别的九月读到此句，轮回中甚感天意……

而读后还有一个惊喜发现：这本《莳花》，与前后脚所得的另一本花书是有联系的。

那是在旧书网上牵藤带瓜地搜得的吴淑芬著《花的奇

妙世界——四季花语录160则》，分四季介绍160种花卉的花语、特性、典故、栽培等，每种除彩照外，也配了非常逼真的彩绘写生图谱。得书后翻看一下，留下大致印象，感觉不错，知识性和故事性都很强；并且从行文看，估计作者应该来自台湾（出版社没作说明）。现在读了《莳花》，发觉很多地方与《花的奇妙世界》有接近之处，甚至有的内容是直接照搬。二书的台湾原版不知谁先谁后，但肯定有一方参考借鉴过另一本书。比如，它们都记载了很多日本的资料，其中关于唐菖蒲名字的由来，二书以几乎相同的文字，介绍了一个少见的出处说法：这是日本人的命名，他们习惯将好东西加一个"唐"字（由此也见出日本对唐代文化的倾慕）。

为了这份恰好，再取《花的奇妙世界》来细读，在花花世界再走一遭。颇有些以前未知未见的所得，还是分两方面来举例：

知识资料的，说荷花"细长的叶柄高出水面并负荷一面大叶子，'荷'的名称或由此生"。虽属猜想，不无道理。（另外，该书没有犯《莳花》那种百合、水仙的典故混淆之误。）

文学情致的，别出心裁地用画来形容木棉花的四季变化：冬季落叶，枝条"像是木刻版画"；春日盛花，"像浓烈的油画"。比喻新颖独到，又准确可喜。《莳花》的封面画就是木棉，画得极壮丽夺目，但木棉文字写得好的是这本《花的奇妙世界》，虽然在总体上其文、图要比《莳花》略逊一筹。

花的世界真是奇妙的：搜购《花的奇妙世界》跟《莳花》的背景有关，而分别发现的两种冷门花书本身，更是互有牵连，这样的巧合，是我所喜的乐趣，也仿佛天意象征。

在花的奇妙世界中，如此聚读，正是一份纸上的刹那莳花。

2012年9月19日。

花画与花文

在孔夫子旧书网上，偶遇两本稀见的台湾花书。

6月一个欢心的"人书纪念日"，一大堆来来去去的书中有一巨册:《满庭芳——历代花卉名品特展》。汇集台北故宫博物院所藏历代花卉绘画90件，按时令、构图、技法等分为"一年好景"、"丹青面目"等四辑，展出后精印成书，每幅附有专家评说讲解。这是我喜爱的主题专集，可补游台北故宫时未见之憾——还可补更大的遗憾: 这批古人杰作，深藏海峡彼岸，是内地媒介难以展示的。当中珍品佳构，花枝招展; 编、评亦好，锦上添花。纷杂公务之后静对此"满庭芳"，欣赏赞叹"一年好景"的丹青妙笔，可稍消尘垢俗气。

仍是6月，一本《花的联想》，选编以台湾当代作者为主的花事文章、诗歌近百篇，虽然多为典型的台湾文艺腔，但有不少可心亲切的题材，繁花绰约，亦自喜人。

全书代序的大荒《花之组曲》，谈到"人类将人格投射于花身上"，寄托了各种道德品格的象征，"这是人给予花的爱惜,却也是无形的裹胁,迫使某花就某一名分"。作者则自言"我是多妻主义的爱花者,不考虑人们赋予的意义"。另,书中有篇赵光裕的《花劫》,也谈到这种文化现象,"花,原是没有意识要来参与人们欢笑和分担人们哀伤的,只是,人的矫情勉强了花,挟制了花"。——这也是我一向的感慨。

诚然,以花寄意总亦难免,只要能翻新花样,写出不同流俗的新意,那便是可喜的"花的联想"。如李蓝《我们看花去》,写多种花木都有独到的观察见地,尤其谈自己是个俗人,不喜欢兰花等"离开人间烟火十万八千里"的高贵风雅之花;谈对修剪整齐、犹如穿着制服的花敬而远之,看到花园里的花像是在排队,唯独一丛白蔷薇逃出藩篱,赞赏它们"偶尔向秩序开个小小的玩笑,不也是一种乐趣吗?"——都很得我心。

书的封面是优雅漂亮的莲花装饰图案,书内也有多篇谈荷之作,其中陈长华这个题目最诱人:《为什么不去看荷花》。

是啊,为什么不去看荷花? 洛夫《众荷喧哗》也说:"众荷喧哗/而你是挨我最近/最静,最温婉的一朵/要看,就看荷去吧。"时当盛夏,遂欣然赏莲:黄昏闲荡,明净斜阳,间有阵雨,荷花池中兜兜转转来回流连,虽然只是小城里两处公园的小小景观,却也看出一份情味。书中陈仁泰《爱莲记》

说，比起乡间的天然野趣，"在大城市看莲妙处自有不同"。我很能理解他未说透的意思：都市固然繁嚣嘈杂、急促挤迫，然而越是这样，越需要一池荷花，以清尘虑，因为出于淤泥却又不离淤泥的荷花，兼具出世与入世的气质，既绝俗又随俗，正好抚慰我们这种已离不开城市的俗世中人。

陈长华的《为什么不去看荷花》，谈荷花之美是淡、静、洁，也是丰腴、明艳。的确如此，今夏我就颇刮目于荷花的又端庄又妩媚，纯洁中却带着一份性感乃至肉感。高耸的莲蓬犹如花洒（淋浴喷头），娇艳的红莲犹如美人出浴。而白荷上的丝丝红晕，像是胭脂，又像情热中的脸颊……这样的"莲想"似乎是过度联想，但荷花，真是"怎么形容都不过分"的。

有看荷的午后，也有读莲的晚上。从暴雨中的园林楼阁，到静室中的悠闲夜晚，怡然捧此一卷，是美好的读书情景。而且，从这个夏天的农历荷花生日开始，对莲花有了特别的体味……

那篇《为什么不去看荷花》有个观点，说荷花宜观赏不宜入画（作者就是本拟去看画展却临时改为看荷花的）。我想也不尽然。《满庭芳》收录的几幅荷花，就都能匠心独运地将此常见题材画出独特美态。如陈洪绶绘一块太湖石后，探出一朵丰满的红莲，"奇石嶙峋坚劲质感与花叶娉婷舒展之态，一刚一柔"，莲花酷似婀娜的佳人，在石头的掩映下，那份饱满而娇羞之态益发动人。——所以，还是要将花文与花画合起来看才好。

当然，更好的是直接抛下书，"我们看花去"。

2012年10月15日，

又看美丽异木棉之时。

【参考书目】

《满庭芳——历代花卉名品特展》，谭怡令等主编。台北故宫博物院，2010年12月一版、2011年3月二印。

《花的联想》，(台)采风出版社编辑、出版，1980年1月一版。

东瀛花草图谱三种

二月里，新春之始的立春节气，新年之始的春节初二开年日，收获几种情调气息相近的日本花草图谱，或闻讯欣然搜购，或偶然逛店巧遇，甚喜这些书间繁花、纸上草木，古雅而鲜活，丰盛而精致，春光满卷满眼，春色盈案盈心。

岩崎常正的十册巨著《本草图谱》，是中国古代本草学和版刻艺术在东瀛的融汇结晶。这位18、19世纪的日本医师，搜采山野，遍得草本，为之临摹并注解，共收花草果蔬1 800余种，参照《本草纲目》体例，煌煌汇集；且精工雕版彩印，蔚为大观。此书以绘画精细，成为医家考索之备；复以搜罗齐备，成为植物学名著；益以图画瑰丽雅致，成为日本版画集大成之作。今由浙江人民美术出版社收入"古刻新韵"丛书，高清影印，精装出版，青葱嫩绿的书衣，合装碧翠一函，益添草木春意。

在立春这个古人的"春节"，闲闲翻看，繁浩草木，琳琅美图，比意想中还要漂亮，养目欢心，为之迷醉，开启又一个好春。虽看不懂旁注日文，但书后有中文索引，也略可应用。

数之不尽的种种赞叹惊艳中，只举一个欢喜之得，是其中收有宝相花。此物我以前略略探究过，原是古人想象出来的一种装饰图案，与西番莲混称，后来这种虚构的花纹名称被落实到一种真正的花卉。去年冬日，扬之水先生持赠新著《唐宋家居寻微》，她特地翻到其中的《书房》，指告内有宝相花的记述和插图（这篇缕述古代书房布置、物事的佳作，还旁逸斜出地介绍了传统书斋环境中的多种花木，颇为杂博可喜），从扬之水的考证得知，宝相花是一种蔷薇科植物；从其所引张岱《梅花书屋》记载同时栽种西番莲与宝相花得到佐证：在古代艺术中西番莲和宝相花是同一物，均为虚拟之创，但后来分别指不同的实有植物；从文中所附古籍《三才图会》等插图，则首度得见宝相花的面目。

现在《本草图谱》的绘画，更鲜明而细致地展示宝相花的真容，可获艺术欣赏与植物认识的双重惊喜。按其所绘和旁注中一些中文字样可知，此花有大红与淡红二色，正与高濂《遵生八笺》对宝相花的记载相符。而且，花卉形态恰与古代对宝相花图案的描述相合：富丽繁复（此为重瓣花），雍容华贵，饱满大气，丰腴端方。——大概人们在自然界发现此花，感到与宝相花纹饰近似，所以将名字安到其身上。

久已系心的宝相花，在现代花卉名称中已不常见了（收罗完备的《中国花经》就不见载），先从扬之水、后从岩崎常正的笔下得识得赏，甚为欣快。而且，扬之水书中转印的《三才图会》黑白线描，未能反映此花的"千瓣塞心"（高濂语），岩崎常正则能画出这一特征。

这也是《本草图谱》的优胜之处。本书的喜多村直序言指出，中国古代一些本草书也有附图，可惜多"疏谬不足观"，而岩崎精通药学，又善写生，其亲自栽种，认真观察，所绘"是以精丽详密"，可补同类古籍之憾。另外，其画施彩而成，华美细腻，也比我国传统的黑白木刻植物图谱要出彩。——以下两书，同样是这种东瀛画风的设色彩绘，赏心悦目。

细井徇的《诗经名物图》，绘画《诗经》各篇写到的植物和动物，生动逼真，是认识远古草木虫鱼的上佳资料；同时又是一帧帧可堪赏玩的水彩画小品，淡雅与清艳并出，看得人心生静悦。我因为乡土的缘故，特别留意《诗经·小雅·斯干》"下莞上簟"的莞草，此物虽不常见入画，但也看过多种绘写，而以本书画得最为出色，寥寥数笔，淡彩逸态，清姿出尘，让人遥思这种织成席子令古人"乃安斯寝"的水草。

日本人对中国传统经典确是用心的，类似的《诗经》图谱，仅我以前买过的就还有两本：冈元凤的《毛诗品物图考》，渊在宽的《古绘诗经名物》。但拿出一起翻翻，问题来了：这本《诗经名物图》与《古绘诗经名物》的画完全一样，只不过《诗经名物图》将那约二百种图按草、木、鸟、兽、虫、鱼分类（据说是原书体例），《古绘诗经名物》则按《诗经》原著的篇目编次（还加上了注解等其他整理内容）。

《古绘诗经名物》由武汉大学出版社前几年出版，编者序说，所收是渊在宽于1779年绘画的；而这本《诗经名物图》，浙江人民美术出版社的出版说明则云，其原名《诗经名物图解》，有细井徇1847年自序，谓"与京都一带画工商议共同编撰，由细井亲自审定，加以着色……遂成此书"。——究竟其间进一步关系如何，就不得而知了。且两种并存架上吧，因体例不同而各有检索之便。

这册开本精巧、装帧古朴的《诗经名物图》，是大年初二因种种恰好、一再凑合，得以接连逛书肆开年，在第一间书店临走时从收银台旁书堆中取购的。（《诗经》来自人类的春天时光，店家在显要位置摆放这本《诗经》花鸟册，很合新春气氛，心思可赞。）而随后第二间书店，也是临走时，则在不显眼的地方又收得同样相宜的开春花书。

巨势小石的《时令如花：七十二候·花信风》，之前并未听说过，那天已选得一批合心之书，离开前转身瞥见，随手翻翻稍觉合意即携走，作为春节开年书事的压轴；回来细看内容，更有出乎意料之喜，真是天注定的书缘——计划外复计划外的书店，最后一刻匆匆间的偶遇，未详细了解但买对了的好书。

中国画报出版社社长的前言《一年之计在于春》说，这是一个"皇历小本子"，以公历、农历之外的古代干支纪年，从立春开始，编排七十二候花信风、即四季的七十二种花木画作。但没有介绍原书与作者的具体情况。

所谓七十二候，是我国古代一种农时物候历，以五日为一候，三候为一节气，一年共得二十四节气、七十二种物候，每候选取当时代表性的生物现象或自然现象。其起源甚早，到汉代形成完整系统的版本，见载于《逸周书·时训解》。至于花信风，是另一种物候历，限于植物，且限于从小寒到谷雨的八个节气二十四候，每候选取对应的花信（当候花期最准确的植物），称为二十四番花信风，始见于宋代程大昌《演繁露》。

然而，这本《时令如花》特别的地方，是其每候所绘当令植物，并非传统的七十二候，也不同于二十四番花信风。比如，我得书的年初二，恰逢立春二候"蛰虫始振"，二十四番花信风为樱桃，本书所绘却是"银眼遍条"（简介为"陆离耀眼，点缀遍条"的狗儿柳，似是我年年春节插瓶的银柳）。又如写本文至此，是惊蛰节气，传统七十二候为"桃始华"，二十四番花信风亦为桃花，本书所绘却是"茱萸峭直"。观其对每种花木的介绍，所谈应属日本背景，当为七十二候和花信风传到东瀛后、结合当地气候花事形成的新版本（或是巨势小石所创），且拓展二十四番花信风的范围至全年，又将七十二候统一为植物现象。

这种不同于我国古代七十二候与花信风的两者结合新篇，是稀罕而可喜的意外收获。同时，书中也旁注了传统七十二候供对照，并附二十四节气的相关典故、民俗、诗词。至于主体内容，那些花木画甚为雅艳精美，俏丽可人，十分好看；古风字体的诸花简介，也写得如植物小品文。此诚为增添时令趣味的妙书，可置于案头，作为日历月历公历农历之外的皇历花历物候历来逐候翻看，消磨佳日，为良辰遣兴。

这三种东瀛花草图谱，见出日本人对植物的醉心，对汉文化的倾心，于此二者都作出了精彩演绎。观之，可旁延博闻（如当此身边桃花夭夭灼灼之时，了解邻家正在峭直吐艳的茱萸），更可上溯识古（如当此草席已经式微之时，重温华夏文明之春那源泉处的水边莞草），实乃"一年之计在于春"的春日佳籍。

进而言之，从草木中寻思古典传统，那情味就像图谱里的宝相花，曾是无中生有想象创造的、后来湮灭不彰的一些美事，得以在时节变换之后仍曼妙地留存下来，正如梅尧臣《依韵和中道宝相花》一诗的结句:"节换叶已密,尚可见余芳。"

2016年3月上旬,
惊蛰前后。

【参考书目】

《本草图谱》,[日]岩崎常正绘著。浙江人民美术出版社,2015年9月一版。

《诗经名物图》,[日]细井徇撰绘。浙江人民美术出版社,2015年1月一版、10月三印。

《古绘诗经名物》,[日]渊在宽著。武汉大学出版社,2011年8月一版。

《时令如花:七十二候·花信风》,[日]巨势小石绘。中国画报出版社,2016年1月一版。

英伦植物图书三种

　　博物类书籍配图，本属平常，不过近年有一股小风潮，是将西方著名馆藏图谱集中展示，作为撰写的内容背景乃至叙述对象、作为出书的标榜乃至卖点。此风大概始于2012年商务印书馆的托尼·赖斯《发现之旅》，继之以2013年中信出版社的朱迪丝·马吉《大自然的艺术》，都大量使用伦敦自然历史博物馆的珍藏图片，来介绍欧洲史上的海外探索历程。但二书的领域包括动物、植物及其他，这里要谈的三种则是我更感兴趣的植物专题，且与二书相似，皆出于英国人之手，皆以西方的自然发现史、全球探险史为重点。

　　桑德拉·纳普的《植物探索之旅》，也与《发现之旅》《大自然的艺术》一样，从伦敦自然历史博物馆的海量收藏中挖掘了又一批图谱原稿；不同的是，前二书分别以各次探险航程和各大洲作为叙述单元，本书则以植物类别来划分章节，是一本"植物分类学的发展札记"，讲述园艺观赏植物被发现、被培育、被记载的历史，且特别注重同一植物的不同版本手绘记录，寻找它们之间的联系。

得益于伦敦自然历史博物馆这个宝库，本书所收的植物画是经典的精华之作，结合了科学的严谨与艺术的精美，既能使人直观认识各种花草，又能得到养眼的愉悦，精彩纷呈。虽然同类图谱之前已引进出版或作为书籍插图有过不少（不一定为这样的馆藏主题），但后起新出的本书在广度和深度上仍很有价值，只举一个小例子：我特别在心蓝色的花，本书各章出现了不少，是所见植物书中汇集得最多的。

以这些植物图谱为辅助，全书介绍了二十大类植物。例如时下春花之一玉兰，作者引文学名著《飘》里用木兰花来形容斯嘉丽的皮肤，独到地提出："木兰花乳白色的花瓣是内战前美国南部的奢华与衰落的缩影。"详细讨论过这种地球上最早的开花植物之后，作者在结尾感慨抒怀："我们究竟为何种植植物？"是因为花朵的美丽、历史的悠久，同时，丰美的木兰花之凋零，不仅仅象征美国南方的繁华衰亡，"木兰花本身也带有我们的想象，因为它让我们想到生活——人生苦短，自当珍惜"。

植物知识之外，本书还涉及其他相关的人物故事，如对18世纪出色的植物画家保奥尔格·迪奥尼修斯·艾雷特，作者评点其作品时提到，他在英国切尔西药用植物园生活和工作，又与植物行业的要人家庭通婚，"通过婚姻增强了与植物之间的联系"；又如18世纪英国一位王太后，在伦敦的王室园林邱园里建了一个植物园，后来成为英国皇家植物园。——下面的两本"植物大发现"，便都是"邱园出品"，采用这个著名植物园收藏的珍贵图谱。

马丁·里克斯的《植物大发现：黄金时代的图谱艺术》，选题很好：介绍植物图谱艺术的发展史，尤其聚焦于17至19世纪这一植物大发现的黄金时代，即现代意义的西方植物画（国内业界也称为"彩色植物科学画"）之成熟时期。这是我一直希望有人做的主题，但本书的记述有点散碎，未能形成清晰脉络，文字没有那些丰富的图谱好看（此乃这三种英伦植物图书的共同不足）。倒是我读此书正逢惊蛰三候、古人所称蔷薇花信风之时，恰好有一个小发现，是其中的蔷薇图谱与故事，可以形成贯穿全书的线索。

开篇谈希腊克里特岛米诺斯文明遗址出现的花卉，这个我有幸去看过的西方文明源头（也是花卉画的源头），就有蔷薇登场。

到15世纪的欧洲美术，蔷薇已很常见。经常出现在宗教场合的蔷薇等花卉，是画师对着身边的村庄花园画出来的，可见蔷薇是当时十分流行的园艺植物。（插说一下，蔷薇之流行，以致英国15世纪的王位继承权内战被称为蔷薇战争或曰玫瑰战争，因为交战的两派王室贵族，分别以红、白蔷薇作为家徽。战争结束后，英格兰把玫瑰定为国花，王室采用了红白双色玫瑰合并的新徽章。）

也发生在15世纪的另一场影响更大的战事，君士坦丁堡陷落、拜占庭帝国灭亡，西方把入侵的奥斯曼土耳其人视为野蛮人，但一幅征服者的画像却展现了那些野蛮人的高雅：画中的默罕默德二世正举起一朵红蔷薇在嗅着。——植物，见证历史，也透露人性。

17世纪，植物图书已从一开始实用性的"草药集"，发展为装饰性的"花草集"（中国人对植物的认识也有类似的变化过程），其中亚历山大·马歇尔的《花草集》就绘画了蔷薇。

18、19世纪，伴随大英帝国的扩张，出现了很多远赴世界各地的冒险家，他们往往变成狂热的业余植物爱好者，妻子也会成为女探险家兼植物画家，如一位夏洛特·威廉斯，在远东画的植物中就包括一种特别的蔷薇。

成就最著的蔷薇绘者、也是有史以来最出名的植物画家，皮埃尔-约瑟夫·雷杜德，是18、19世纪法国多位皇后的御用画师，其流传至今的《玫瑰圣经》，所收很多其实是蔷薇。他服务的拿破仑皇后约瑟芬热爱玫瑰，花园里收集了无数玫瑰品种，而他更立愿要把全法国的蔷薇属植物都画下来，为此四处寻访，画出这本经典图册，里面包括以他名字命名的一种蔷薇"瑞道特玫瑰"。

蔷薇进入植物园和植物画家、植物学家的谱系，还有一小例子：19世纪末的哈里特·西斯尔顿·戴尔，祖父、父亲都是贡献卓著的邱园园长，她本人也嫁给了邱园的主管，这让她可以近水楼台，绘画世界各地植物采集者不断寄回来的新植物种子所开的花（有点像前面艾雷特的故事），其中就画过从阿富汗带回的一种蔷薇。

直至20世纪早期，仍有不少英国人到中国搜寻植物，像雷金纳德·法雷尔在中国发现的新品种，就包括一种蔷薇。

除了《玫瑰圣经》，历来还有不少人写过画过蔷薇属植物的专著，本书介绍的最接近的一种，是20世纪有名的花园设计师兼作家、画家格雷厄姆·斯图尔特·托马斯所出，他十分喜爱蔷薇，出过三本这方面的书。

全书最后一次出现蔷薇图谱，是差不多结尾处，由雷吉娜·哈格多恩绘于2004年，书中谈到其对蔷薇让人惊艳的细节描绘，作为最后一节、当代植物画"传承传统"的例子。（不久前《三联生活周刊》有一篇《为植物画像的人》，记载中国植物科学画的现状，就不如西方那样依然传承兴盛了。)

然则,此书可谓以蔷薇始、以蔷薇终,通过这种春花见证西方植物画发展史(以及某种程度的植物发现史)之全过程,这一私下所得,应合阅读时的花信风,很是可喜。

关于植物画,以前读过2008年三联书店的安娜·帕福德《植物的故事》,也有不错的介绍。而与之关系密切的植物探险家、收集者,之前有2005年希望出版社的托比·马斯格雷夫等《植物猎人》(可巧,这两本书也都是英国人写的,这真是个热爱植物、自然的国度),现在又新添了以下一书。

卡罗琳·弗里的《植物大发现:植物猎人的传奇故事》,是关于植物发现、引进(到欧洲)、交流、收藏等方面的史话集,讲到很多植物猎人(及植物学家、园丁、画家)在世界各地的传奇。其中一个细节有点意思:18、19世纪的英法战争中,两国植物研究机构却友好协商,邱园掌门人、在这一领域功勋显赫的约瑟夫·班克斯,竟可批准法国人在澳大利亚继续航行,然后两国的探险船队在当地还有"愉快的邂逅",相遇时双方挂起了休战旗。——这让人想起同是那场战争期间,据说双方为尊重法国约瑟芬皇后对玫瑰的痴迷爱好,曾多次停止海战,为其运送玫瑰的商船让道。看来这风雅传说并非无因,植物,可以高于战争和政治。

当然，植物也会卷入政治。作者指出，新物种的发现和应用（如可治痢疾的金鸡纳树），以及贸易流通（如茶叶），助推了英国殖民霸业："植物移植者对于大英帝国的扩张起到了十分重要的作用。""邱园的建立对于整个大英帝国的兴盛做出了极大贡献。"——本文所谈三本英伦植物图书，反映的西方植物大发现或曰植物探索之旅，以及植物猎人等，是与航海大发现、地理大发现、海外大探险，与以英国为代表的西方殖民史紧密相连的，异域的新天地提供了丰富的社会自然资源与民俗文化素材，被大量引入欧洲的植物即为一例，发现、交流这些正面意义的背面，乃是掠夺、盗窃，人类探索之可歌，与贪欲猎取之可泣，并生难分。

然而，植物本身是无辜的，能在现实中留下那么缤纷的品种、在画纸上留下那么漂亮的图谱，已够我们今人看得心喜。比如选自一本《真实与虚幻的选择》（本书所收图片并不全都出于邱园）的矢车菊，那花朵真是蓝得如真如幻。

再一种蓝，是《植物探索之旅》阅读中的恰巧经历。那是一个有点轻度抑郁的三月周末，心情如春日潮雾般莫名恍惚，因为许巍那首"诗和远方"的新歌《生活不止眼前的苟且》，遂在重温他的旧歌中翻看此书。听着《蓝莲花》时，正好读"莲科"一章，不仅写到古埃及等地的蓝莲花、蓝睡莲,插图还恰好有一幅好望角睡莲,纯蓝的花瓣与花药,美丽圣洁,不可方物。书中并引用古埃及《亡灵书》:"我是春季的莲花,拉神的气息养育了我,辉煌地发芽。我从黑暗的底下生发,进入阳光的世界,在田野开花。"这也与许巍《蓝莲花》"穿过幽暗的岁月"、拥有"天马行空的生活"之意绪相合。而更妙的是,读罢这一章时,忽然,之前阴郁的天色竟神奇地转为明亮,在歌声中书卷里抬头,一刹那阳光重现。

套用《植物探索之旅》那个问题:"我们究竟为何喜爱植物?"就因为花木在我们既丰美丰盈又零落凌乱的生活中,在向往远方诗意而又难脱眼前苟且的纠葛中,可以带来片刻的愉悦安抚乃至神秘奇迹,哪怕这种蓝亦真亦幻。

2016年3月下旬,

阴晴不定的花季。

【附记】

手头英国的植物"图书"(图谱占突出位置的植物书籍)还有一些,这里最值得一提的,是写这篇文章后偶然买到的一本——《MR.MARSHAL's flower book》。

这册《马歇尔的花书》,内容以花草图谱为主,绘画和印制都非常精美。我因在孔夫子旧书网的十样花书屋发现自己旧著《满堂花醉》一个特别版本(有印刷负责人签批的样书),顺眼旁及见到这同样少见的花书,遂不顾价昂一并买回。到手后一翻查,才喜知其来头之珍贵与恰好。

MR.MARSHAL,原来就是我上文谈蔷薇时、举例的17世纪《花草集》作者,亚历山大·马歇尔。《植物大发现:黄金时代的图谱艺术》介绍这位英国人,"生平不为人知,似乎是个业余的独立艺术家,对园艺富有热情,画了许多自己和朋友的花园"。并点出他的《花草集》里面有蔷薇等,"还有一两个小惊喜",所绘根希百合等"可能是最早的南非物种记录"。不过该书从中选配的插图并非上述植物,而是精妙小巧的报春花。

现收获这册"花书",得以领略我撰文时提到但没有看到的各种蔷薇,以及其他华丽生动、逼真喜人的繁花,甚感画得不比后起的大师差多少,或者说,他对后世的植物图谱产生了深远影响。但更重要的还不止于此,而是其标志性意义。亚历山大·马歇尔创作《花草集》的1650年,正是植物图谱成熟初期,当时的植物出版物,从传统的"草药集"发展出现代意味的"花草集",这一名称变化具有象征意味,代表人们对植物的认识从功效、实用层面(即以人类自我利益为中心)转向科学、审美层面(即回归自然造物本质),乃植物学发展的重要阶段。马歇尔的作品就是其中一本直接以"花草集"来命名的，该书曾为王室收藏品，现由大英博物馆重新编辑印行。我刚将它作为一个时代的代表简介过，就邂逅偶遇此里程碑式稀见经典，甚为欣快，高价没有白费，乃美妙的英伦植物书缘也。

2016年5月5日，
立夏补记。

【参考书目】

《植物探索之旅》，[英]桑德拉·纳普著，智昊团队译。长春出版社，2015年8月一版。

《植物大发现：黄金时代的图谱艺术》，[英]马丁·里克斯著，姚雪霏等译。人民邮电出版社，2015年7月一版。

《植物大发现：植物猎人的传奇故事》，[英]卡罗琳·弗里著，张全星译。人民邮电出版社，2015年3月一版。

《MR.MARSHAL's flower book》，大英博物馆，2008年出品。

梦笔三花，春色如许

许宏泉属于"植物型人格"：他是从第一个笔名起、多个别号都以草木为名的画家（"忍冬书屋主人"、"古卉"、"蒲庵"、"分绿斋"等）；是写文章经常以植物为主题的作家；是寻访倾慕的前贤（黄宾虹、徐渭、倪云林等）遗址时会在意该处花木、以之寄寓心迹的艺术评论家（见其《听雪集》）。在他叶枝横生、花草繁杂的创作中，尤以三本花卉专题画册，为这个传统题材带来创新的探索和独到的体验，修炼得梦笔生花，犹如内丹修炼术般"三花聚顶"。

一、溪旁红树，乡间青草

2007年的《闲花野草集》，是许宏泉隐居深山写生之作，画笔传风物之神韵，更传赤子之心性；技法上，以萧疏写繁茂，以朴拙出秀雅，既有"青藤白阳之间"（一幅墨荷的画题）之前人遗意，又隐含对西方油画笔法的借鉴，大可品味。清雅的书衣封底，印有其姓氏暗合《牡丹亭》曲词的闲章：

春色如许。我在越年大寒时日览之，正是连绵风雨中一片纸上好春色。

他那个时期的文集，如《燕山白话》《一棵树栽在溪水旁》，以及这本画册的背景随笔集《月亮湾——山居生活四十二天》，也多记写植物，文笔闲淡节制而又颇具逸趣，既有踏足自然的亲历，又有博览古籍群书得来的典故异闻，写得如他笔下的油菜籽："颗颗饱满。"

《闲花野草集》画到的马齿苋，两本文集分别写过，说古人风俗，元旦会食这种野菜。我那个新年恰也吃过，因临近春节，酬酢频繁，喝多了酒肚子不舒服，中医称为湿热，民间秘方便是以马齿苋煮粥化解。——这么俗气的缘由，怎比得上许宏泉那简朴逍遥的山居生活，只能在俗务忙乱中，偶尔亲近一下花花草草，赏其画，读其文，略可保心中一点清平。

同样画过而写得更精彩的，是《蜀葵与秋葵》，记与二物相关的儿时回忆、乡村风俗，引用多种本草书、诗歌和绘画作品，介绍兼评点，甚至还考证出秋葵入诗、入画的最早出处，是一篇包含了植物知识和艺术文献的文史小品佳作。里面形容秋葵的一些词句："清逸"，"冷艳"，"雅淡萧疏"，"清新野逸"，"恍恍惚惚又清清明明"，"'略有风情'是'自然'，'绝无烟火'是'文心'"。——都可以形容许宏泉自己。

这里提到的儿时回忆、乡村风俗，正是许宏泉创作的核心，是其梦魂牵绕的情怀所在。他有一篇《儿时的花花草草》，简淡而深情地记写农村花事，结尾引了爱默生的话："田野与丛林所引起的欢愉，暗示着人与植物之间的一种神秘联系……它出自人的心灵，或者出自心灵与自然的和谐之中。"这是许氏始终惦记故乡及村头田间草木的缘故，一再回忆一再抒写，后面谈的两本画册也同样贯穿这等心情笔墨。

他的《一棵树栽在溪水旁》，相近的题目还出现在《月亮湾》，同样一棵《乌桕树》又出现在《燕山白话》。令他念念不忘的此树，深秋红叶如火，是其"不可拒绝地爱上"的乡村风景。重读其文，我忽然想起《水浒》里晁盖所居村口那棵让人惊鸿一瞥的大红叶树——该树"别处皆无"，县令派兵巡逻时特意吩咐要从树上采几片红叶作为"签到凭证"，这带点风雅的别致之举背后，却正潜生着一场惊天大变：那条东溪村（连名字都对应"一棵树栽在溪水旁"），是众好汉谋取生辰纲的酝酿之地，也是事发后宋江去给晁盖报讯之处，称得上整部《水浒》风起云涌的源头。那么一个藏龙卧虎的地方，出现这棵瞩目的大红叶树，恰可比喻许宏泉骨子里的侠气。

盖许宏泉虽为风雅中人，却非只埋头于拈花惹草的小情小趣，因了对乡村、对土地的踏实感情，因了血性与见地，他的文章对人生、对历史、对时世，都有切实而清醒的态度，既脱俗不羁又关注现实，有如一棵于世间俯仰出入、不即也不离的好树。那些放逸恣纵的"闲花野草"画作，也当以此为背景去品味。

二、风云变态，花草精神

2014年的《百草园》，更是许宏泉乡村心事的集中展示。

其自序《平生心事花草知》(这一佳语也制成闲章，印在一片草绿色书衣的封底)，里面再次详述他对家乡、特别是对田野花草的自小热爱和此生牵念：离开故乡之后，"让我最念想的还是那花草草草们，我可以回老家吃一顿土灶煮的饭……看望亲人和乡亲，却无法(再)陪伴它们从开花到结籽"。故乡对他来说不止是文化概念，尚有"村头的老树、田间的花花草草"。——这份对自然、对童年、尤其是对乡土失落的留恋缅怀，跃然纸上，化为这批乡野杂卉的特写。

所绘花草旁，均以古籍版式转录了简介，内容出自《本草纲目》《中草药大典》等；但我留意到，摘录的内容基本只涉及特征，通常不引药用部分。这微妙之处，正见出许宏泉的心意，是要让人看到草木的本质，如其自序所云，所画百草虽都是药，但"断然不是作'本草'的插图，我画的是对自然的那份亲近……一抹挥之不去的乡愁"。

那些村野背景的花草，画得烂熳挥洒，缤纷洒脱，意取精神，趣味盎然。当中有野气，也有正气，同时还有收心凝神的静气。如栀子花，以奔放野态呈现清华之美；白蔷薇，则是精细得让人感受到下笔时用心之清净。二者都在其旧文《儿时的花花草草》中写过，观其画，仿佛也闻到"整个夏天，村里都弥漫着栀子花浓郁的香味"（野蔷薇的花香）。"和着青草的味道让人昏昏欲睡，真想就着田埂上的草皮倒在花旁打个盹。"

马齿苋也再次画了。我阳台菜圃近年有此物野生，可赏其茎、叶、花等各不同色的趣致，而许宏泉所画比我之观察，还要多出一份茁勃生气，如清新村童。

其他百草也都好看，笔朴而秀，色艳而拙，构图多简约清奇，大有清丽之野趣，正是他在自序所期许的："野而能逸。""逸而能见文心，能见真性情、真趣味。"

缘此，他能将家常花草画得与众不同：野地里的狗尾草可以像古代文人花笺那么清雅，月季花却又有常见绘本之外的纷披；鸭跖草与忍冬之精微酣畅，木芙蓉与芍药之没骨有神，虞美人与鸢尾之彩墨淋漓，等等，都漂亮得令人惊艳。

观之可得多识。一是多识草木品种，如西洋参、藿香，制成保健品药品是熟悉的，从许宏泉笔下才首见它们的花叶；二是多识草木的另一面特征，如石菖蒲，少见的连叶带根一起画出，奇拙可赏。

与上一本《闲花野草集》相比，这册《百草园》之用笔、尤其用色，更见功力精进。像两书都收入的牵牛花，前者题为《七夕感怀》，画得如一片感触思绪般蔓生难抑（让我记起齐白石所画牵牛花题词——"用汝牵牛鹊桥过，那时双鬓却无霜"）；这里则画出晕染的静美，写意更胜。——然而野逸的花草精神是一致的。

那篇《平生心事花草知》的自序，说吴藕汀曾给他写过"花草精神"四字；他填了一首《意难忘》作为本册自题，里面也写到"平生心事准、花草见精神"。今春览之，恰好此前重读司空图的《诗品》，最有感的一句便是："风云变态，花草精神。"此语本指风云与花草皆难以描写，需善于形容者为之。但我所取不是原意的并列关系，而是上下转折关系，即当外界强劲的风云变幻之时，更要向柔弱的花草中寻觅或寄托自己的精神。会得此意，也就放心于风云变态的时势下，安然自在于花草精神——想来许宏泉亦取此道。

三、食金石力，养草木心

2015年的《香泉销夏录——许宏泉金石清供画集》，则又是另一番自我变法了。

香泉者，许宏泉游寓京城之郊的居所；销夏者，其于此养花莳草、亲栽果木，院中写生、窗前分绿，与古代器物一起，得渐远尘虑的山居之乐；金石者，其友人拓取秦甋汉瓦、三代鼎彝之图案；清供者，许氏在这些墨拓古雅器皿上，绘出各种彩丽花草——遂成其近年新创的风格，独特可人，如书前印董桥信中所谓："博古加写意，气象一新，足以傲视古今。"

再细说一下：传统博古图（古玩器皿等）与清供图（花果等案头摆设）融合的博古清供专题，也不乏人画；而本书金石清供的特别之处，是重拾本就冷门而又几已湮灭的全形拓，即把古代器物原貌复制到拓纸上产生立体效果，再以笔墨画插花，金石与丹青融合，与一般拓片、常见插花图相异，重振了一门隐僻艺事。朱良志序《与华无极》和许宏泉《自叙》有具体介绍。

朱良志之序，谈许氏与古器和花草对话，有几句说得好："古与今合，动以静参，以活络化沉寂……以自我细腻、温情的感觉，唤起沉睡的古器。""有一种野逸的风味，如灌园老圃，莳花艺草，颇见散淡。"许宏泉的《自叙》，则有如一篇当代全形拓博古清供的介绍式宣言，他对此道提出自己的观点，可归纳为：一是虽属逼真之拓，但所绘重在"写意"，重在其历来秉持的"文心"，"有文心，方能高古而逸雅"。二是器物与花草均取寻常，古器并非沉睡于博物馆的名品，多数只是他与友人收藏把玩的普通缶罐等，然"虽寻常之物，却朴而自古，拙而自奇，补之山花野卉，正契我田园情怀"。三是所画花草并非附加点缀之"补成"，而是"更多地张扬草卉本身的自由"。

赏看这些别开生面的新作，甚喜古器名物与鲜活群芳交映，古器敦实沉厚，花卉舒张生动，各得其趣，共冶一炉，毫无违和感，仿如幽深岁月之古典焕发出姹紫嫣红的生机。且分别略谈之。

有些古器很珍贵，如秦权等，配上题识的介绍，可开人眼界，长了文物知识。

但有时也会古今杂陈，别有情趣。如《书斋五品》，除了晋砖、汉砚、战国陶罐，还有今人所制"平生心事花草知"的茶壶，以及一个老花眼镜，这样的配搭，家常生趣跃然。

至于花草，多能与器物融为一体。晚春读此册，几幅应景的春图都体现了这一点：《春风一枝》的战国陶罐中桃花，《祝报春早》的殷鬲中山茶，《晓窗春早》的秦罐中梅花，《玉堂长春》的秦罐中玉兰，均如在古器中生出，合衬之至，赏心悦目，洵为佳品。

但，也有并不完全受古器制约，而是别出心裁的展现。如茉莉，前两本画册均收入，都已以别致的花串形态出之，这回更奇特，画一捧茉莉花从一个汉代铜熨斗中抖出，题为《把取花香满衣裳》。又如荷花，前两书也都有，他还送过我一幅《十里荷塘是故乡》，但出现在本册中的，与其旧作不同，像那同样题目的画作，所绘却是周代陶罐中的荷花，题识有云："余画荷非止荷花，乃荷塘风景也。"能把器皿插花画出荷塘的意境，让古器与自然接通，让笔触与天地接通，是艺之化境。

这里又涉及许宏泉的故乡情结。他以前分别画过和写过龙爪花（石蒜），本册则是画写合一：《彼岸花开》，将幼年乡村野地习见的此花画到秦瓶中，大有新意，漂亮极了；题识也比旧文更精炼，记童年乡间印象中流露情意，是有韵味的短文。又如《朱实灿然》，题识记那鲜红的蔷薇果历来少有入画，"如我以为清供者，可谓乡土情怀之使然"。

还有些直接以画题表达：两幅战国陶器中的野花杂草，题为《乡事》《田家野趣》。前者题识记少年田间嬉戏的美景，后者题识曰："吾爱匋之千年，吾爱儿时田耕，匋器以山花野卉佐之益见古朴。"

上面一再引用许宏泉题识，正是这批作品一大特点，图文相辅，绘写相宜，施展这位学者型艺术家之博才。它们有的关乎花草，如《巢由前身》《蒲石延年》，记菖蒲的性状、相关民俗，以及"乡情未能忘怀"的思致，更附录古人多首咏赞诗歌，相当于植物文献小品。

有的则关乎绘事，是其夫子自道，可再举我暮春赏览所留意的春图:《汉家春风》,汉甗中牡丹梅花,题诗有云:"古彝新花两相欢。"《春色如许》,周鼎中的烂漫牡丹,题识曰:"鼎彝名花并供案头,一存古味一识生趣。才子之放狂,俗儒之拘谨,均不解此。"——佳意如许,快意如许。

我也看过当代其他人的博古清供画,确是要数许宏泉这种全形拓花草别具一格,高古典雅,又没有"雅得那么俗"的媚态。而比起他自己之前两书,这些新作在构图等方面更上层楼,笔清意远。

这一创新,实为回归隐秘的传统;虽是自我变法,但坚持了其一贯精神。古器花草貌似小众文人趣味,却有高标不群的心志。小者,如制作全形拓的李默甫之《后记》说:"虽云销夏,实有接续古人之心。"即并非纯粹的文人消遣,还有复兴此种艺事的用意。大者,如诸文进的序,说本书所谓销夏,不仅消一夏之烦热,观之亦能消当下世界之浮躁。这也是我第一节谈过的,他的作品中有深切的东西在,虽埋首古物亦仍"张扬草卉本身的自由"。

细品这册阔大精美的《香泉销夏录》(他的三本画册均装帧极佳),图美意深,既滋闲情,亦养心气。绘清砖虎耳草的《清风来仪》,许宏泉题识说:"博古之雅,雅在其古,古艳沉静,惟气使然,故曰吾养金石气也。"那幅《书斋五品》,其友则题:"不惟足以养眼,亦足以养道也。"而我更想到一句意蕴甚好的书画界老话："食金石力，养草木心。"这本是对精于古代金石文字的书画篆刻名家的形容，移用于许氏这些金石清供，也再相宜不过了。

故此，本文开头说许宏泉是植物型人格，不但指其创作和生活多与花草结缘，更指其滋养了内敛静穆又笑傲出尘的草木心性，成就植物般野逸自然、清新自在的人格；且不仅分绿窗前，亦分绿于世间，以一份结合了踏实乡土与超脱游思的花草精神，消融人世的苦夏。当此送春之际，正可以如许春色，长留画卷，在今后的炎夏风云、秋冬霜红中，让好花长开在我们梦里。

2016年4月19日，

春天的最后一个节气谷雨完稿，殿春之作。

【参考书目】

《闲花野草集》，许宏泉著。人文艺术出版社，2007年6月一版。

《百草园》，许宏泉著。边缘·艺术/乐木文化，2014年7月一版。

《香泉销夏录——许宏泉金石清供画集》，许宏泉著。边缘·艺术，2015年11月一版。

辑四

一个准农人的笔耕

莞草开花，莞香结果

提起东莞，你会是什么样的表情？有人皱眉，有人坏笑……皱眉是因为东莞的第二产业，坏笑是因为东莞的第三产业，他们浮光掠影或道听途说得来的印象，东莞只是个工厂林立、劳工密集、污染遍地、声色暧昧的地方。然而，这样一个著名的"世界制造业基地"，却推出了煌煌三大册的植物志，或许会出乎一些人意料之外。

其实，这座工商业小城也有着绿意盎然的城市表情和本来面目，甚至它的身份来历就是植物化的：一千多年前，这里因位于"广州之东，盛产莞草"而得名东莞。这个饱含水草的温柔的植物地名，说明了它的底蕴，历史上，东莞是森林茂密地区，植物资源非常丰富多样。

诚然，由于近世以来人口的剧增、产业的转变、工业化城市化的高速发展，原有的植被受到一定破坏。但家底仍颇可观，除了获得本省极少的"全国绿化模范城市"等官方称号，还体现在科学调研的数据上。由中国科学院华南植

物园与东莞市林业局等单位合作,对东莞植物资源进行了多年深入普查,首次编辑出版了全面、权威的当地植物资源资料,包括:

《东莞植物志》,收入野生植物 1 630 种;《东莞珍稀植物》,收入东莞野生珍稀植物 115 种(从《东莞植物志》析出作更详细的介绍),和东莞栽培(即迁入者)珍稀植物 34 种;《东莞园林植物》,在 820 多种园林植物中选介了近 500 种(多为《东莞植物志》所载野生植物之外的引进及栽培品种)。

——区区 2 465 平方公里的弹丸之地,能有这样的种类数,是颇为突出的。其中很多植物科目的数量,都占了全省极大比例乃至全国一定比例;同时还发现了不少他处罕有的珍贵品种。这就难怪,当地官方不仅把这套植物志视为科研资料,还将之提升为"植物文化"的成果、维系人们共同情感的"乡邦文献",更自豪地看作是当地环境保护、可持续发展之"生态文明"的一个展示。

撇除这些附加的意义,这套书本身也有值得注目的地方。比如,除了野外调查所得、并在前人成果基础上深入研究、然后作出准确描述的文字资料内容(合共 200 余万字,当中提出了不少新见解),三本书采用的大量彩色照片——分别多达 2 100 多幅、290 多幅和 1 000 多幅——也不可轻视,它们全都是实地拍摄,编者们为了拍出最适用的植物形态,常常在寻觅、考察、记录之余还要另行花很大精力去守候花期果期。用优质铜版纸精印的这些照片，虽然没有传统植物志线描图的韵味，却更足对照应用，甚至可作为摄影作品来欣赏。

又如，体例上也有所创新。一是将植物志、珍稀植物、园林植物三种同时推出，有合有分，便于研究、阅读和检索。二是为反映植物历史文献的源流，特约请了农史、文史专家杨宝霖老先生整理出《古籍中的东莞植物》作为附录，其收录标准非常严谨，因此篇幅虽不大，却十分珍贵，还加上了注释，从而使《东莞植物志》结合了古今，在自然科学成果中融入了人文科学意义。

当然，作为植物志，最重要的还是其本质价值，即让人多识草木之名与实。仅以《东莞植物志》封面有花有果的四帧图片为例——

左边，是一朵典型"兰花指"花型的白兰。这种东莞市花常因俗名"白玉兰"而被误认为是上海的市花白玉兰，稍为看点植物资料，便可避免这种尴尬。右边，是东莞荔枝。岭南荔枝在历史上有过与闽、蜀荔枝优劣之争，即使在广东荔枝内部，也常有互相比较，东莞荔枝论时效不如粤西者早上市、论名气不如增城挂绿等响亮，但本地人以其刁钻的舌头，总能品出自己家乡的荔枝才是最好。中间两幅，则是莞草和莞香，分别选择了很难得的开花和结果照片。

莞草是东莞得名之源。它学名短叶茳芏,是莎草科多年生草本植物,一般生长于咸淡水混合的滨海地区。其高可近人,粗茎三棱,穗状花序,6月至11月开着散射的黄褐色小花。其细长的茎、叶为优良造纸原料,主要用途则是编织草席等。

"莞"字最早在我国第一部诗歌总集、春秋时期的《诗经》中就已出现,"小雅"的《斯干》一篇,是先民筑室既成的颂祷之歌,其中写到:"下莞上簟,乃安斯寝。"即下铺草席上铺竹席,可安稳入睡、做个好梦。这已是远古时代最好的生活条件了,如扬之水《诗经名物新证》所云:"梦中世界与人间的荣耀,便都会合在哕哕寝室中的莞簟之上。"可见"莞"也者,是与安居乐业、诗意栖居相联系的。此后自汉至晋,《礼记》《汉书》等典章史书,《说文解字》《尔雅》等字典词典,张衡《同声歌》、陶渊明《闲情赋》等文学作品,都载有"莞"的草踪席影——但具体所指,可理解为多种性状相近的不同植物。东晋时广东东莞立县,南朝梁始名"东莞"(后隋废之而唐复之,一直沿用至今。此前尚有西汉、东汉和东晋的山东、江苏等地之东莞,后皆废),估计当时是因短叶茳芏宜于编席而得以专享"莞"之名,复因东莞所治盛产这一种莞草,遂起了这么一个郁郁葱葱的地名(参见明天顺《东莞县志》、清钱以垲《岭海见闻》等)。

据载，至少从唐代起，东莞人已"多作莞席为业"。直至近现代，莞席仍广受喜爱，以至提到草席就会联系起东莞人。董桥《乡愁的理念》中《萝卜白菜的意识》一文，就记述了关山月给他讲过的一个故事，说是有东莞人卖席，顾客嫌席短，贩问：是给活人睡还是给死人睡？客答：当然是活人。贩曰：既是活人，难道不会蜷着身子睡？董桥遂由此省悟到对绘画、对传统的应取姿态。——这故事其实也说明了东莞人一向的灵活变通。

莞香则是因东莞而得名。它是瑞香科的常绿乔木，生于丘陵，高大清秀。与莞草一样，莞香树皮为造纸高级原料，现代用于制钞票纸，古代制香皮纸，"以护书，可辟蠹"（见清雍正《东莞县志》。这一妙用令读书人亲切）。另外，其木质和花果可提取芳香油等，更重要的是其老茎受伤后产生的树脂，乃是上好的香料及药物，因此被称为土沉香——这是它的学名，自元、明时起，东莞所产规模最大、品质最佳、名声最响、行销最广，成为整个品种的代表，清初屈大均《广东新语》正式名之为"莞香"。莞香宜于熏衣、习静，是珍贵的宫廷贡品和大江南北富贵人家的时尚用品，明末四公子之一的冒襄，在《影梅庵忆语》中就忆述了往昔与董小宛焚莞香、共静参的恋恋情景，"今人与香气俱散矣"的哀惘。该书和不少明清笔记留下了莞香（女儿香）的种植、制作等资料，以《广东新语》所记最详。

同时，莞香据说还是香港得名之源。古时候东莞所辖包括香港和深圳，罗香林等学者认为，香港之名源于这里自明代起就是东莞一带及香港所产土沉香集散、运输的港口。我曾在香港西贡郊野公园看到香港渔农署制作的资料介绍，就引用了罗香林《一八四二年以前之香港及其对外交通》等论文资料的这一说法，可见香港官方亦予以承认的。叶灵凤《香港方物志》首篇《香港的香》，也作铺陈介绍，极言"当年莞香的余韵"。当然这只是香港名称来历的其中一说，也有人反对的，东莞的文史硕儒杨宝霖先生就不肯迎合当地时流的论调，极不愿贪天之功去将香港一名与东莞拉上关系。我个人的看法是，既不必出于乡土的荣耀去攀附，但也不能在逻辑上排除。一方面，香港命名于明代，确实要比莞香命名早；况且香港本土也产土沉香，在香港码头流转的不一定全是从东莞运去的香。但另一方面，明代虽然"莞香"二字尚未出现，东莞所产土沉香已经名重于世了，不能说那时香港一定没有东莞的香。总之，香港得名应该跟香有关系，跟莞则可能有、也可能没有关系，只不过这种香后来又称为莞香，才弄出一些缠夹。

莞香的花果也很美观，伞型花序，黄绿芳香，花期春、夏；蒴果木质，长两三公分，形如一盏盏翠绿的小灯笼，夏、秋成熟时从中间整齐地开裂为两瓣,中间有黏稠的细丝状"脐带",荡秋千般吊着鹰嘴状的黑亮种子,数日后才脱落入土繁殖。这可谓最独特的果实形态之一,《东莞植物志》就拍到了这一奇妙的画面。

回忆我少年时的20世纪70年代,家中尚以小炉焚莞香,也亲手做过莞草编织的手工。后来,二者作为产业消亡了,退出人们的生活,野生的已极少。但是,正如《东莞植物志》序一说的:"树,是城市的历史文化记忆。"莞草莞香正是地方历史文化的集体记忆,尤其莞香,近年已被当地开发为一个地域文化符号,重新培植栽种,有复生的势头。

草开花,香结果,这图景可以用来比喻这套植物志,乃至可作为"制造业基地"生态现状的象征。东莞这工商业繁华之地,确实有被诟病的浮躁热腾、喧闹粗粝一面,但,却也同时能开出安静而丰盛的花,结出三种植物志这样的果。这吊诡之处,乃是城市多样性的体现。今年是联合国确定的"生物多样性年",在提倡保护物种多样性、让各种生物共存的同时,或者,我们也该认识城市的多样性,进而宽容人类的多样性、发掘生命的多样性吧。

2010年7月下旬,大暑前后撰;

2013年4月下旬,谷雨次日修订。

【参考书目】

《东莞植物志》,邢福武等主编。华中科技大学出版社,2010年6月一版。

《东莞珍稀植物》,王发国等主编。华中科技大学出版社,2010年5月一版。

《东莞园林植物》,陈红锋等主编。华中科技大学出版社,2010年5月一版。

莞草，沧桑中莞尔相安

"莞"这个字，现今常见于一是地名东莞（念guǎn）；二是形容微笑的"莞尔"（念wǎn，出自屈原《楚辞·渔父》）。但其实，莞本是一种源远流长的植物，在众多古籍元典里，它主要指一种水草，及其编织制成的席子。

这种莞草，在中华文明长河的水源处已摇曳生长，且登堂入室占一席之地。最经典的是《诗经·斯干》所记："下莞上簟，乃安斯寝。"写的是西周贵族建造、布置宫室的情形，卧室要下铺莞草编的席子、上铺竹席（簟），乃得安稳入睡，反映了远古时代最好的生活条件，建成这样的房子得以栖居安身，"君子攸宁"矣。这使我想起海德格尔的名言"人，诗意地栖居在大地上"，莞，乃是这诗意场景的一个元素。

莞之悠久历史和显赫地位，还见于其他几种记录西周至春秋时期历史面貌、社会生活的重要著作。如《礼记·礼器》也有"莞簟之安"一说；《周礼·司几筵》记莞席与蒲席是朝廷典礼必备之物;《穆天子传》卷二述周穆王西巡所见:"珠泽之薮方三十里,爰有萑、苇、莞、蒲……"综上,莞是生长在湿地湖沼("泽""薮")的可编制席子的草。人们对莞的认识和应用,可追溯到距今三千年前的西周,即在华夏文明史的初始阶段就已形成了成熟的工艺,进入庙堂与家居。此后,其翠影金颜仍频现于典籍文献、礼仪文化、生产生活中,张衡的《同声歌》、陶渊明的《闲情赋》都写到过,尤其后者,自喻愿为莞席去亲近美人,香艳情色中见出可爱,是五柳先生在静穆澹泊之外的有血有肉一面。

但莞具体是哪一种水草,历来有不同诠释,异说纷纭,犹如杂草混生。我国第一部辞书、秦汉时期的《尔雅》,与我国第一部字典、东汉许慎的《说文解字》就干起了架,前者释莞为苻蓠,后者却把莞与苻蓠分开记载;东晋郭璞在注释《尔雅》和《穆天子传》时,也自己跟自己干起了架,注前书时认为莞是蒲(蒲草、香蒲),注后者时认为莞是葱蒲(水葱)。历代不少学者在这个问题上各逞己见,包括东汉郑玄笺《毛诗注疏》注释《诗经》之莞为小蒲之席,等等。这场架一直干到当代最权威的工具书中,《辞源》说莞是蒲草,《辞海》则说是水葱、席子草。最新的专家著述,也仍有认为莞是香蒲的(如孙机《中国古代物质文化》)。

更主流的意见并不认同蒲之说。如唐代陆德明《经典释义·毛诗音义》云：莞"草丛生水中，茎圆，江南以为席，形似小蒲而实非也"。又如唐代孔颖达《五经正义》、清代牟应震《毛诗物名考》和徐鼎《毛诗名物图说》等，皆以《周礼》莞筵、蒲筵分载为旁证，认为《诗经》里的莞不是蒲，二者非一物。唐代颜师古注《汉书》、清代王念孙的《广雅疏证》等，都赞同莞是葱蒲。按：香蒲属香蒲科，高不过五十厘米，以其窄叶编席；水葱（葱蒲）属莎草科藨草属，高一米至两米，以其管状圆柱茎编席。当代很多专著也在分析古籍记载的基础上辅以对植物形态的认知，认为古人编席的莞应是水葱或藨草，如吴厚炎《诗经草木汇考》、陆文郁《诗草木今释》、潘富俊《诗经植物图鉴》、李儒泉《诗经名物新解》、贾祖璋《中国植物图鉴》等。

在这个问题上，清代段玉裁《说文解字注》的见解特别值得重视，他是葱蒲派的，并细致地指出："莞之言管也，凡茎中空者曰管。莞即今席子草，细茎，圆而中空。"这条记载的价值在于，一是关于莞字的读音，许慎、郭璞记莞为完声（wán），后来至少从唐代殷敬顺《列子释文》起，已改训为官声（guān），而段玉裁对此给出了解释：作为植物的莞读guān，是因为编席使用的是其茎管。二是提出席子草之说。

据《辞海》，席草是莎草科藨草属几种植物的通称，如藨草、水毛花、水葱等，均可编席。虽然藨草和水毛花的茎是三棱形，不像水葱的圆柱形管状，但我也倾向于认为，莞是一些丛生、细长、可编席的水草的泛指，即多种性状相近植物都可统称莞或席子草。

莞草及其编制的席子曾那么重要和普遍，自然会进入地名。历史上，从西汉到南朝，今山东、江苏多地都出现过东莞县、东莞郡。不过，这些东莞最迟到隋朝后都改名了，取而代之的是在广东出现并沿用至今的东莞。

东莞原为三国吴时分设的东官郡，因该地濒临南海，出产优质的海盐，要专门设盐官来管理而得名。此后几经废改，包括中间曾用宝安之名，到南朝梁天监六年（507）改名为东莞郡，唐至德二年（757）正式以东莞之名立县，这是因为，其著名特产已从海盐变成了草席。

东莞得名的解释，我所见的最早的文献资料，出自明代卢祥《东莞县志》(后世称为《重刻卢中丞东莞旧志》《天顺东莞旧志》)，云："莞，草名，可以为席。邑在广州之东，海傍多产莞草，故名。"他另有《莞草》诗曰："宜簟宜席，资民之食。邑之攸名，实维伊昔。"是说莞草编席乃养活当地民众的重要产业和东莞邑名的来源。

卢祥的记载非常重要。后世著述常常沿袭之谈东莞一名的由来，如清代屈大均《广东新语》称："东莞人多以莞席为业，县因以名。县在广州之东，故曰东莞。"但有一个细微却关键的不同,是略掉了卢祥的"海傍"二字。

事实上,东莞的莞草最显著的特征,除了粗茎实心、三角柱状外,就是生长于海边的咸淡水交汇处,故土名又作咸草、咸水草等。这与前述古籍中的莞,是对应不上的(水葱等莎草科藨草属植物多生于内陆的淡水湖沼),因为,它是一种新的莞草,乃莎草科莎草属的短叶茳芏变种(参见邢福武等《东莞植物志》)。

莞的源流,大致是这样:其一,古代的传统莞草,是水葱等多种席子草,产地分布广泛,山东、江苏等地以前的东莞,应是因也曾出产这类莞而得名。其二,当莞出现于西周至春秋的远古记载时,广东还未开发,因此传统莞草与现在的东莞无关。不过,至少从南朝起,东莞沿海一带出现了(或曰人们发现了)莎草科另一属的短叶茳芏变种,也可作编织用,于是借用古名称之为"莞"(或曰因时人未细辨分别、误以为那就是传统莞草)。其三,渐渐地,这种后出的莞草因其特别柔韧等特性,编制的席子品质更好,远胜其他地方的传统莞草,得以后来居上专享"莞"这个名目。北方几个东莞的传统莞草所编席子被盖过风头,遂不能再以此闻名,唯有广东东莞的地名保留下来。其四,广东东莞因这种后出的莞草得名,后来这地名的唯一性又反过来帮助这种新莞草取代传统莞草,坐实正宗莞草的地位。其他在古代也属于莞的水草，现在就只称学名（水葱等）或俗名（席子草），而不再叫作莞了，这个古代的总称乃被东莞莞草独享。——植物与城市，就这样互相定义名字、交汇确立身份，奇妙地融而为一。

不仅如此，比起曾经的莞盐，莞草的咸淡水生长环境更有象征意味：东莞乃"近代史开篇地（虎门销烟和第一次鸦片战争发生在东莞），改革开放先行地"，历来是中西文化交汇之处，恰如屹立潮头的莞草，立足本土又吸取外来的海洋文明养分，从而超越于传统莞草，成就了自身独特的风姿。包括其不同于传统莞草的实心茎韧度十足，也正好反映了东莞人的朴实坚韧。如此，这植物与城市还神奇地互证，体现着这片土地的特性与精神。

莞草面目的混杂模糊，不仅在于在时间纵向上的古今名实变易，还在于在空间横向上，一是短叶茳芏生长地并不限于东莞和珠三角沿海，二是即使在广东乃至东莞，又还有其他生于淡水的可编席的水草，如龙须草、通草等，因此造成连《广东省志·农业志》也就此混为一谈，周宏伟《清代两广农业地理》则能注意到这个问题并稍为厘清其混淆。要之，莞草耐碱性强，需在海边生长、吸收海水盐分才长得好。所以我认为，正宗莞草不是单纯的短叶茳芏（有些著述称为茳芏，那就更将范围扩大了），而是短叶茳芏的变种，因在东莞海滨得咸水浇灌，衍生出的质量优良的品种。至于其他生于淡水的同类水草，以及虽然也是这种咸水草但并非生于东莞、没有这个城市名字依托，就都不能称为正宗莞草了。

回到源头乃可正本清源，卢祥所撰现存最早的《东莞县志》的那则记载，就已明确强调了莞草产于"海傍"，却为后人转述时忽视这一定语，一定程度上助长了莞草问题的纷扰。而当代刘炳奎等撰《东莞草织业简史》长文，则具体论及了莞草为何需沿海生长：因其繁殖在珠三角两岸，"每天都有两次潮汐的泛注，海潮不断灌输肥源"，遂使这种水草成为东莞的名产。——以上也是前述莞草象征意味的出处。

就从这个生长环境的变化导致莞草的衰落，也可说明正宗莞草须是咸水草：新中国成立后，为广种水稻而推行"改咸归淡"，在海边筑堤，将原来灌入的海水拦截排隔在外，而另行引入淡水浇灌水田。于是水稻面积是扩大了，需要咸水的莞草却因此失去了生存的土壤，影响了草织品的质量，恶性循环，反过来又打击了莞草行业。

"莞席从古就有名。"（叶灵凤语）历史上这一产业鼎盛红火，如清代邓蓉镜《东莞竹枝词》云："滨海家家织席忙，年来获利倍寻常。"到当代，董桥《乡愁的理念·萝卜白菜的意识》还转述了一个东莞人卖席的故事，从侧面说明提起席子就会联系到东莞。而1964年的《东莞草织业简史》，在提供大量具体资料后指出："东莞草织业是全县最重要的一个行业……是地方经济的轴心，和许多行业血脉相连……草织业的荣枯，关系到几十万人口的直接或间接的生活。"至1995年《东莞市志》，列举上文之后的历年具体产量、出口创汇等数字，仍称这是"本县一个重要行业"。——然而，也就是在那个时候（20世纪90年代初），这一传统著名产品和重要支柱行业，在持续走下坡后，终告湮灭了。

莞草的没落，不止改咸归淡因素，近一个世纪以来，战争、动乱、国际市场的变化、国内政治活动对生产的冲击，多次农业生产结构的调整，塑料等新兴材料广泛使用而取代水草编织品，产业的转型，工业化带来的污染，城市化带来的土地过度开发……各种外力轮番而来与叠加合力，挤压了莞草行业的空间，虽然中间经过浮沉起伏，但最终令莞草在其成名之地，从遍野蔓生、深入千家万户，到萎谢寥落、几为人所不识。

我小时候，也曾是广大莞草手工业者中的一个。那是个人童年记忆，亦是一个年代的集体记忆。莞草的百年兴衰，折射反映的是这个城市的世纪变化、近现代的历史变迁与社会进程。如此，莞草这一从前的本土标志物，从最初

《诗经》的诗意，到现在已成一份乡愁了。

只是，时代总要前行，人事必有代谢，生灭皆为自然，无谓过多惆怅，更无须妄想挽回从前的辉煌，去演绎所谓"重生"。只作为一个人文符号去保护和传承（如完善保护基地，抢救老"草民"的手艺），让下一代认识作为城市缘起、传统标识与往昔衣食所赖的莞草，知晓此身所在之地的来龙去脉、前世今生，使这一份血脉通过认知得以流传，就已够了。所谓"重生"，不过如此：面对岁月的残余，欢喜相认，珍重相待，留住一份念想。

最后，引述清代曾任东莞知县的钱以垲《岭海见闻》一则别致记载。他谈东莞得名的由来，除了"产莞草而在广州之东"的通行说法外，还提到《礼记》的"莞簟之安"，指"言其精细可以安人也"。因此，他认为此邑改曾用名宝安为东莞，"亦欲使其人安如枕席云尔"。——这意思很值得玩味：安宁、安定、安适、安稳、平安等，不必依托于高贵而冷冰冰的"宝"，而应源自家常但活生生的莞草。这一命名，注定了东莞的城市气质（务实、低调，注重生命力，在身边的平常事物中找寻意义、并以之安身立命，以及前述的柔韧朴实，兼收中西文明养分等），也寄寓了一层祝祷安好的深意。

但愿，这种前贤的心意能延续下去，让后人从中获得启发和祝福。则虽然不再安寝于莞席，也可与莞草在沧海草田的历史潮汐中，莞尔相对，彼此相安。

2014年9月中旬至10月中旬一稿，

12月下旬二稿。

【参考书目】

《毛诗注疏》，（汉）毛亨传，（汉）郑玄笺，（唐）孔颖达疏，（唐）陆德明音释，朱杰人等整理。上海古籍出版社，2013年12月一版。

《诗经名物新解》，李儒泉著。岳麓书社，2000年6月一版。

《楚辞补注》，（宋）洪兴祖补注，卞岐整理。凤凰出版社，2007年1月一版。

《周礼注疏》，（汉）郑玄注，（唐）贾公彦疏，彭林整理。上海古籍出版社，2010年10月一版。

《礼记集说》，（元）陈澔注。中华书局，1994年6月一版。

《穆天子传》，（晋）郭璞注，（清）洪颐煊校，张耒校点。岳麓书社，1992年12月一版（与《山海经》合印）。

《尔雅译注》，胡奇光等撰。上海古籍出版社，2004年7月新一版、2013年7月十一印。

《说文解字》，（汉）许慎撰，（宋）徐铉校定。中华书局，1963年12月一版、2012年4月三十三印。

《说文解字注》，（清）段玉裁注。上海古籍出版社，1981年10月一版、1988年2月二版、2014年5月二十三印。

《中国古代物质文化》，孙机著。中华书局，2014年7月一版。

《天顺东莞旧志》，（明）卢祥纂，与邓文蔚纂《康熙新安县志》等一并收入《深圳旧志三种》，张一兵校点。海天出版社，2006年5月一版。

《东莞草织业简史》，刘炳奎等撰，收入《广东文史资料》第十五辑。政协广东省委文史资料研究委员会编印，1964年10月出版。

《东莞市农业志》，本书编纂委员会（东莞市农业局）编。广东人民出版社，2014年12月一版。

《清代两广农业地理》，周宏伟著。湖南教育出版社，1998年4月一版。

七花七果拜七姐

农业文化内刊《耕读》自筹办以来,幸承杨宝霖先生鼎力支持,从商讨办刊理念到题写刊名,从提供有关资料到指导编务,从赐教相关问题到美言勉励,使我等深获裨益;更不弃微陋,以其农史专长、出其文史巨笔,连续惠赐佳作,令小刊大为增色。可以说,每一期《耕读》都凝聚了杨宝霖先生的心血和慧见,乙未年秋之卷也不例外,早前向杨老请教组稿方向,蒙老先生一言点醒:东莞历史上的七夕、中秋,颇有民俗特色,是农业社会的传统文化,是值得怀想的农村风情,正宜纳入这本农刊。——由此确定了该期的主题。

东莞七夕的其中一个独特风俗,是以花果拜祭七姐(七夕传说中的七仙女)。杨老津津乐道地向我们介绍,其夫人也兴致勃勃地回忆补充,从前莞人过七夕,要用七种花、七种果来祭贡,包括:

茉莉,素馨,蔷薇,月季,大红花(朱槿),急性子(凤仙花),指甲花(散沫花),狗牙花;柚子,苹婆,耕豆(音),龙眼,

七姐花（也作七姊花）

七姊花开逢七夕，天上人间细雨时。或私语也。丙申夏昉溪渔甫写于
仰山村客舍晴窗。

紫茄

记得吾家菜园地，瓜蔓底下紫茄熟。丙申九秋芗卡许昉溪忆写之。

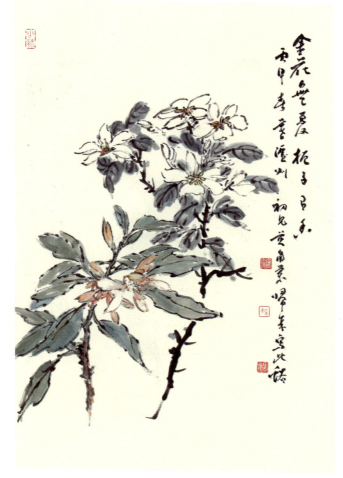

黄兰　栀子

金花无忧,栀子有香。丙申春暮泸州初见黄角兰,归来写此。溪。

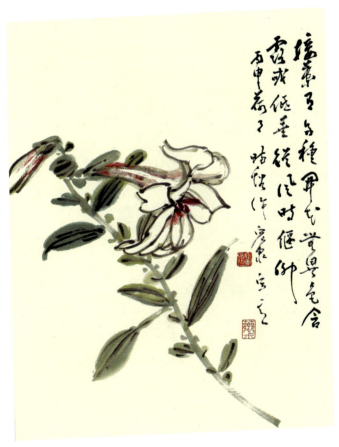

百合

接叶有多种，开花无异色。含露或低垂，从风时偃仰。丙申荷月昉溪
许宏泉写意。

铁沙梨，李子，桃子，苹果，番石榴，杨桃。——以上花、果不止七种，杨老夫妇指出，拜祭风俗并没有指定具体哪七种花七种果，总之，从这个范围选出即可。

按：广东传统过七夕十分热闹，为外人所瞩目。储冬爱著《鹊桥七夕——广东乞巧节》，首章就用了宋代福建籍著名诗人刘克庄的诗句做题目："粤人重巧夕。"当代浙江籍民俗学家杨荫深著《岁时令节》，引用《中华全国风俗志·广州岁时纪》关于当日"乞巧会"要"备办种种奇巧玩品"、举行诸多仪式的记载，然后说："以一七夕而有如此繁礼缛节，可谓他处所未有。"而东莞又在广府独树一帜的繁复礼仪中再别出一格，就是七花七果拜七姐。

七夕置备时令瓜果，是从后汉《四民月令》、晋《风土记》、梁《荆楚岁时记》等已有记载的古俗（"设酒脯时果……祈请于河鼓织女"，"陈瓜果于庭中以乞巧"）。后来增加了鲜花，如五代《开元天宝遗事》，记唐玄宗年代"宫女辈陈瓜花酒馔"。广东当然也不例外，清末陈坤《岭南杂事诗钞·乞巧》诗云："花果陈筵迓碧霄。"《广州岁时纪》载："生花时果等罗列满席。"《鹊桥七夕——广东乞巧节》更多处记述广东各地用花果、包括各种质材制作的精美假花来作为七夕供奉，但是，就连这本专著也没有专门选七花七果以应七姐之数的记录，这一东莞习俗，似乎亦"可谓他处所未有"。

上述七姐花果中，素馨及茉莉，蔷薇及月季，朱槿，苹婆，我以前都曾写过。今以近年杂览见闻，另补充几片零碎的花瓣。

七姐花有一个有趣的现象：茉莉素馨，是一对姐妹花；蔷薇月季也如此，都是玫瑰的姐妹；凤仙花与散沫花更亲密到同披一件马甲（皆称指甲花）。

七姐花有四种载于我国第一部植物专著《南方草木状》：茉莉、素馨、朱槿、指甲花。因此，它们可说是历史悠久的岭南乡土植物，是最早由广东散布到各地的花木品种。

讨论这些花事，并非完全脱离农人本业的风花雪月。《聊斋志异》的作者蒲松龄，写过一本地道的农书《农桑经》，记载各种经济作物的种植管理技术，就包括了很多花卉，七姐花中的茉莉、素馨、扶桑（朱槿大红花）、蔷薇、月季、凤仙均有载录。另外，明太祖朱元璋之子朱橚所撰《救荒本草》，是开先河的饥荒年代野菜志，有非常切实的民生意义，里面也以小桃红之名，收录了凤仙花（后并为徐光启的农学巨著《农政全书》等农书转引）。

关于七姐花与七夕时节的对应关系。屈大均《广东新语》云："广东为长春之国，虽涸阴沍寒，花开不辍，月贵（粤语季、贵同音，古代岭南人称月季为月贵）其一也，佛桑（即扶桑）亦然。"其实不只在岭南，月季本来就因月月有花、四季常开而得名。朱槿大红花在南方的花期也几乎全年，尤以夏秋之交红得特别鲜明夺目，我曾私下评选岭南四季特色花木，就将其作为秋季的代表植物之一。急性子凤仙花则是从夏至秋开花。——它们都可为七夕应景。至于茉莉、素馨、指甲花、狗牙花，盛花期在夏季，蔷薇更早，因开于暮春而向来被视为春花，黄庭坚名句"若有人知春去处，唤取归来同住"就出自写蔷薇的词；不过如屈大均说的，"广东为长春之国"，"岭南花不可以时序限之"，因而蔷薇等开到七夕应也没有问题。我有一年秋冬在美国，就曾看过娇艳的蔷薇月季，在十一月还开得十分动人，带来喜悦抖擞。

有意思的是，蔷薇的一个变种，因一蓓七花而单独得了一个名字叫七姐妹，这倒正好对应拜七姐。

凤仙花，杨宝霖先生径称为急性子，并谈了此名的来历：其细长的蒴果一经轻触就会爆裂并迅速旋卷，弹出里面的种子四射各处，这种独特的繁殖方式，被戏言是种子性急。事实上，凤仙花这一特性，急性子这一别称，是古今中外各地的共同认识：最早应在明初以中原植物为主的《救荒本草》，就已记凤仙花"俗名急性子"，后世湖北人李时珍《本草纲目》、济南人王象晋《群芳谱》、杭州人陈淏子《花镜》等，都有类似记述。另外，其拉丁学名中的 Impatiens 原意，即为急躁、不能忍耐。（参见高明乾《植物古汉名图考》）

凤仙花花型犹如凤鸟，花色繁多，其中红花者，古代妇女常用来染指甲，故俗称指甲花。有一本《我们的七夕》，选收的薛理勇《七夕与祈子风俗》一文，就将农历七月用凤仙花染指甲作为七夕风尚来介绍："七月是凤仙花盛开的季节，姑娘们采摘庭院篱笆边的凤仙花朵，将其捣烂后放入少许明矾，就成了指甲油。"

杨老特别提醒，凤仙花与另一种别名为散沫花的指甲花不同。查书发现，后者很早就在嵇含的《南方草木状》有详细记载了："指甲花，其树高五六尺，枝条柔弱，叶如嫩榆，与耶悉茗（素馨）、末利（茉莉）花皆雪白，而香不相上下，亦胡人（波斯人）自大秦国（一般指古罗马，泛指西域）移植于南海（岭南），而此花极繁细，才如半米粒许。彼人（岭南人）多折置襟袖间，盖资其芬馥尔。一名散沫花。"

两种指甲花的异同：凤仙花是草本植物，原产地包括我国；散沫花是灌木，来自异域。凤仙花染指甲一般用的是花，流行于北方；散沫花用的则是叶（也是捣汁产生红色染料），流行于南方。远古时埃及人、波斯人就已用散沫花的叶来染红手甲（参见李惠林、杨竞生等《南方草木状考补》），后传入岭南，屈大均《广东新语》引清代粤女歌云："指甲叶，凤仙花，染成纤爪似红芽。"由歌词可想见从前粤女之得色：此叶彼花同享，有两种植物染剂来令纤纤指甲变成艳红嫩芽。《鹊桥七夕——广东乞巧节》记旧时广州西关小姐过七夕也说:"盛装的姑娘们不忘戴上一朵素馨花,染上红指甲,三三两两踏歌夜游。"

素馨,我旧撰《前生曾簪素馨花》一文引钱以垲《岭海见闻》记素馨制成的"花掠"、引屈大均《广东新语》记素馨时提到的"珠掠",以为是同一物;杨宝霖先生后来指出其非,在一封来信中谈了旧时粤莞之"掠",是饶有趣味的名物史料,转录如下:

> "掠",粤人谓梳头之"梳"也。老朽儿时,莞之老妪不言"梳",只言"掠";以珍珠串成如梳,傍于髻旁,或插于前发,是为珠掠。莞之妇女,解放前多以茉莉花串成梳形,插于髻旁或前发,谓之花掠。老朽之祖母、伯母、姑母,夏日多用花掠。解放前莞城有育花、售花专业户德馨园,于园前设一花店,每日均有花掠出售,老朽每日入学、放学均见之。今世之人,只称"梳",不称"掠"矣。

最后谈谈狗牙花。与茉莉、素馨、指甲花以及栀子一样,它也是夏季的白色香花灌木,然而却身份微贱,在七姐花中古籍记载最少(我未能找到),大概是因其名不登大雅之堂,难为文士诗人吟咏。此名之由来，侯宽昭主编《广州植物志》载："花冠裂片的边缘有皱纹，形如犬牙，故有狗牙花之称。"但其实，此花并不那么犬牙交错的，花型有点像栀子，网上见不少人就混淆了两者。它是一种优良的观赏花卉，陈红锋等主编《东莞植物志·东莞园林植物》对狗牙花的描述是："绿叶青翠欲滴，花朵晶莹洁白且清香俊逸。"就可惜起坏了名字。

不过，有一回在市农科中心的山上园圃，看到狗牙花的说明牌子上标出其又名马蹄香，很是惊喜。因有句古诗"踏花归去马蹄香"，意境颇美，在去岁马年曾留意过名为马蹄香的两种植物，一是香草杜蘅（出自苏敬《唐本草注》），一是土沉香（即莞香）的根节部分（出自《南方草木状》）。另，黄普华《植物名称研究专集》还列出其他几种也叫马蹄香的草药。它们都是叶子等部位形似马蹄，狗牙花看不出这方面特点，何以也获此称，未详出处，但知道它也有这样一个逗人遐想的别名，总算不负一种好花。

六月中去拜会杨宝霖老先生，他介绍拜七姐的花果时，忽然插了一句："现在的狗牙花，不知道为什么不像以前香了。"言下似有今昔之感。告辞离开后，路过下坝村，见中午人少，就进去逛逛。那里成片古旧民居改造的文艺餐厅、时尚清吧，尚未迎来夜间的热闹，在烈日浓荫下、清幽老屋间走走，见青砖墙前有一丛狗牙花悄然开放，特意过去闻了一下，凑近了还是能嗅到"俊逸"的清香，很是可人；这种在喧嚣变幻中默默维系着的隐约芳华，似乎可以联想到些什么，乃至作为一个意味深长的象征——只是却没有细想了，微微一笑，继续向木窗闲静、竹影摇绿的小巷深处走去。

2015年8月20日七夕撰毕。

紫茄纷烂漫

　　杂览读书,不时会有恰巧相逢、意外邂逅、正好凑合的情形,令我惊喜,比如《酉阳杂俎》中的茄子。

　　话说去年秋天,阳台上新栽了些茄子,10月某日傍晚,发现结出了几个。这初生的小茄,紫白相间,深浅晕染,绚丽静艳,十分好看,是植物天然的釉彩,是天地自然的画笔,超越人工。欣赏一番这可爱的晕紫秋色,晚上继续翻看重阳得书之《酉阳杂俎校笺》,却竟在卷十九"广动植之四"遇上一则"茄子",与屋外的茄紫仿佛天意注定的呼应,真是凑趣欢喜,即焚香读之。

　　唐人段成式所撰《酉阳杂俎》,乃百科辞典式的古代小说体笔记名著,中华书局推出的许逸民"校笺"本,对原著广博丰富的内容又作了广征典实的深入考证和详细注释,读来很有兴味,从中颇长知识:原来"茄"本是莲茎的古名,原来岭南的老茄子可长成大树,原来沈郎的前身沈约写过"紫茄纷烂漫"的美妙句子……

这般古籍书卷与身边草木的巧遇，令我回味不已；今年盛夏7月，赴宁夏参观本市农企在那塞上江南的生产基地，又看到满棚茄子的紫花紫果，情景喜人，更当好好写写这食用观赏俱佳的夏秋两季主要蔬菜了。下以《酉阳杂俎》所载要点及许逸民笺注为线索，再征引他书谈谈茄子名实的一些趣闻。

一

段成式先记茄子的名称来历："'茄'字本莲茎名，革遐反（按：即"加"音，现在"雪茄"也仍读此音）；今呼'伽'（按：即'且'音），未知所自。"

我国第一部辞书、秦汉时期的《尔雅》（约前3世纪），记"荷"各部分名称，首先就是"其茎茄"，即荷花或荷叶的梗柄称为"茄"。我国第一部字典、东汉许慎的《说文解字》（2世纪）也作同样解释，并明确读"加"音；清代段玉裁《说文解字注》进而说茄字"古与荷通用"，并举相关古籍为例；今人郭郛的《尔雅注证》亦谓这茄字"可作荷名，又作荷茎名"。

至于段成式"未知所自"的"茄"后来转读为"伽"，许逸民《酉阳杂俎校笺》引了西汉扬雄的《蜀都赋》（公元前后），有云"盛冬育笋，旧菜增伽"，前人已注解"笋"就是竹笋，"伽"就是食用蔬菜茄子。张平真主编《中国蔬菜名称考释》即谓茄子古称伽子（段成式也称为伽子）。按照该书、特别是阿蒙《时蔬小话》和张德纯等《蔬之物语》的意见，"伽"字源自古印度梵文，因茄子随佛教东传而来（一般认为其原产印度），所以用了此字此音，再因属于草本而加了艹字头，于是成为茄子，即占用了原本指荷的茄了。

　　不过，正如《中国蔬菜名称考释》指出的，更早另一位西汉王褒的《僮约》（前1世纪）已开始有"种瓜作瓠，别茄披葱"的记录。石声汉校注元代农书《农桑辑要》转引该则文献时谈到，这里茄与葱并列，从上下文看，明显不是原意的莲茎而是借用于蔬菜茄子。王褒与扬雄齐名而生活在扬雄之前，《僮约》同样以蜀地为背景，可见其时其地是茄、伽二字并用的；该文有饮茶种茶的最早记载，照我看，它应该还是"茄"用作蔬菜的最初出处。

　　根据《蜀都赋》之记，潘富俊《中国文学植物学》遂认为，学界一般指茄子的最早记录是晋代《南方草木状》（4世纪，参见下述）、引进时间在魏晋南北朝，但实际上汉代茄子已是菜蔬了，因而两个时间都应往前推。杨宝霖《自力斋文史农史论文选集·广东外来蔬菜考略》也有类似看法。现在看来，《僮约》提供的汉代驯化种植之佐证更为充分。（本文对一些远古的文献附注其大约年代，就是为了明晰前后关系。）

对于"茄"由荷花变成蔬菜，朱伟《四季小品·西红柿的问题》另提出一个猜测，认为可能是因茄子刚开始的茎接近荷梗。录之姑备一说。

二

《酉阳杂俎》记茄之逸闻，有谓："岭南茄子，宿根成树，高五六尺。"段成式还说有人在南方当官曾亲眼见过。

这种特异的岭南茄树，早在我国第一部植物志、嵇含《南方草木状》已有专条"茄树"，云："交广草木，经冬不衰，故蔬圃之中种茄，宿根有三五年者，渐长枝干，乃成大树。每夏秋盛熟，则梯树采之。五年后，树老子稀，即伐去之，别栽嫩者。"

清代蒋廷锡等重辑《古今图书集成·草木典》引此条后注："按茄乃草本，不能成树，此或其别种也。"朱伟也认为那是另一种植物，说可能是一种叫"树番茄"的小乔木。杨宝霖则说唐代陈藏器《本草拾遗》载有一种"苦茄"："野生岭南，树小，有刺。"现在西南地区还能找到，但并非一般食用的茄子。

然而，李惠林、杨竞生等《南方草木状考补》专门讨论这个问题时提出：茄原本是多年生植物，在起源地南亚温暖的气候条件下是可以长成两米以上灌木的，也可能古时南方部分地区种的茄任其生长,比现在的茄要高大很多;并引用日本资料,有专家为研究《南方草木状》而特意栽培实践,果然种出了木本的茄树。

回过头去看,唐代刘恂《岭表录异》有着与《南方草木状》几乎相同的记载,名之为"南中茄子"(即明确了不是另外一种植物,这南方的茄树就是茄子)。我还查到明代慎懋官《华夷花木鸟兽珍玩考》、清代吴绮《岭南风物记》、嘉庆《广西通志》等,都有类似记录。所以正如《南方草木状考补》的意见:这种要搬梯子采摘的茄树,历代均有记载,且多出自实地观察,"或不虚传"。

而清代屈大均《广东新语》"茄"一则亦云:"广州茄,有两年宿根者,名为茄树。咏者云:'种茄成树子,岁岁矮瓜多。'茄一名矮瓜。产东莞者特圆,名荷包茄。"这里再次印证了茄子成树,并点出另两个细节,一是茄子的别名,除了段成式也提到的落苏(落疏)之外,在广东又名矮瓜(大概是因传统茄子身段较短近于圆形之故),这至今仍是粤语口语对茄子的称呼;二是记载了东莞的特产,那种荷包茄,现在还收录于《东莞市农业志》,是深受欢迎的热销品种。

段成式所录异闻,还有"嫁茄子"的增产方法。这种民间流传更为不经,正经的种植茄子之法,最先见于北魏贾思勰《齐民要术》(6世纪)的卷二"种瓜第十四·茄子附";连同该书卷九"素食第八十七"记载的茄子烹调之法,都是今天还可参考的实用之道。该书卷首"杂说"并谈到:"如去城郭近,务须多种瓜、菜、茄子等,且得供家,有余出卖。"这些都反映了其时茄子产业化、家庭化的成熟程度。

三

段成式《酉阳杂俎》所记茄子,最使我欢然的,是他说记得沈隐侯有《行园》诗:"寒瓜方卧垄,秋菰正满陂。紫茄纷烂漫,绿芋郁参差。"

沈隐侯即沈约,是南朝(5—6世纪)的世家贵胄、文坛领袖,"沈郎憔悴不胜衣"之原型。检陈庆元《沈约集校笺》得知,该诗(上引为前半部分)写的是沈约家园情景,另一位著名诗人谢朓有《和沈祭酒行园》,记这座东园为:"君有栖心地。"可见种植了瓜菰茄芋等蔬果的这园子,乃是沈约的心爱之所。此语甚好,花园菜圃,正宜栖心;茄居其中,也自沾了美意。

查清代两部广泛搜集前人文献的植物类书《广群芳谱》和《草木典》,沈约此句,是最早对茄子的诗咏,后来也再没人写得比这五字好(虽然潘富俊《中国文学植物学》指出,在果用蔬菜中茄子出现于诗文的频率颇高),"紫茄纷烂漫",端的写出一份秋艳美色。

茄子另有青、白色,而以紫色最常见、来头最大,唐代杜宝《大业拾遗录》记隋炀帝曾将茄子改名为昆仑紫瓜,即皇家命名,所以明代董其昌《咏紫茄五首》开头就说:"何物昆仑种,曾经御苑题。"冰韵《蔬菜小品》、王统箓《佳蔬竞鲜》还都特别推荐,茄子诸多食疗、入药效果中,尤以紫色茄子含维生素P丰富,为一般蔬果所不及,可增强微血管抵抗力。

茄子的花和茎也是紫色的,我曾以自家花木品题"秋光好,闲煞满堂花",就包括了清丽可人的茄花。——蔬菜瓜果农作物,其实也可以很美。去秋看着阳台上茄子的成长,白底上的紫晕图案如山水如锦缎如釉彩,随着成熟饱满而逐日变幻,渐渐漫染为光洁透亮的浑身一紫,那样的过程颇是动人,赏心愉悦。

四

也正因此,紫茄很宜入画。作为岭南风物,就有东莞市博物馆藏清代居廉《蔬香图》,绘草菇、豆角、白菜、苦瓜等,而以一紫色茄子居中,题识曰:"食无常味,菜有余香。"丰盛的画面,悠然的题句,见出家常生活清淡而欣然的情调。与居廉有深交的清代东莞人张嘉谟(可园主人张敬修之侄,别号问花山人),则绘有一幅题材相近的《菘青茄紫豆花香》扇面,茄子与豆花同紫,色调比居廉更雅丽,画面清新安静,让人心生喜意。

居廉等人画茄子,除了取其悦目,更主要是以寻常菜蔬寄托一种淡泊的情怀。这方面,紫茄是确有来历的。《广群芳谱》和《草木典》都引了南朝蔡撙当吴兴太守时的故事:"不饮郡井,斋前自种白苋紫茄,以为常饵",得到朝廷嘉许,"诏褒其清"。

查唐代李延寿撰《南史》,这位蔡撙虽居高位,却一贯"风骨鲠正","性甚凝厉,善自居适",自种茄子苋菜来食用,绝非矫情图名;他主政的吴兴是沈约故乡,沈约还曾是他的门客,可能沈郎的东园种茄就受其影响、是对其的仿效致意,起码说明当时士大夫自家栽种茄子已成风尚。

蔡撙之白苋紫茄,成为流传后世的清廉正派象征。明代文震亨园林名著《长物志》,谈到园艺中的茄子,谓"种苋其旁,同浇灌之,茄苋俱茂",然后引了蔡撙的典故,说:"五马贵人,犹能如此,吾辈安可无此一味也?"

同样,沈约是更显赫的高官、更瞩目的名士,但"虽时遇隆重,而居处俭素"(《南史》)。他们"犹能如此"在家园中选择紫茄,为此物增添了、或者说此物为他们增添了,一份如紫色般的清贵。

五

元代王祯《农书》给予茄子极高的地位："茄视他菜最耐久，供膳之余，糟盐豉腊，无所不宜，须广种之。"但就像上面的故事，茄子在食用之外还有其他好处可供品味的。

茄子的诸种食法，以《红楼梦》四十一回的"茄鲞"最有名，据王熙凤说作法是："把才下来的茄子把皮劚了，只要净肉，切成碎钉子，用鸡油炸了，再用鸡脯子肉并香菌、新笋、蘑菇、五香腐干、各色干果子，俱切成钉子，用鸡汤煨了，将香油一收，外加糟油一拌，盛在瓷罐子里封严，要吃时拿出来，用炒的鸡瓜一拌就是。"如此繁复、配料之多，令淳朴的乡下人刘姥姥咋舌。

这道《红楼梦》中最享盛名的菜式，关键重点是什么呢？童元方《水流花静·苹婆与茄鲞》作了一番考证：鲞是古代的美鱼，晒干入菜；茄鲞是比喻，当中并没有鲞（好比鱼香茄子中没有鱼），"用茄来作鲞，是利用茄子本身少本味的特质，炸成茄干，以吸取各种作料之精华，遂成珍馐"。

而张德纯等《蔬之物语》归纳得更好："茄子有无与伦比的随和及空泛的气质，与什么菜什么佐料在一起就是什么味道，可以和任意荤素杂食搭配。"——所以大观园的茄鲞不仅是显摆富贵人家的奢侈和厨艺，还暗含了茄子的特质品性，那几乎是哲意般的境界了。

《蔬之物语》另一则有意思的资料，是介绍照相时喊"茄子"的来历：英语国家的人拍照喜欢喊cheers（干杯），因说的时候心情愉悦，嘴角微翘带笑，相片效果好；中国人喊谐音的"茄子"同理，最早是电影艺术家孙道临首创，有杂志报道后传开了，成了照相的标配。

——细细挖掘，原来茄子有那么多可心之处，且将前述种种作个过度阐释：

辟一方"栖心之地"，种上一些茄子，果腹之余感受清艳亮丽的茄紫，乃是一种清恬自适。身居盛世乱世，要让心神得栖息安宁，也无非是觅些茄子般可口兼养眼的寻常物事，供养身体也滋养灵魂。浮生当有此一味，且乃无味之味：以自身的空无来吸纳一切，和光同尘地随和。最后，面对身外纷杂，澹泊而烂漫地笑口常开。——这哪怕仅仅作为比喻，也挺好的吧。

2016年8月6日，立秋前日撰；

8月8日立秋与七夕之间完稿。

【参考书目】

《酉阳杂俎校笺》，（唐）段成式撰，许逸民校笺。中华书局,2015年7月一版。

《尔雅注证》,郭郭注证。商务印书馆,2013年1月一版。

《中国蔬菜名称考释》,张平真主编。北京燕山出版社,
2006年10月一版。

《蔬之物语》,张德纯等主编。电子工业出版社,2015
年5月一版。

《农桑辑要校注》,(元)司农司编纂,石声汉校注。中
华书局,2014年5月一版。

《四季小品》,朱伟著。中华工商联合出版社,2016年1
月一版。

《蔬菜小品》,冰韵编著。上海文化出版社,1956年7月
一版。

《佳蔬竞鲜》,王统葆著。江苏科学技术出版社,1983
年6月一版。

《农书》,(元)王祯撰。(版本资料详见下文《农书中的
"农书"》。)

耕 读 书 话

"既耕亦已种，时还读我书。"陶渊明这两句诗，道出了中国文化传统的一个密码：耕读。

这是他的生活写照："逃禄而归耕。"拂袖退隐，耕种之余读书写作，留下大量冲淡、悠远、欢悦的田园诗篇，如前引两句出自的《读山海经·之一》，"既耕亦已种，时还读我书"之前是"众鸟欣有托，吾亦爱吾庐"，结句是"俯仰终宇宙，不乐复如何"。——这些诗句所反映的，与其说陶渊明由出仕而归田是为避世保身，毋宁说他更主要是通过耕读找回自我，复归文人本色，重获自由舒畅。

这也是古代许多知识分子的追求和实践：或因倦于世事，退出名利场，躬耕村野，"日入开我卷，日出把我锄"（明钱澄之《田园杂诗》），以耕读投身自然、优游书卷；或因出于济世之心、悯农之意，一边为官为文，一边研究农事，撰著农书，推广农技，如北魏贾思勰、元代王祯、明朝徐光启等。——两者一出世一入世，各有可取。

这还是文人圈之外、中国广大民间的淳朴风尚：半耕半读成为世代相传的家风，耕读结合被视为合理的生活方式，以耕作谋养家糊口，安身立命；以读书求前途出路，安心立品。故而许多旧村古宅，常见"耕读传家"的匾额、"晴耕雨读"的家训，耕读文化深入人心，是在老百姓中流传深广的价值取向。

当然，这种文化传统既产生于农业社会，则随着近世变迁、城市化进程的天翻地覆，必然逐渐式微。不过也正因此，才更显珍贵，更值得重视，而有心人也始终关注这一话题，相关撰述时有出现，近日，就读了三本以"耕读"入书名的书籍。

其一，沈博爱的《蹉跎坡旧事——一代中国农人的耕读梦》。作者是普通农民，却又是个奇人，他以强悍的生命力在多番风浪冲击中幸存，又以超群天赋而熟习多种技艺，更以惊人的记忆力和过人的眼光、见识，写下这份个人回忆录，同时是中国乡村的底层民间历史记录。全书文图并茂地记述了乡间风物，保存了很多农耕资料和民间风俗（当中大量农活、名物、礼仪今已消失），细节翔实，内容可贵。

更重要的是，此书通过湖南一隅的农人经历，折射了中国大半个世纪的沧桑变化，不同时期、特殊年代的人与事，种种翻覆，种种毁败，非常具体写实，从农民的角度见证了大时代。这也是农耕重要性的体现，可见出农耕与吾邦人文、社会的紧密结合。

另一可感的是，由此书能看到，哪怕经过近世风云变幻，仍有作者那样的民间之士，在孜孜坚持于耕读合一。虽然他自力开发的蹉跎坡，最终颇具象征意味地为当下的高速公路让路而消亡，但他毕竟在此沉重而坚韧地践行了数十年耕读梦，也可无憾了。正如十年砍柴的编后记说的，在作者故乡，从前常见一副对联："一等人忠臣孝子；两件事读书耕田。"这是无数农民的"中国梦"，"因为这样的耕读文化，乡村涌现了一大批名不见经传的底层精英"。本书就展示了直至当代，那样的传统仍在暗暗潜流。

其二，侯吉谅的《在城市中耕读》。作者是台湾诗人，背景、风格与沈博爱完全不一样，作为"都市目击者"，他用沉吟的笔触，写"城市生活"的"情节情怀"与"感觉感想"，多属文艺心事的"寂寞记录"。不过，用作书名的"在城市中耕读"一辑却写得不错，有些精警好话值得抄录。

《从仕途到耕读》一篇指出："如果说学而优则仕是一种事业的追求，耕读则可说是一种风流的实践。"然而，"千古以来也只有一个陶渊明，可见耕读其实不易"，"学而优则仕反而简单多了"。

《高速公路上的农业专家》进一步论述："大家心里真

正希望的，其实是几乎不可能的耕读。""'可以养活自己，但不必看别人脸色'的生活和工作似乎就成为耕读的现代诠释了，意思很浅，但境界却深。而且，太难做到了。别的不说，至少要做到两点：不爱繁华，能耐寂寞。可能吗？扪心自问，我们都不敢点头。"

说得透彻。然而，既知不易、几乎不可能、太难，那就坦然接受现实的困窘吧，在心灵里保存一分向往，在生活中维系一片空间，作一点点哪怕不风流的实践。我们自然做不成陶渊明，但是，却可以有新形式的、甚至是虚拟的耕读，否则，更将被那些"事业追求"所带来的"浊气"掩埋自己了。所以作者才会明知其难而要将"耕读"用作书名，不是矫情，只为养心。

其三，张冠生的《晴耕雨读》。这本文史小品集，连侯吉谅那样用小小篇幅来正面谈耕读的内容都没有，取这个书名，大概只为表达作者心愿向往的姿态，暗喻在诡异骤变偏离丧失后对传统正道的回归——全书写的，大多是中外近代以来时代风云中的知识分子故事，可堪叹息的文化人经历，与《蹉跎坡旧事》的平民记录形成对照。

不过，其中也还能找到零星涉及耕读的地方。如记吴晗幼时诗句："人人谓我读好书，吾谓耕者比我高。"这篇《吴晗：学术渐远，政治日近》，写吴曾抱怨"被安排做太多自己才力所不愿做的事"，不被当写文章的人来看，"不能读自己该读的书"。只是后来，如题目所示、如所众所周知的，他更加深陷学术之外而丢失自己的本色了。——该文也可视为全书主要内容的代表。

另《"和顺"书香》，记西南边陲小镇和顺"耕读传家的古风"，令人神旺。文章结尾因之有感：读书"不为考功名，不为写文章，不为评职称，只是生活中离不开，如吃饭，睡觉，呼吸，似阳光，清泉，美食"。——这段话则可代表该书另一小部分内容，关于众多痴迷书籍的人物逸事。

与此相呼应，余世存在序言《通过阅读获得救赎》里，谈到作者与书相伴寂寞读写，是"全身葆真"；"而晴耕雨读，正是文明社会最为自然惬意的生活状态"。

是的，我购此书，一如早年买《在城市中耕读》，就是为了书名所示的状态，"晴耕雨读"，真好，也真贴切自己的新阶段。

是的，低层面的自然惬意，中层面的葆存真我，高层面的生命救赎，正是在这个时代依然执着耕读的意义了，让那份传统成为养心的潜流。

2014年8月最后一天，
《耕读》代发刊词。

农书中的 "农书"

中国历史悠久的农业文明和耕读文化，"孕育了众多的农学家，产生了大量的古农书"，"它们是中国传统农业精髓的主要载体，也是我国文化遗产的重要组成部分"。

我国古农书的数量，有严和宽两种统计法。1964年出版的王毓瑚编著《中国农学书录》，指导思想是严格标准，"以讲述中国固有的（传统的）农业生产知识和技术著作为限"，剔出虽涉农事但非此范围的多类书籍，共收书542种（包括佚失存目200余种）；2003年出版的中国农业科学院、南京农业大学中国农业遗产研究所编《中国农业古籍目录》，则"收录书目的范围适当扩大"，定义为广义的农业古籍，包括农林牧副渔等，力求搜罗齐全、完备详尽，共收录2 084种（另附佚失存目284种）。

这两种"书录"、"目录"中记载的农书，颇有些直接以"农书"一词题名，这样的书名简洁大气，令我喜欢。其中有的已失传，如宋代刘清之《农书》、陈峻《农书》，清代潘大成

《农书》；有的稀见，如清代鲍廷博《农书》、张文虋《农书》。本文介绍另外三种影响较大的"农书"，或可从中略窥中国古农书的内容与作者之一斑。

最为著名的是元代王祯《农书》。这是古代篇幅最大的综合性农书，分为三个相对独立部分："农桑通诀"六集，属于农业总论；"百谷谱"十一集，分述谷属、蔬属、果属、竹木、杂类等经济作物；"农器图谱"二十集，论述二百六十余种农机具，对每一种农机具都有一幅图和一篇文字说明，并附长诗一首（有的是采引前人作品）。"四库全书提要"称赞该书："典瞻而有法……图谱中所载水器，尤于实用有裨。又每图之末，必系以铭赞诗赋，亦风雅可诵。""引据赅洽，文章典雅，绘画亦皆工致，可谓华实兼资。"

"提要"特别点出的"农器图谱"，是王祯从前人的著作中辑集资料，根据自己对实物的观察和创新，绘图写谱而成。这部分占了全书篇幅的五分之四，"集元代以前我国农机具之大成"，"是全书的重点，也是书中最有价值的部分"，"是作者在传统农学上的突出贡献"。

王祯《农书》的现代版本，有中华书局1991年版"丛书集成初编"的排印本；王毓瑚校、农业出版社1981年版的《王祯农书》；缪启愉译注、上海古籍出版社1994年版的《东鲁王氏农书译注》；以及后者出版后，再经缪启愉亲自校正，复由其子缪桂龙整理重编,齐鲁书社2009年版的《农书译注》。

南宋初年的陈旉《农书》,是现存最早记载江南农业情况的著述,也是最早以"农书"为书名的古籍。全书简明扼要,分为三卷,上卷讲种田、特别是水稻田,中卷讲牛,下卷讲蚕桑。陈旉总结前人经验和当时传说,加以实践考验后,选择其中有用的写成此书,"重点突出可说是本书的特点",如把养牛提高到与种田平列,并开创了将蚕桑作为农书重要内容的先河。总之,从各方面来说,这都是一本开创性的著作。

此书的现代版本,有中华书局1985年版"丛书集成初编"的排印本;万国鼎注、农业出版社1956年版的《陈旉农书校注》。

到清初,出现了一本《沈氏农书》,又名《补农书》。有两个书名,因为它是两种著述合一,后世不论采用哪个书名,都是两种一并印行的。"沈氏",不知其名,为明末人,所著原书包括"逐月事宜"、"运田地法"、"蚕务"、"家常日用"和"区田法"五部分,是继陈旉《农书》后江南农业的再一次集中记载,内容琐细而切实。原书没有刊行,清初浙江人张履祥得到稿本后,很是欣赏,于是补充了自己务农所得与所闻老农经验,附录于后一并予以刊印。与陈旉《农书》一样,它也是私人编著的地区性农书,注重小规模农业经营中的技术总结,有点家训的味道。

该书的现代版本,有陈恒力校点、中华书局1956年版的《沈氏农书》;陈恒力校释、王达参校增订、农业出版社1983年版的《补农书校释(增订本)》。

这三种"农书"的作者很有代表性。陈旉,未见载于宋代史料文献,大约是北宋、南宋之交时的一个隐士,"躬耕西山"。相似的是,张履祥也生活于改朝换代的动荡乱世,鼎革以前,他是个熟读经史、热衷功名的理学家,明亡后"遁隐于农",不再应清朝的科考,而将兴趣转到农事,以教书务农遣其后半生。他们两位,都是那种退隐乡野、度其耕读生活的知识分子,张履祥在《补农书》中还专门论述了耕读相兼的问题。

王祯则代表了另一类士大夫:从事农业工作的政府官员。他在江南地区的安徽和江西当过县尹,即一县的行政长官。一方面,作为文人,他学问广博,著作中征引文献典籍繁多,自己也擅长诗赋,因而获得"四库全书提要"指其书"文章典雅"的称许;另一方面,作为官员,他关注且熟悉农业生产,有农事的亲身体验,经常教导农民耕作,研究和传授农业技术,《农书》就是他在任上写成的,被赞为"诗、农兼备"。(这赞语出自缪启愉《农书译注》前言。本文的介绍,还重点参考、引录了王毓瑚《中国农学书录》《石声汉农史论文集》和章楷《中国古代农学家和农书》等著作。)

　　中国古代知识分子的耕读生涯，主要表现为这两大类型，甚至，他们就是传统文人出处去取的两大流派之缩影：避世与用世。这不同的选择，有各人自身的主动因素，也有各自面对的外界乃至时代的被动影响，难以一言概之论高下。生存形态与表现形式是次要的，唯尽本性和本分，无论在哪种环境下都且耕且读，经营好自我的一方心田。

2014年9月上旬，

中秋白露前后。

好春佳日：二月二、三月三

春天，好日子像花草一样茂盛繁多，这里结合近来读书和往时日记，谈谈两个如今相对少人关注、却又甚具情味的农历节日。

二月二：贺寿土地与百花

有两句古诗我很喜欢："桑柘影斜春社散，家家扶得醉人归。"晚唐王驾（或说张演）的这首《社日》，将镜头定格在春社结束后的情景，绘出一幅古代乡村春日良辰的风情画，清逸、康宁、和乐，余味悠长。

社，本义是土地之神，其次指祭祀土神之所。社日就是祭祀之日，人们这天到社里祭神祈福（多为祈祝农事），饮酒作乐，观社戏，分猪肉，热闹欢腾，是古人的重要节庆。但"社无定日"，而是分别以立春、立秋后的第五个戊日为春社、秋社。这个换算很麻烦，所以我一直对社日没有明确印象，直到近读杨荫深《岁时令节》，颇喜社日的具体日子问题有了着落。此书是在引经据典、追本溯源的基础上写成的清通小品集，内容、文笔连同精致的装帧都颇具民国风度，很是可喜；内引清顾禄《清嘉录》："二月二，为土神诞，俗称土地公公……犹古之社也。"又引清吴曼云《江乡节物词》小序："杭俗（二月）二日煎糕炒豆，以祀土地，谓即春祭社之礼。"并考证出官社之外的民社为二月二这一风俗，当始于明朝。

二月二，本来就是一个有多重意义的节日，最出名的是龙抬头（龙头节），相传中华人文始祖伏羲每年此日亲理农耕，后代帝王仿之形成仪式，民间则围绕祭龙祈雨以利春耕，衍生出各地多种习俗。而我更看重的是，二月二还是花朝之一，古人设花朝节庆祝百花生日，不同地方有三个日期：二月初二、二月十二、二月十五，旧俗当日为花木披红挂彩祈祷繁盛，到花神庙拜祭为花祝寿，并有饮宴、踏青、扑蝶、挑菜、赋诗等"花诞"盛事。现在，很高兴其中的二月二又多了社日这一古风，原来土地神与花神的诞辰在同一天，可以给土地公和百花一起做生日。

随后检清蒋廷锡等编的《岁时荟萃》，关于社日定在二月二、社日与花朝交叠，又各找到补充资料：河北《吴桥县志》载："二月初二日，乡村咸祭赛土地神，其古春社之遗意欤。"广东《四会县志》载："二月花朝，乡人赛神祭社。"

从《岁时荟萃》辑录的海量历代史料得见，古人的社日诗词确多咏及花事,如明甘瑾《社日》:"鸡豚上戊家家酒,莺燕东风处处花。"明陈宪章《社中四首》之三:"东君也解游人意,红白交开树树花。"等等,端的繁花簇社。也有恬静清淡的,范成大《社日独坐》:"海棠雨后沁胭脂,杨柳风前捻绿丝。香篆结云深院静,去年今日燕来时。"这首诗让我过目难忘,安静的花木深院,悠悠香雾和忽来燕子,撩动起淡淡的春愁,却又节制着,那份岁月的惆怅,因了含蓄而雍容,闲适中的隐约心情。顺便说说,诗中写到"雨后",历来记载也称每年社日必有雨,大概正因这是春雨时节,人们归为天龙降雨,才产生了龙头节。

花朝社日联系着土地神,跟龙抬头一样,是有农事背景的,因古代以二月二作为一年耕种之始。《岁时荟萃》引山西《罗山县志》:"二月二日花朝……农夫垦田地,种春菜。"官方还会察看农事以劝农,明宣德皇帝《御制花朝赐兵部尚书本》一诗,就既写了"紫杏丹桃系绮罗"等花木光景(系绮罗是指花朝日剪彩纸挂于花枝),也写到"三农耕稼皆举趾"的耕作情景。

此外,清潘荣陛《帝京岁时纪胜》记二月二龙头日:"小儿辈懒学,是日始进书房,曰占鳌头。"所以,还不妨把它看成书的节日。多年来,我的二月二就不乏书事花事相映:

如2006年3月1日二月二,首次关注这个农历节日,当天读到上面这条记载，乃以读写作为自己是日的占鳌头，读了英国佩内洛普·菲兹杰拉德的《书店》、陈建铭《逛书架》等书之书，并当即为前者写下《一间仅仅存在过的书店》；2010年3月17日二月二，则收获了《中国南方花卉》等花书树刊。

又如2012年2月23日二月二，龙年的龙抬头，闲行本邑植物园，认识了一种新引进的绚烂黄花，颇喜其名"流苏相思"甚佳；2013年3月13日二月二，则在珠海看了壮观的红棉街景。

到今年，既知这天还是社日，兼具土地与农事的意义，切合自身；且今年的二月二3月21日又恰逢春分节气等，各种佳节汇集，遂乘兴到本邑乡村走走，度此农耕节庆，接接地气。逛了有多种农民传统手工制品的热闹村墟，清幽宁静的古村、祠堂，种种乡土风情，真如唐权德舆《社日兼春分端居有怀简所思者》诗云："风光处处生。"最有意思的是首次观看泼水节，这本是当地古时的卖身节（农民在二月二集中受雇，出卖劳力接下全年农活），后演化成全民狂欢的泼水、射水活动，正切合龙抬头祈雨的习俗。但见大街小巷，到处水战，人人湿身。兴酣之余，还辨识了农业作物荔枝花，归来后则得知，自己写观赏花卉羊蹄甲的羊年新篇《且循羊蹄踏青去》(《羊蹄踪迹》的节选版)，恰在是日报纸刊出，遂可呼应花朝，为百花献寿了。

陈宪章《社中四首》之二曰："社屋新成燕子来，山丹未落野棠开。三三两两儿童戏，弄水扳花日几回。"把"三三两两"改成"千千万万"，庶几近于这个丰盈春日的情状矣。

三月三：致意流水与情人

下一个美丽的盛大节日，三月三上巳，与二月二社日在集会饮宴、男女相会、祭祀土地、求雨祈农等方面有重合之处，而"弄水"，更是上巳的重要内容。该节在秦汉时为三月上旬巳日，到魏晋固定于三月三，人们这天汇集于水滨修禊，即举行被除不洁不祥的仪式，在河中洗濯以喻去垢除灾，并作种种嬉游，最文艺的节目是曲水流觞，雅士们围坐在盘旋的溪流旁，投杯于上游听其漂流，停到谁的面前便需饮酒赋诗。王羲之《兰亭集序》所记"清流激湍"、"一觞一咏"、"畅叙幽情"，便是这盛会的著名写照。故上巳被称为水边的节日（对应山上的节日重阳）。此外，这个阳春佳节还是"法定"的青年男女野外幽会之日，因而又被称为古代情人节。此风在很多少数民族中仍存在，如周一平等《岁时纪时辞典》记载，海南黎族就把三月三作为男女定情的"谈爱日"。

近日读到另一本好书、李道和的《岁时民俗与古小说研究》，作者征引广博文献进行贯通研究，且有自己独到的视角，内容之丰富，分析之深透，令人大长见识，其中指出：巳的本意是除去邪疾；上巳发源于远古的偶合、求子礼俗，妇女们到河中沐浴洗涤，本意是祈求洗去无子之疾，以流水助生育；后来变为士民游乐，也就包含了以求子为借口的男女恋爱甚至"淫奔"，连确立礼仪的《周礼》都说："于是时也，奔者不禁。"至于曲水流觞，原来暗寓男女调情，据《古列女传》载，这游戏连孔子师徒都跟一位阿谷处女玩过。——《论语》里孔子赞赏的生活态度："莫春者，春服既成，冠者五六人，童子六七人，浴乎沂，风乎舞雩，咏而归。"就是以上巳为背景的，却想不到圣人还动过另一种春心。

这一风情摇曳的佳节，我是2005年4月11日三月三才正式重视起来。当代虽已没有古典那种缤纷春光，却也"等闲临水还思旧"（宋韩琦《上巳》），那天恰好收到订购的《诗经百科辞典》，可算是私下的修禊了。《诗经》中的《溱洧》，写春水涣涣（题目是两条河名），士女相谑，汉韩婴《韩诗外传》将此诗释为描写上巳风俗（上巳一词在此首次出现），汉郑玄《毛诗笺》更指写的男女欢聚其实是"行夫妇之事"，即偶合。而我现在最惊诧的新知，是据《岁时民俗与古小说研究》所引宋黄朝英《靖康湘素杂记》介绍，诗中水边情人相赠的芍药，原来不仅是以结恩情的别离之花，还是令男女动情的媚草，更有破血去胎的药用，可使无致孕之累（至少在巫术观念上是这样），从而让野合男女放心求欢。——也就是说，芍药竟然是诗经时代的避孕药。如此春情花意，真是远古天地自然奔放的好气象。

到2006年3月31日三月三，也是想到古时上巳临流聚饮、戏水寻芳等诗酒风流已不再，唯向古书寻些许春色，读宋蒲积中《古今岁时杂咏》上巳诗一批等，颇发心怀。最惊喜的，是读到苏轼《上巳同王鲁直泛舟》，有我笔名的一个出处："沈郎清瘦不胜衣。"欣然于自己与三月三这暮春嘉辰有了点联系。而沈郎的原型南朝沈约，亦有上巳诗《三月三日率尔成章》，一开头是："丽日属元巳，年芳具在斯。开花已匝树，流嘤复满枝。"好一派春光。结尾却是："爱而不可见，宿昔减容仪。早当忘情去，叹息独何为。"——不愧沈郎。

此后一些年，则有机会得效古人的上巳出游踏青赏花，如2009年3月29日三月三，游扬州万花园、瘦西湖，新识诸多灿烂春花并购读一些花册；2010年4月16日三月三，游洛阳东周王城公园，河边畅赏牡丹花会，与《诗经·溱洧》的场景相近，且购得牡丹花书，有将诗中的芍药释为牡丹的独特见解，是上巳的恰当收获。两段行程各有旧作记述，此不赘。

2011年4月5日三月三，上巳兼清明，撰写早前的杭州植物游记《留连留恋西湖柳》，也很恰好，因为古人清明有插柳的风俗，还因为上巳是古时的情人节庆，该文便写到"情人"的话题，但有一段话后来结集时因嫌枝蔓累赘删去了，这里可补说一下。

是引用那次江南春游沿路所读的张岱《西湖梦寻》，有一篇《三生石》，写两位知己，一位去世后以投胎的牧童后身践约相见，歌曰："惭愧情人远相访，此身虽异性长存。"孙家遂校注的浙江文艺版《西湖梦寻》对"情人"的注释极好："珍重旧日情谊的人，故人。"当日查《辞源》，还得知情人的首义正是故人、旧友。——在情人的庸俗定义之外，须有那样的古典正解，才是一种珍重。

三月三上巳的前人诗词，不乏沈约"爱而不可见"那样的怀念"情人"之作。有恋情之忆，如秦观《风流子·上巳》，"青门同携手"的如梦前欢、绵绵此恨；也有知己之思，如文徵明《上巳日独行溪上有怀九逵》结尾："佳期寂寞春如许，辜负山花插满头。"（上巳有簪花的旧俗。）

最动人的是白居易之于老友元稹，《三月三日怀微之》诗曰："良时光景长虚掷，壮岁风情已暗销。忽忆同为校书日，每年同醉是今朝。"全诗写得平实却深厚，不直言思念，然更见有情，时光如流水，节日是提醒人的刻度，个中心事，令人动容。

春天，遂如此属于百花、土地和流水，更属于有情人，与自然、与时光彼此珍重。

　　　　　　　　　　　　　　　2015年3月中旬至月底。

自然而然，英伦农思

　　关于英国，可谈可感者夥矣，而我以一个浏览者粗浅的游历与阅读，最直观的震撼，自然是英伦的自然：他们的乡野、田园，他们的绿化、园艺，他们的农业、农村。

一

　　英国城乡处处的自然生态，是历来访问者都会感到震撼的。清光绪二年（1876）中国首次派遣外交使节出驻西方国家，驻英副使刘锡鸿的《英轺私记》就言及："英人最喜种树……伦敦繁闹处所，二三里即有园林，屋后门前稍得隙地半弓，莫不植以美荫。"至于乡野各地，"往往一望弥漫，无非绿障，笼天绮雾，扑地凉痕，村居隐约其间，洵画景也"。令他也"不觉复动买山之想"了。

　　同在19世纪，美国作家华盛顿·欧文的《英伦见闻录》之《英国的乡村生活》，开头就说："外国人想要准确地了解英国人的性格，绝不能将观察范围局限在大都市。他必须深入乡野,旅居于农庄村落,探访古老城堡、郊区别墅、农场小屋以及村舍。他应该去公园和花圃漫步,沿着树篱和林荫小道溜达……"(黎曦译)比起刘锡鸿的粗略描述,他把村落和花园两者所代表的英国自然,上升到英国人的性格亦即国家文化的构成。该文接下来具体介绍,英国人天生对乡村的深厚情感、对自然之美的敏锐感知、对农田劳作和花草种植的热爱、对园林景观的品位;还谈到"贯穿英国文学的乡村情结",以及弥漫在英国风景中的道德情感,是美好秩序、安宁传统的世代传承。

诚如他们记述的,英国的自然生态既体现在乡村,也体现在城市的绿化、园艺。对此,陈义海《吹拂英伦的海风》有很到位的概括,该书开篇便写到:"英国人恐怕是世界上最热爱自然的民族。"而"领略英国的自然,要连同英国的花园一起欣赏。英国人对花园的重视简直到了疯狂的程度","在他们看来,没有花园的房子简直不叫房子"。

这种深入城市的自然生态,是有着悠久传统和理论指导的。16世纪英国思想家托马斯·莫尔《乌托邦》对理想国的描绘就有:"乌托邦人酷爱自己的花园……花园是对全城人民最富于实惠及娱乐性的事物。这个城的建立者所最爱护的似乎也是花园。"(戴馏龄译)这部想象性的名著,是因作者不满于英国现状,要虚构一个未来的完美社会，但其中仍不脱英式园林之爱，将这种英伦风度投射到其中。

到近代，英国学者埃比尼泽·霍华德则写下实操性的专著《明日的田园城市》，鼓呼城市与田园乡村的融合，并以此进行社会改革。该书直接影响了英国乃至全球的城市规划，译者金经元的序言，还比照中国当下现状作了让人触动的评点。

英国人在城市中"对自己身边自然的经营"，不必去细数我在海德公园等处领略的伦敦堪称全球之最的众多公园、绿地（19世纪布兰查德·杰罗尔德著、赵文伟译的《伦敦：一次朝圣》，就专门写了一章《绿叶下的伦敦》，自豪地说他们的首都绿化"为外国人提供了源源不断的惊喜和欢乐"），只举一个似乎没见他人留意的小例子：在伦敦路过一处地区，导游指着车窗外的一片房子说，那是政府建给穷人住的公屋或曰廉租房。我看了一下，果然楼房较为朴素普通，而且占地面积很小；但是，那么狭窄的房子门前，居然都有花园，虽然不大，但本质上与其他城乡居民住宅的前后花园没有两样，并不会因为生活差、住地小就舍弃花园扩大房子。这一极端的事实，足证"在英国凡是有房子的地方就有花园"，也足证英国人的热爱自然深入骨髓。

二

　　当然,在我看来,城市园林绿化只是英国农村文明的延伸,是英国人身入城市而心系乡野的传统心理遗绪;英国自然生态的主要组成部分,始终在于乡村、田野,这也是我的关注重点。

　　之所以关注,是因旅英之前,在一个正式场合亲聆了一番宏论,曰:"解决农村问题的根本方法就是消灭农村,解决农民问题的根本方法就是消灭农民!"意思是要全面城市化,通过土地转让的收益让农民全部变为市民。石破天惊之余,恕我愚钝保守,接受不来。但对方举了英国圈地运动、工业革命作为支撑理据,虽然自己也读了点相关书籍,不至于受此忽悠,然而实地到英国走走看看,也正好亲身验证一下。

　　我的旅行时间不长,却也从苏格兰到英格兰、从北到南纵贯了英国。所看到的是:沿途绵延无尽的都是原野,或为农田,或为牧地,一路下来,永无止息的大部分地方是绿,小部分是黄——绿的,以放牧的草场为主(布满星星点点的牛羊),间以森林;黄的,则是秋季成熟收割的麦地。特别是草场,那么平顺、辽阔、壮丽、养眼,天天车窗外都是这般动人的景色,简直审美疲劳,美得让人绝望。英国的草地,得益于多雨的气候，也得益于精心的爱护，是四季常绿的。于是从空间上到时间上，英国永远都绿草油油，花卉、粮食、果蔬、林木处处繁茂。——这个时间还不仅指一年四季，而是自古以来的历史传统，英国人又特别注重维系传统、特别嗜好自然风物，遂成一永恒的田园风光。

原野之外，前往一些乡村，领略古朴、秀丽、悠闲、安宁的乡居景致，那更是天下闻名的英国特色风情了。民国时储安平那部非常精彩、能启人对照之思的《英国采风录》，有一专章《乡村生活》，引用了英国首相包尔温大段深情的描述，其中有一句名言："英国即乡村，乡村即英国。"储安平自己则谈到，英式乡村能同时兼得"自然"与"物质"，那种"极可爱"的乡村生活，以及构成英国自然生态的其他元素（如英国公园与中国公园设计思路相反、追求自然美等），剖析了背后深层次的文化传统与民族性格。

我也去了工业革命的发祥地曼彻斯特和兰开夏，感受到传统工业的衰落、转型。如此，当初英国以工业革命开风气之先、领跑全球，然而工业式微之后，昔年所谓被取代的农业却仍然在、乡村仍然那么美好，仿佛历史的最后判决。联系英国文艺作品向来对农村、对自然的倾力描写，可颠覆我们从刻板教科书得来的"工业革命"印象，原来乡村才是英国面貌的特色、英国生活的核心、英国精神的重点、英国风格的体现，乃至英国人的灵魂所在。

反观吾邦，也是传统农业大国，但正如陈义海《吹拂英伦的海风》指出的：“英国用它纯正的自然证明，它更像个农业国家。”反例则是中国。确实，多年来我在南北东西看过不少地方的农村农业，与英国相比就不是一回事，要么太杂乱落后（包括农村、农田的形态，也包括农业技术、品种的令人扼腕），要么太人为出新（所谓“穿衣戴帽”或旅游开发），而不像英国的自然气息，给人的感觉，那里的农田才更像农田、乡村才更像乡村。

也就是说，英国的农业、农村不仅没有“消灭”，反而保留了更多更美的乡村，乃至成为其国家标签、文化标志。但其实，英国农业的先天条件并不算好：地方不大，人口稠密，土地质量又较差；而且其农业产值总量要比中国少。那何以会有前述的反差呢？归根结底还是人的素养与机制两方面，需内求本心，有人文的滋养；外善社会，有切实的保障。

丁士军等编著的《英国农业》就从专业角度提供了解读：2010年，英国农业只占国内生产总值的0.5%。但其农业高度发达，依然对国民经济有重要的支撑作用，农业劳动生产率等指标全世界领先，而且特点之一是农业生产注重环境保护，生态农业兴盛。在谈到英国农业的贡献时，其中特别有一条是“农业传承农村文化”：其农业保持了英国农村的文化历史，其农村保持了本土固有的乡村特征，甚至保持了几百年前的农民生产生活基本方式。该书提出：农业在国民经济中比重下降是发展的必然规律，但并不丝毫降低、反而凸显了农业的基础性作用，因为是以极低的占比产值承载了整个国民经济的健康运行。

类似的情形——农业经济占比不高，但农村更优美更像话——我在台湾、日本等地也曾深有感触，是该让同样背景的我国经济发达地区脸红的。顺便说一句，英人统治过的香港，也留下了纯正的农村，和超出一般人想象的大量自然生态，那里的城市开发只占全区域四分之一面积，故而刘克襄写了一本介绍香港郊野的书，就叫《四分之三的香港》。

再说所谓的圈地运动"消灭农民"。首先，英国14至18世纪的圈地运动（以及18至19世纪的工业革命），令大批失地农民入城成为地位低下的产业工人，造成严重社会问题，本是英国一段沉重的痛史，是我们在劳动力转移中应吸取的教训而非像"消灭论"那样作为经验支撑的。其次，英国圈地运动只是令土地集中到大地主手上，但他们继续用于发展农牧业，并非将土地出卖作工商业乃至房地产建设，没有消灭农业，也依然使用大批农民。而且，农村在农业资本家进入后，带来新的观念（例如轮耕）和技术，促进了生产力的提升，土地得到更具规模、更有成效的农牧业利用。

英国史家阿萨·勃里格斯的《英国社会史》，正文第一章第一段讲的是"对大多数英国人来说，古老是一种资产"。接着第二段则介绍："英国乡间景观千姿百态。"这个开头，突出了英国文明的两大要素：古旧，乡村。书中记述，即使在13世纪的落后时代，英国村庄住宅粗糙简陋，但仍然"还有些花园和果树"。这就是他们热爱自然、园艺的传统资产。讲到18世纪的工业发展、特别是圈地运动，作者指出其残酷、黑暗的同时则认为："工业的增长丝毫不意味着农业的凋敝"，"持续不断的圈地运动是农业'改良'进程中必不可少的部分"。他用数据证明，在此期间农业也繁荣起来，大量耕地和农作物增加。

当然，阿萨·勃里格斯也谈到工业革命、圈地运动带来的负面后果，包括"改变乡村环境的面貌"，很多林地等自然景观消失了。此外，农村的现代化，也毁掉了一些村风民俗、道德情操方面的优良传统，让哈代等英国乡土作家一唱三叹地书写其田园挽歌。

然而，无论经历了怎样内在的发展和外来的冲击，英国农村始终保留着其国人心灵休憩、外人旅游热点的净土。曾旅英多年的董桥在《闲谈贝茨》写到："在一般人的眼里，英国是一个很工业化的国家。经过了两次世界大战的洗礼，很多乡村，很多田园，都糟蹋了，像春梦。其实，只要坐上长途火车,苍翠的郊野,疏落的农舍,就会映入眼界……"

三

英国这种融于民族血液中的乡村文化,产生了大量自然文学作品,比如吉尔伯特·怀特的《塞耳彭自然史》。这部生态运动的圣经,是18世纪英格兰一个小村落的自然观察记录,作者刚入中年就退休回乡,优游于鸟兽虫鱼草木等农村风物,全书由他写给两个博物学家的信件组成,内容细致扎实,有一份家常、亲切的文学情味,深受李广田、周作人、叶灵凤等名家推崇,艾仑等人的整理、注释和缪哲的精妙翻译,更是锦上添花。

书中有很多充满乡土气息的记述,如作者在家乡引进和推动农民种植土豆的成功实践;又如前一封信才说植物学应该切合实用,后一封信却列出所居周边二十多种对种田人无甚价值的草木简介,见出既有切实际的用世之心,又有纯观赏的非实用闲情,我喜爱这样的"矛盾"。作者生在缓慢、平和、守旧的英国(此书初版时,海峡对面的法国正发生大革命),以其"不求闻达"的心性,退隐乡间"享受一个有学养的博物家的恬静生活",通过潜心自然来圆满自我,绘出这些"闲寂的乡村生活的从容画卷",也反映了典型的英式乡村绅士文化。

—— 294 ——

另一部我更钟爱的英国随笔名著，20世纪初吉辛的《四季随笔》，则是想象中的乡村生活了：作者穷愁潦倒，只能伪托主人公获得遗产后当即搬到农村，过上安闲的乡间书斋生活（等于替他实现一个美梦），留下一册在大自然中散步、读书、看花、思考的札记。——乡居，就是所有英国人的梦想。

这部长久以来一直在我身边流转的四季书，今年我又新添置了中英两个旧版，多年之后，再一次循着季节时令"读一年"，在四季风景中，依次对应作者笔下的四季，追随他观察自然风光、漫步认识草木、倾听其内心闲谈、共鸣其人生感悟与人世见识。

当中关于自然生活，有很好的状写。"夏"之篇，他谈到英国人"渴望过露天生活"；谈莎士比亚在家乡时"天天在田野里走着，这些田野从孩提时起就培养了他对英国农村的热爱"。他自己"临死前头脑中最后想的将是那照耀着英国草地的阳光"。他说，在众声喧嚣中，"还可以找到少数默不作声的人，他们在清静的草地上散步，弯腰欣赏花朵，抬头观看日落，唯独这些人值得思念"（郑翼棠译本）。在"秋"之篇也点出："英国诗的特别精神是对于自然的爱，尤其是在英国乡村风景中所见到的自然。"但同时，他也以冷静的理性，对农业文明的泛滥赞颂保持了警惕，用了"虚谎"、"愚蠹"这样的词,批评人们不顾农业生产的辛劳一面而抒发廉价诗意,以及奢望让过去的农业时代及其社会美德得以复活。(李霁野译本)

讲到这个话题,有必要介绍一本奇书:当代英国学者雷蒙·威廉斯的论著《乡村与城市》(韩子满等译),就一反赞颂农业文明、怀恋农业时代这个英伦传统,以带点毒舌的辛辣,对英式乡村文明作了极致的祛魅。

因为英国人观念中乡村生活的重要性(英语country既指国家也指乡下,隐含了英国人视两者为一体),乡村文学在英国文学中占了主导,本书主要内容便是汇集梳理历来英国文学作品中有关乡村(与城市)的描写。比起下面要谈到的作者理念观点,这些资料更具文献价值,从大量引文和评点中,可纵览英国的田园文学。比如关于《塞耳彭自然史》,作者盛赞怀特在乡村写作中提供了一种全新的观察方法,即直接记录客观的自然风物,呈现"一个没有中介的自然"。

但以引用的文学经典为基础,作者分析了历史的真实,批驳英国人根深蒂固的乡村怀旧主流观点,认为英国特色的田园主义传统是创造出来的想象、甚至是诈骗的谎言,不存在一个没有苦难、秩序安然的美好往昔;或者说,这种脱离现实的农业文明时光只存在文学中,而且是文学精心歪曲制造出来的,是"选择性的文化改编"。

　　他指出传统农业社会制度之残酷,因为其本质也是资本主义。传统农业并不纯自然,很多都包含人工成分。他揭破田园文学、"黄金时代"的虚无,反对"美化乡村"。他不讳言英国乡村生活的基础有殖民掠夺等不义之财。他讽刺文人总爱抨今忆昔、哀叹理想化的农业经济被新时代毁灭,但真实的历史进程并非如此。农业农村的发展变化中也有社会的进步,包括摧毁旧时乡村生活的锅不能全由圈地运动来背……他把乡村放在大历史中考察,进而从整个社会体系去看待城市与乡村的两难选择,两者谁也拯救不了谁,所以最后,这位马克思主义文化批评家呼吁的是彻底否定、打倒资本主义。

　　这番理论见仁见智,但作者重点提出的勿将过去的乡村英国理想化、美化,很符合我一向既沉迷怀旧又保持警醒的态度。他用不断滚动前移的自动扶梯作比喻,来形容留恋旧英格兰农村的人总是怀念上一个时代、伊于胡底,这不仅对于英国的乡愁,而且对于怀旧这种情绪本身,都是深刻的洞察和纠正。因而该书可谓一份清醒剂,让人们在热爱英国乡村的同时,对过分的缅怀和赞美有着反拨作用。

　　然而,作者也承认:"农业生产的方法——农田、树林、成长的庄稼、牲畜——对观察者来说很有吸引力,而且在许多方面，在好的时令，对那些在其中劳作的人也很有吸引力。"

正因这种吸引力，本是沉迷书斋、并有足够清醒理性的吉辛，一年到头一生到尾始终还是向往乡间。《四季随笔》中，"春"，他忆述自己曾忽然起了冲动，逃离都市，漫游农村，在山谷、农场、田舍之间，顺着花正盛开的苹果园，从一个小村走到另一个小村，让他感到"无话可以形容"的享受，"走进了新的生活"、"眼睛突然睁开了"的快乐。（李霁野译本）"冬"，他枯守于火炉边，想象自己在草地广阔、繁花盛放的山川中纵情游荡，将那些村舍、耕地、庄稼、牛羊写成长长的幻想游记，来排解寂寥；他并向国外来客推荐"只有在英国可以看到"的优美古村落，那里可以让人产生"宁静与安全之感"，领会"英国的价值与力量"。（郑翼棠译本）——李霁野的译本前言，引了一位评论家休·沃克的评语："这部书提供证明：这个城市居民（指吉辛）能够从乡村得到高度欢乐，或者是它最了不起的特点。"此语其实未能全面概括《四季随笔》的丰富内容，但也很到位，尤其切合我这回重读中对英国乡村话题的遥思关注。

遥思之余，唯愿吾邦的乡村，也能恢复一些自然而然的、即遵循其自身规律的好面目，以此达致上引的英伦两个关键词吧：让在其中劳作的农人感受到切实的吸引力，让城市的过客得到更高度的欢乐。

2016年11月中旬。

【参考书目】

《塞耳彭自然史》，［英］吉尔伯特·怀特著，缪哲译。花城出版社，2002年12月一版。

《四季随笔》，［英］乔治·吉辛著，李霁野译。陕西人民出版社，1985年10月一版；(台)志文出版社，1991年2月一版。／郑翼棠译。湖南人民出版社，1986年7月一版。

相合于根，相契于心

在这场笔花与砚草的纸上携手中，忽一日，宏泉兄提出："可否写写百合花，余最爱画之。"因他在为本书绘画中，留意到我没有专门写过此花。

可巧，那时我刚从英国旅行回来不久，为撰写《苹果树荫》买了一本《20世纪文坛上的英伦百合——弗吉尼亚·伍尔夫在中国》。因了宏泉兄的提醒，循之发现不少英国文人的百合情结，正可作为本集多篇英伦文章的余绪。

在《苹果树荫》的参考书中，还有一本比《20世纪文坛上的英伦百合》更早使用类似书名，是昆汀·贝尔的《伍尔夫传》，它有一个中译本加上去的副题："弗吉尼亚·伍尔夫，英格兰的百合。"据说，这是布鲁姆斯伯里文化圈诸子对伍尔夫的赞誉。

这个比喻很传神。英国美学家、评论家拉斯金的《芝麻与百合》,《百合——王后们的花园》篇是对妇女的颂歌，谈妇女的优异天性；对照他描摹的智慧、尊严、拥有王后般品质的完美女性标准，伍尔夫这位女性主义先驱活脱脱就是那花园里的百合典范。看过伍尔夫照片的人也会有这种感觉：她确实像百合花，圣洁典雅，高贵出尘，不沾人间烟火气。

西方历史上，特别是基督教文化中，百合是神圣之花，教徒认为，一个人拥有"空气、水、面包、早晨、石块和百合"，就会"拥有整个世界"。传说耶稣被钉十字架时，他的血流到地上长出了百合，为纪念耶稣复活，百合成为复活节的用花。后来，百合被专用于耶稣母亲玛利亚的象征，经常出现于她的画像。这象征除了高贵，还有高洁：圣母玛利亚是处女天然受孕，因此百合代表了不涉肉体的贞洁、没有性邪念的童真（传统上有关图像其花蕊不被画出，即暗示贞操）。而伍尔夫身处开放的布鲁姆斯伯里文化圈，虽然不乏既坦荡又暧昧的一面，但对于性有本质上的拒斥、冷淡，看重心智胜于肉欲；旁人也以此视之，如董桥说过他对伍尔夫有着不带性意味的倾慕。这种超越身体的精神意味，正是百合的特质。

不过，百合又是相反相合的，孙宜学《凋谢的百合——王尔德画像》指出，《圣经·雅歌》既有"我的佳偶在女子中，好像百合花在荆棘里"的高洁意象，又有"他的嘴唇像百合花"等婉曲意味,"交织着情欲的渴求与圣徒的贞节"。其体现就是王尔德。

这是英国文坛另一枝夺目的百合,而且比起伍尔夫,王尔德的百合情缘更深。这位唯美浪子,"手持一枝百合,或一枝罂粟,在皮卡迪里广场漫步"的形象深入人心,被写入诗歌,成为"唯美主义最著名的一幅肖像画";到美国演讲也是百合和向日葵不离身,当地的报道漫画就画了他身处这两种花中。他最仰慕的女人之一是"百合花杰西",他给男伴情人道格拉斯的信称对方为"我百合花中的百合花",而道格拉斯抒写"不敢说出名字的爱"的诗篇,也一再出现百合。

王尔德本人写到百合更多,诗歌有《我的女士》《爱情之花》等,戏剧《莎乐美》则用百合比喻莎乐美迷恋的约翰:"我渴望得到你的肉体,你的肉体像田野里的百合花一样洁白。"这强烈的性意味,就是孙宜学拈出的百合另一面,此花精神意象之外的潜藏肉欲,被王尔德放大了。不过我看这也好,将伍尔夫与王尔德的两个极端结合起来,才不偏废百合的美质。

不止于此,王尔德还在文论中赋予百合美学地位乃至国家象征,他的《英国的文艺复兴》,谈英国19世纪文艺思潮,更谈艺术和美的本质,等于是其文艺纲要;论述到最后，他声称百合与向日葵是"与英国的唯美运动有联系的两种花"，"这两种可爱的花在英国是两种最完美的图案模型"，前者"优雅可爱"，后者"绚丽雄壮"，"都给艺术家以最充分、最完美的愉快"。他在美国接受采访时也明言百合与向日葵"是唯美主义的标志"。

王尔德该文特别推崇英国的拉斐尔前派，认为他们表达了百合与向日葵所比拟的美学理想。关于拉斐尔前派艺术家，拉斯金《百合——王后们的花园》引用过其主将但丁·罗塞蒂的诗歌，伍尔夫则写过评论但丁·罗塞蒂妹妹克里斯蒂娜·罗塞蒂的专文。而克里斯蒂娜的长诗《小妖精集市》，多次以百合形容女子，从"临溪照影"、"在水边开放"，到"好像水流中一枝百合花"，仿佛暗合伍尔夫的结局。

英国绘画中最让我难忘的百合，就是但丁·罗塞蒂以这个妹妹为模特画的《天使报喜》(《圣母领报》)：天使长手持百合花，告知玛丽亚将要自动怀孕生下上帝之子耶稣。画面上两人衣衫雪白，百合洁白，少女面色惨白，全无领受神恩天命的欢欣满足，反而神情惶惑不安，一反这个传统题材的庄严喜庆，因此作品问世后给当时保守的社会带来极大冲击。事实上，即使不是宗教原因，这幅画的冲击力也极强，仿佛将神灵拉回了人间，那份百合花映衬的楚楚可怜,突显了人的命运之无助,令人动容。

另一幅印象深刻的英国百合杰作,出自萨金特,同样是画家引起瞩目的成名作,题目很特别:《石竹,百合,百合,玫瑰》,仿佛诗意的童真呓语。画面亦然。开满这几种花的鲜妍园子里,小女孩在暮色中点亮灯笼,一派绚丽而静穆的气息,如诗般动人。我多年以前看到,一下子想起董桥的《给后花园点灯》。

英国的百合文化如此深厚,连也属百合大国的日本都受到影响。杉本秀太郎撰文、安野光雅绘画的《花》(九州出版社,2016年5月一版),其《红百合花》一则,虽是由法国法郎士的同名小说而来,但转引后者开头的一首诗,却出自一位英国闺秀,写少女向圣母玛利亚祈祷,"她感到彷徨/因为走来的天使/手拿红百合/嗅了它的香味/便会死于百合的芬芳"。这诗的寓意可以联想但丁·罗塞蒂那幅《天使报喜》。

更直接的影响,见于我在《兔耳生花》中举引过的江川澜《夏目漱石的百合》,该书点题篇写日本国民作家夏目漱石,分析其作品中的百合,指出其笔下百合代表不涉性的清洁爱恋,而整篇文章却是由英国讲起的,说夏目漱石曾留学英伦,"与英人爱花根性甚为相契,也雅好百合"。

同样是引用《夏目漱石的百合》谈仙客来时,提到此花早在古希腊克里特岛的壁画上就已出现;另外我《英伦植物图书三种》一文还说,克里特岛米诺斯文明遗址有蔷薇花。但其实我游访那个西方文明源头时,最吸引注目的是百合:王宫遗址保存下来的一幅大型壁画,绘一个青年男子头戴百合花和孔雀毛冠冕走在花园中的宏伟情景,被取名"百合王子";在其他断垣残壁和文物上,也有百合花图案。希腊克里特岛,正是百合最早见于记载的地方,自远古就是母亲神的象征。古希腊神话关于百合最有名的传说是,天后赫拉的乳汁撒到天空中变成银河,还有几滴落到地上长成了百合——它是与银河同源之花。因为赫拉是婚姻和家庭的保护神,古希腊婚礼上百合成了花冠、捧花的主角。在别的重要场合,献给神像、名人的花环也有用百合编织。

　　百合系出名门,不仅体现在王子之冠、天后之乳和前面说的基督之血,其他古代王朝、神话和宗教中,也一向有崇高地位:古埃及最先将百合作为王室徽章图案,并用百合花制作贵族女性的护肤品油脂,以及木乃伊的装饰;古波斯的一个首都就是"百合城"之意;古罗马,普林尼的《博物志》指出百合是仅次于玫瑰的高贵花卉,百合花被贵族用来装饰专用座位和马车,还被作为钱币图案；古犹太人所罗门王的宫殿、神殿有百合花纹饰，《圣经》多次讲到此花，甚至说："就是所罗门极荣华的时候，他的穿戴还不如这一朵百合。"

后世登峰造极的是法国，历史上有一千多年，法兰西多任国王、大小贵族，乃至抗英女杰圣女贞德等均使用过百合标志，成为权力体系的象征，花冠、军旗、国旗、徽章、印章、勋章、钱币等都出现百合花，还倡导全国种植，法兰西王朝堪称为与百合关系最密切的王室。相关资料不再展开了，详见陈训明《外国名花风俗传说》、秦宽博《花的神话》，以及我的《莳花刹那》一文谈到的心岱《莳花》、吴淑芬《花的奇妙世界》，特别是王晶《欧洲名花的故事》（河北教育出版社，2005年4月一版）、周文翰《花与树的人文之旅》（商务印书馆，2016年6月一版），本文其他地方也多有参考后两者。

关于法国的百合文化，只举两个人两本书的例子。哲学家卢梭的《植物学通信》，第一封信就详细讲到百合，他以此花向收信者细致解说花卉的构造知识，因为百合花朵比较大，便于对方观察。而罗伊·麦克马伦的《导言》结尾，介绍该书插图者皮埃尔－约瑟夫·勒杜泰（又译雷杜德），恰是因观察一朵百合花而发生意外去世的。

法国宫廷画家雷杜德可谓死得其所，他除了著名的

《玫瑰图谱》，还撰绘过《百合科植物》。该书有中译本《百合之书》（光明日报出版社，2012年7月一版），收入近二百种西方传统"百合"——历史上西方人把大量与百合相似的不同科属球根花卉，都统称为"百合"。我国郭豫斌主编的《自然博物馆：萱草·郁金香·百合》（东方出版社，2013年3月一版），将百合科多种花卉合为一册，也是一样道理——雷杜德所绘，不同于英国但丁·罗塞蒂和萨金特的故事性强、个人色彩浓烈，也不同于日本安野光雅的淡雅秀丽、半工半意，他突出花卉为主角，笔触细腻，色彩艳丽，形态逼真，是植物图谱的杰作。有一本法国D.布瓦原作、英国爱德华·斯特普增订的《园艺花卉图谱》（中国青年出版社，2015年9月一版），里面也收了不少百合科植物，风格与《百合之书》相似，但一比之下，就显得有形无神、稍嫌匠气；而雷杜德的作品光彩夺目，看得出用力也用心，是在冷静中倾注了感情的。（罗伊·麦克马伦有句话值得再引用一次，他评说经历过几个王朝的雷杜德："他的一生极好地证明了，细致流畅而充满感情地描绘植物，几乎能够让一个人安然度过历史所能卷起的任何风暴。"）

《百合之书》还有别的版本，包括以大幅图谱形式印行的精选集《百合之心》（陕西师范大学出版社，2004年5

月一版）。"百合之心"这名字好，出自一句反映女性情感的法国成语，钱锺书曾以《百合心》为题写过一部小说初稿，自表会写得比《围城》更精彩，后因手稿遗失没有完成，是文坛一桩憾事。这册《百合之心》，我从中选了几幅，连同其他一些有花有果的西洋植物图谱，装裱起来挂在办公室。多年来虽也搬过单位，但一直悬于身边墙上，在现世实务的工作中相对清心。

清心安神，正是我国传统的百合疗效。在英、法、日之外，中国也是历史悠久的百合大国，栽培史可追溯到东汉，张仲景的医书《金匮要略》有记述。不同于西方的宗教和王权意义，我国古时多取百合作药用（由此也可窥见中西文化之别），明代王象晋《群芳谱》即载其可"补中益气，定心志"。尘世扰扰，此身如寄，且摈除俗虑，闲来看看百合，包括在书上爬梳些典故资料，也是安心定志、宁神抒怀之道了。

百合在南北朝时期从药用和食用转为观赏植物——许宏泉所绘百合花，上面题的就是梁宣帝萧詧所写我国第一首咏百合诗，"含露或低垂，从风时偃抑"，道出其亭亭摇曳的婀娜幽姿。但尽管有这皇家先声的背景，中国百合始终不像西方百合那样频繁现身圣坛、王室，而是多为山野之物。宋人虽已在都市庭院广泛栽种百合及其同科相似的山丹(苏轼、苏辙、陆游均有诗记之),但林希逸《九月山丹》写此花"多情恋恋野人家"。当今罗大佑在台湾唱过《野百合也有春天》,叶灵凤在《香港方物志》写过《野百合花》,王辰《桃之夭夭》(商务印书馆,2015年7月一版)更直指:"古之百合,以今之野百合为正。"并记载了他在各地山间追逐过野百合。

而我喜欢许宏泉笔下的百合,也在于他画出此花清丽纯贞的同时,却又带着野逸笔调、乡野味道,在文静中有疏放,在雅致中有率性,比前述的英、法、日诸家,自显独特的中土气质。——这份野趣,也是我在《梦笔三花,春色如许》谬评其画时特别强调的。

与宏泉兄合出书,于斯可找到彼此潜在的共通点:虽然他的作品属于广义的文人画,虽然我的写作总是注重植物名实的考辨、文献典籍的整理,一派书生气,但终归,我们本质上都是从乡村出来的"野人",骨子里都有自外于主流、疏远于现实的"野气"。宋代罗愿《尔雅翼》谓百合的根:"数十片相累,状如白莲花,故名百合,言百片合成也。"沈文许画合成的此书,正在于根本上的那份相合。

恰好,我这些草木篇章的新作结集,除了向来的史料抄书、旅途看花和幽怀心事、个人情趣外,也多少有些乡野新意。辑一"寻花访柳的旅程",为旅行中外各地的植物游记;辑二"草木丛中蠹鱼忙",乃给花木立传的植物散文(包括一组特别的农历生肖年植物);辑三"树叶间的书页",是以植物图书为叙述对象的草木书情;而辑四"一个准农人的笔耕",写农业经济作物,以及农书农事、乡村传统的杂文,则属过往花木写作之外的新领域。

感谢宏泉兄奉献了一批新绘佳作,这是他第一次专门画南国花卉,却以其灵性妙手,解花有情,亦解我文有心,成就花开两朵各表一枝、又相合相得的本书。他又专门撰序,记述彼此历年的交往、合作此书的细节,也讲述了他的花草情愫、画花心得,更属锦上添花了。

感谢前后两位责编于欣和胡正娟,带来又一次百合花开般美妙的合作。百合,在我国有"百年好合"的口彩,成为婚礼用花及婚宴甜品(莲子百合糖水),这种吉祥意味,呼应前述的古希腊风俗。不过,我想百合也可代表普遍意义上的结合,就像这本《笔花砚草集》书里书外的合作。前年秋天在中华书局出版《闲花》,与于欣的交往很愉快,结下了一份欣悦的默契。记得当时书刚出炉,她就殷切地再次约稿,因为看重"在日益远离大自然的时代,还有亲近植物的书",也因为"和爱书人一起做书真开心"。此后她一直念叨什么时候能再度合作,现在,果然如我当年自序说的，让"闲花"再开、继续开了。前缘再续，好花接续，过程中彼此进一步的相契，更感欢欣欢心；她们对好书品质的追求，和细致辛勤的付出，也让我铭感于心。

此书遂正如百合，与宏泉相合于根，与于欣相契于心。百合之心，清香满心。同样要感谢中华书局余佐赞、胡正娟等各位用心成全，张国樑先生继《闲花》之后再度精心设计，还有历来催发、经手、支持集内文章的诸君，他们"数十片相累……百片合成"，才有此书的百合好景。

我在《春风一鞭》顺带谈到百合山丹时，说杨万里有诗咏之。那首《山丹花》，写他从山野将此花移植回家相对，"聊着书窗伴小吟"。这本《笔花砚草集》也希望能像百合花一样，给当今如此世代的读者以这般意境，在偶尔跳出现实回归自我的书窗角落，带来一点脱去俗尘的清新，宁神清心。

2016年12月中旬。

其时阳台的白兰，继夏日之后在冬阳中二度盛开。

【附记】

上面谈到百合是西方圣母、母亲神的象征，而在中土,传统的母亲之花是萱草。萱草也属百合科,与百合形貌相似,在我国的历史比百合更早、地位更高。《诗经·卫风·伯兮》:"焉得谖草,言树之背。"谖草即萱草,谖本意是忘,传说萱草可令人忘忧;背是北,指古代妇女盥洗所在的北堂。原诗本是写女子愁思远征的丈夫,欲寻忘忧之草植于堂前。因北堂被专指为母亲居所,故萱草也就成了母亲的代称。

宋刘应时咏《萱草》:"北堂花在亲何在,几对薰风泪湿衣。"日前,我的母亲猝然弃世了。种种哀苦,无以言说。据云萱草可忘忧疗愁,那就再借一下宋人酒杯。陆文圭《鹿葱(萱草的别名)绝句》:"瘦茎却比沈郎腰。"林景熙《萱草》:"此时忧正切,对尔可能忘。"董嗣杲《萱草花》:"浩有苦怀偏忆母,从今不把北堂开。"

惟将此书,献给母亲的在天之灵。

2017年2月27日,
农历二月二花朝节。